A Ana,
recordando
siempre la primavera
del 2007 con cariño,
un fuerte abrazo

[signature]
Madrid
19-VI-07

Eugenio
Suárez-Galbán Guerra

Cuando llevábamos un sueño en cada trenza

© 2007, Eugenio Suárez-Galbán Guerra
© 2007 de esta edición: Kailas Editorial, S.L.
Rosas de Aravaca, 31. 28023 Madrid

Diseño de cubierta y realización: Marcos Arévalo
Diseño de colección: Manuel Estrada

ISBN 13: 978-84-89624-27-6
Depósito Legal: M. 25.852-2007
Impreso en Imprenta: Fareso, S.A.

Todos los derechos reservados. Esta publicación no puede ser reproducida, ni en todo ni en parte, ni registrada en o transmitida por un sistema de recuperación de información en ninguna forma ni por ningún medio, sea mecánico, fotomecánico, electrónico, magnético, electroóptico, por fotocopia, o cualquier otro, sin el permiso por escrito de la editorial.

kailas@kailas.es
www.kailas.es

Eugenio
**Suárez-Galbán
Guerra**

Cuando llevábamos un
sueño en cada trenza

Eugenio
Suárez-Galbán
Guerra

Cuando llevábamos un
sueño en cada trenza

A Ángel, por su fe
A Marta, por su entusiasmo
A Cora, por su paciencia

... que el corazón me vieses deseaba.

Sor Juana Inés de la Cruz,
Sonetos filosófico-morales

...yes he said I was a flower of the mountain yes so we are flowers all a womans body yes that was one true thing he said in his life and the sun shines for you today yes that was why I liked him because I saw he understood or felt what a woman is...

... sí dijo que yo era una flor de la montaña sí que somos flores todas el cuerpo de mujer sí fue la única verdad que dijo en su vida y el sol brilla para ti hoy sí por eso me gustaba porque vi que entendía o sentía lo que es una mujer...

James Joyce,
Ulysses

I

En un lugar de Madrid, de cuyo nombre no quiero acordarme, no por nada, sino porque no viene a cuento, había una vez un bar de los de cortinaje de plástico, menú en tiza sobre vitrina oscura, cafetera antigua y neón iluminador. *Bar El Lucero de Lucio*, que otros llaman *El Lucero* sin más, y aún otros *El Lucerito*, aunque también hay quien le llama *Bar Lucio*. Por no recordar ya aquellos tiempos en que se le llamaba a broma *Bar Sucio* o *El Sucio*. En un lugar de Madrid, no ha mucho tiempo.

Bar de barrio que cambió a vecindario más vasto (y basto, dirían algunos). Barrio de madera desecha y hojalata que, aun cuando el sol no la hería, relumbraba con una rara alegría de geranios, claveles, romero y perejil asomando por puertas y ventanas desde largas latas que habían sido de aceitunas. Al atardecer, y hasta muy entrada la noche, palmas y guitarras. Taconeo también, retumbando por chabolas, chozas y chamizos, si no dormían ya los críos (y si dormían también, que mejor nana nunca tuvieron). Barrio de barro que los años iban asfaltando a la par que madera y zinc se tornaban ladrillo y teja. Yugo y flechas tatuando algunas entradas. El tiempo iría cambiando sonidos: la bocina reemplazaba el rebuzno, el rodar de ruedas cedía al deslizar de neumáticos. Cambiarían asimismo las voces: el acento sureño de los padres se endurecía con las ce haches explosivas y jotas rasca-gargantas de los hijos ya chelis consumados. Después se fue imponiendo el guirigay de una babelia de mayor diáspora venida de veredas más lejanas: español arabizado, castellano caribeño sin eses, o castellano con eses pero sin sibilantes de alguna América. Y la rumba flamenca rivalizó con la cubana, la milonga con el merengue.

Del bar se decía lo de su dueño: se quedó estancado en el tiempo, nada cambió. Como su dueño. Porque Lucio, dicen, fue novillero, iba para torero. Y todo quedó en esa foto de cristal manchado de motas de moscas sobre la antigua cafetera de presión que milagrosamente sigue tosiendo y escupiendo café: Lucio, en traje de luces, en alguna plaza de algún pueblo que Lucio alega es la antigua plaza de Vista Alegre. Debajo, a pie de foto, una mano trémula, sin duda, por las dudas, había garabateado *Lucerito de Lucerna* (aunque Lucio, por el habla y la crianza, era puro gato madrileño al haber salvado para siempre —salvo visitas veraniegas— los riscos de Despeñaperros en brazos maternos con escasamente dos años). Por las dudas, porque a decir verdad, aun cuando el tiempo no hubiera terciado lo suyo en el cuerpo y la faz humana, sí amarilleó y difuminó la fisonomía del lidiador, el cual, por demás, se hallaba en sombra de la plaza. A lo que habría que añadir, según las malas lenguas que nunca faltan, que, amén de estar colocada la foto en lo alto de la pared, Lucio le tenía prohibido a su mujer limpiar las motas del cristal. Pero, bueno, en fin, algo sí varió: al casarse con Pancracia, la hija del dueño original, cuando éste pasó a mejor vida, Lucio se adueñó del local y del total. A tal punto, que le cambió el nombre al que se sabe, pero que rara vez se pronuncia, por esa costumbre igual sabida de renombrar, resucitando ahora el nuevo acento de la última diáspora, esa onomástica que ya habían introducido antaño los que subían del sur: *El Luserito*, y demás sumisiones de las ces a las eses en las diversas variantes toponímicas del bar. Ese(os) cambio(os) de nombre(s) fue(ron) el (los) último(s). Y aunque, como se ha dicho, de esto no ha mucho tiempo, es preciso distinguir ahora entre el tiempo histórico y el humano, que de este último sólo acaso algún anciano sobreviviente y el propio Lucio podrían precisar la fecha exacta.

«Qué sé yo», contestaría Lucio si alguien le preguntara. Por algún lado tendré yo los papeles, con ese sello de *Una, Grande y Libre* que te ponían hasta en la punta de la polla en aquellos tiempos cuando mandaba Paquito. Tiempos del elefante, le llamábamos, por el papel de váter que gastábamos entonces (aunque Lucio no admitiría que lo siguió gastando, por más económico, hasta que desapareció del todo del mercado cuando empezaron a aparecer Avecrem, Gallina Blanca y la esperanza de vida de los gatos madrileños —los de cuatro patas— volvió a establecerse lentamente de nuevo en nueve).

Mas la copla de Lucio seguía sonando igual:

—¿Qué tal, torero? ¿Cómo te va?

—Esto ni va ni viene. Aquí, siempre igual: sota, caballo, rey. Solo, cortao, con leche. Sota, caballo, rey.

—¿Y la clientela?

—Igual, sólo que hoy, con los guiris que han llegado, hay más café que leche. Aunque también hay la clientela de siempre. Como esas titis tetonas con minifaldas y pantalones apretados que veis allí, que no hace mucho eran titis con trenzas y uniformes o falditas hasta las canillas. Antes venían al salir del cole. Antes: Fanta, Trinaranjus y Coca-Cola. Ahora, caña y café al salir del curro. Las que lo tienen. La Trini, no, por ejemplo. Porque esa se casó y parió mellizos, pero además el marido todavía es de los que cree que la mujer, como la gallina, en la cocina y con la pata quebrada. La Mari, más de lo mismo, pero sin mellizos: cuatro seguidos, hasta que por fin parece que aceptó aquello de «pónselo», porque el marido (dicen que dijeron una vecinas que pegaban oído al otro lado del tabique) ya estaba a favor del «póntelo», pero ella, por lo visto, decía «quítatelo», hasta que por poco se queda en el último parto, que vino atravesado, y ahora dicen que no se lo quita ni para mear. La Loli y la Yoli parece que ya no están en el paro, porque ahora vienen menos. Y la Pili, ¡ay, la Pili!

A la Pili hay que darla de comer aparte. Venía siempre con la Puri (esa ya no viene casi nunca, aunque se apareció por aquí un buen día, toda emperifollada, que no veas, y desde ese buen día, o mal día, según, todo cambió). Venían las dos siempre camino a casa después del cole. La recuerdo a Pili monina, con ese uniforme que la ponían las monjas, y que ahora ha trocado por ese que veis de tablilla, que no me lo acabo de creer, ella que estaba siempre dale que te pego con el mismo fandango: con que iba para actriz y para Hollywood. Veía una peli, y salía hablando y actuando como la estrella. Según la peli: si el papel era de finolis, te salía con: «Por favor, señor Lucio, una Fanta de limón, sin hielo, si tuviera la bondad, que estoy muy constipada». Y si de chulapa: «Marcha una Fanta, majo, que me esperan en el plató».

La Pancracia se cabreaba: «Más respeto, ¡joer! Que no sois lo que se dice princesas, pero tampoco... fulanas». Déjala, Pancra, ¿no ves que son niñas, mujer, y que sólo están jugando?

Pero Pancracia nunca tuvo mucho sentido de humor. A veces estamos frente a la tele, con uno de esos programas de risa, *Martes y trece*, o *Los... ¿cómo se llama?*, y yo partiéndome y a punto de pisearme, y la Pancra, como si estuviera en misa de muerto. Y no te quiero contar cuando la Pili, con ese garbo y gracia que tenía ella, se aparece —¡ríete!— con un par de cojines bajo la blusa para mejor imitar a la Sarita Montiel. Si llega a estar fileteando la pata de jamón la Pancra en ese momento, no dudo la hubiera cortado el cabello como los indios esos en esas películas.

Tenía, digo, porque ahora la Pili ya no tiene mucha gracia ni alegría. Algo la habrá pasado. Cuitas de amor, que dicen, por lo que logro pillar de la cháchara de las tardes cuando caen por aquí. Que tampoco hay que estar muy al loro, con ese vozarrón que ya desde muy cría tenía la Pili, capaz de ensordecer truenos en una tormenta. Es más, te sientes donde te sientes, y aunque estén las cinco cacareando a la vez como gallinas con el huevo ya asomando por el culo, la única que se oye es la Pili.

La verdad es que las titis me alegran las tardes cuando vienen, que suele ser dos o tres veces en semana de un tiempo acá. Que durante mucho tiempo, años inclusive, aparecían de Pascuas a San Juan, y cada una por su cuenta. Me aligeran tanto esas tardes que vienen, que si dejan de venir, vamos, es que las mando un invite a lo que gusten gratis con tal de que sigan viniendo. Ya sabes: sota, caballo, rey. Se trabaja algo el desayuno. Almuerzo ya no hay, con eso de que todo el barrio curra fuera ahora. Antes teníamos hasta menú. La Pancra suda que suda toda la mañana sobre el fuego. Ahora, sólo bocatas, pincho de tortilla, boquerones en vinagre, y para de contar. Los guiris ya tienen montados sus propios restaurantes. Yo la dije a la Pancra: «Pancra, aprende a guisar a lo moro, cuscús y tal. O a lo dominicano, moros y *mangú*, que nos estamos quedando sin clientela para las comidas». Me contestó que si los dominicanos querían comer moros y los moros cucurucho, que se lo guisaran y comieran ellos. Y así estamos. Que si me escucha y nos adelantamos a todos, aquí nadie nos hace la competencia. Porque la Pancra —todo hay que decirlo— tiene una mano para salar y salsear, que no hay moro ni cristiano que la pueda. Pena que tenga también tan poca sal en la mollera.

Y así estamos. Es verdad que tras la siesta suelen venir los jubilados a echar la partidita de mus. Piden un café que dura hasta el atardecer. Uno que otro puede que te pida un carajillo, o que le eches un chispazo en el café, o un sol y sombra, un suponer. Que es mucho suponer, porque la mayoría estira el café como si fuera chicle. Y cuidado que no se aparezca la parienta y los pille bebiendo otra cosa que no sea el cafelito de costumbre, que la bronca te la llevas tú. ¡Si hasta por darles café en vez de descafeinado me han trallado! Como cuando al Eulogio se le puso el corazón a cien y le tuvieron que llevar a toda leche al hospital. Como que yo tengo que saber quién puede tomar qué, ¡no te jode! Y cuando la mujer entra por esa puerta como un terremoto, y me dice que yo tengo la culpa de que su marido por poco la espiche, yo, que siempre he cuidado la clientela, y más en estos tiempos, la empiezo a decir cosas para calmarla, cuando a todas estas, salta la Pancra, tal y como si desde la cocina saliera otro terremoto y se juntaran los dos justo a donde yo estoy, y la dice la Pancra, así como lo cuento: «¡Si tu marido te ha aguantado cuarenta años, puede aguantar cuarenta cafés sin pestañear, so penca que eres!». Con lo que por poco hay que volver a llamar a la ambulancia. Porque la mujer se quedó gagueando por toda respuesta, ojos en blanco y baba colgando.

Total, que a veces estamos la Pancra y yo horas muertas viendo esas telenovelas de los sudacas que echan ahora. Alguna guiri, que todavía no tiene trabajo, y cuyo gachó no gana lo suficiente como para comprar un televisor, suele caer por aquí a ver la novela algunas tardes.

Se conoce que la dicen las amigas cómo va el rollo. Eso al menos dice la Pancra: sólo viene cuando van a matar a alguien, o alguien se va a enrollar con alguien, aunque a mí me parece que así terminan siempre todos los días, dejándote colgado como jabugo en bodega. Rara vez viene algún chaval de afuera. Antes, durante los sesenta y principios de los setenta, venían más. A todo el mundo le dio por pintar, escribir, o simplemente gilipollar con lo de ser artista. Ahora vienen menos, pero todavía, alguno de vez en cuando. Viene todos los días, aguanta un café con leche media mañana, o media tarde, según la hora que se tercie, escribiendo, dibujando, o ninguna de las dos: simplemente sentado ahí, un cuaderno abierto y una mirada seria al techo, como que está estreñido. Y un día ya no vuelve más. Algún niñato que se ha escapado de papá y se cree pintor, o poeta, o vete tú a saber. «¿Con esos pelos?», me espeta siempre la Pancra. Esos son los pelos de los artistas, mujer. O puede que sea un gachó en busca de curro en la capital, ¡yo qué sé! El caso es que un día el menda se esfuma. Cuando se le acaba la pasta, claro. Vuelve a papá, o al pueblo, ¿qué más da? Que es lo que le digo a la Pancra, que tiene metida en la cabeza que estos tipos que van y vienen en todos los bares ahora son camellos. Que son niñatos, Pancra, que vienen a este barrio porque consiguen un piso o una habitación por dos duros, o dos euros, da lo mismo. O eso, algún paleto de provincias que se cree lo de «De Madrid al cielo». Pero la Pancra, erre que erre. En antaño, cuando mandaba el Paco, era peor: entonces todos eran de la secreta. O falangistas, buscando bronca en barrio obrero, preparando un asalto como aquel que hubo en el cuarenta y dos, cuando entraron una noche una manada de fachas, te paraban en la calle, y si no te sabías el *Cara al sol*, te dejaban hecho un cristo. Que eso sólo pasó una vez, Pancra, ¡joer! Y ella: erre que erre. O topo, que también la dio por ahí, cuando allá por el sesenta y dos se corrió lo de la huelga general. Y la Pancra: «ese tiene pinta de anarco, aquel de rojo». Porque la Pancra —¡no te lo pierdas!— estaba convencida que los rojos volvían para quitarnos el bar. ¿Os lo podéis creer?

¿Y si os digo que un día se me llena el bar de grises? Como lo estoy contando y lo estáis oyendo: a la Pancra la dio porque un tío que entró con malas pintas era ¡el mismísimo Lute! ¡Pásmate! Si los grises se lo creyeron o no, ahí no entro. Lo que sí digo es que se aparecieron con el cuartel entero, apuntando metralletas a cada quisque. Aquello parecía talmente como que un manicomio entero se había disfrazado de grises y había salido de caza. Menos mal que la propia Pancracia apuntó a uno, gritando, «¡Ese es!», y los demás salieron corriendo tan rápido que algunos dejaron atrás el culo. Hablando de lo cual, el que había señalado la Pancra también se desculó, pero con una cagalera que tuvo que limpiar un servidor, porque los grises se lo llevaron con la Pancra a comisaría para tomarle declaración. El pobre paleto debió tomar las de Villadiego, que por aquí no se ha vuelto a ver, ni a oler.

Pues ahora la ha dado con que uno que viene por aquí desde hace un mes es camello. Y, ¿qué camellea, Pancra, si sólo levanta el culo de la silla para ir a mear? «¡Joer, Lucio!, te crees que es tan tonto que va a negociar la mercancía en nuestras narices. ¿Que va a mear? Pues ahora que lo dices, se me antoja que ahí es que deja la droga, en el váter, escondido en algún sitio. ¡Que te lo digo yo!».

Por eso mismo, no la presté atención. Si llego a hacerlo, levanto hasta la taza buscando esa droga que ella dice tiene que estar ahí por algún lado. No sé cuántos días se pasó la Pancra tanteando azulejos, subiéndose a la taza y palpando todo el techo, que estaba como para tocarlo, cayéndose a pedazos con sólo mirarlo. Se subió al depósito de agua, resbaló, se agarró al depósito, y todo se vino abajo con ella, que el bar parecía el Manzanares desbordado. Como que el retrete que tenemos está para esconder algo. Te sientas y tus rodillas tocan la pared de enfrente. Hasta que me cabreé cabal un día y la espeté: «Mira, Pancra, entérate, si echamos al único cliente que tenemos aquí durante horas, tú me dirás. ¿Que se toma dos cafés? Pues, ¿qué quieres que te diga, hija mía? Son dos más de los que vendemos. Y como decía tu padre (que en paz descanse, que en vida no pudo, con la mujer y la hija que le tocaron), nunca eches a un cliente si no te monta bronca, y si te paga lo fiado dentro de los cinco primeros días del mes siguiente, cuando le pagan la nómina. Que nunca se sabe: el día menos pensado entra por la puerta con la familia entera, o con una tropa de amigos. Así que, Pancrita mi *arma*, ¡deja de joder la marrana!».

Y *sanseacabó*. Que mentarla a mi suegro era Santiago y cierra

España. Él mismo me decía en antaño: «Mira, Lucio, las mujeres, al menos las que me han tocado a mí, y ahora a ti, hasta que no te hinchan las pelotas y las mandas a hacer puñetas, no cambian la copla». Eso decía.

Total, a lo que iba: las titis me alegran las tardes cuando vienen, que cuando no, las horas se arrastran como si el tiempo se hubiera estancado. Porque las telenovelas, diga lo que diga la Pancra, son todas igual. Ves dos o tres, y sota, caballo, rey. Y las titis son las hijas que nunca tuvimos la Pancra y yo. Por eso me da tanta pena ver a la Pili tan amargada ahora. Nunca era así cuando venía con la Puri. ¡Ay, la Puri! A esa también la cogí un cariño especial. Cuando la vi ese día, tras tanto tiempo sin aparecer, el corazón me dio un vuelco de alegría. A la Puri la recuerdo la más modosita de todas, con todo y tener un par de parachoques que hasta al mismo vendedor de lotería de la ONCE lo ponía bizco. Iba para monja, pero nunca fue meapilas la Puri. Es más, hasta llegué a pensar que se echaría novio, justo aquel monaguillo que siempre venía a desayunar con ella tras la misa de las ocho antes de entrar al cole. Estos van para el altar, me decía yo, pero sin sotana ni hábito. Majo el chico, como el yerno que uno quiere. Modosita la Puri, con el uniforme siempre bien planchadito y abotonadito hasta arriba. Que algunas, cuando empezaban a culear sobre los doce o los trece, se doblaban la falda al salir del cole para que se las vieran los muslitos. Y si ya les salían pechitos, se desabotonaban la blusa hasta el canalillo. Que una tarde, estando todas aquí después del cole, entra por la puerta la hermana Matilde a por un litro de leche que las faltaba ese día para la cena a las monjas, y todas las titis salieron arreando. Todas, menos Puri, que se quedó con dos Fantas enfrente, la de ella y la de la Pili, que también se había pirado. Pues no veas el alegrón que me dio cuando entró ese día, toda emperifollada, como digo, oliendo como la mismísima fábrica de Varon Dandy, que por poco me desmayo cuando nos abrazamos, y a la Pancra hasta la quitó el olor a ajo y cebolla de golpe. Y ¿qué se me ocurre pensar?, sino que la tocó la loto, o un buen gachó. Pero la Pancra —¡al fin mujer y mal pensada!— sólo se la ocurre decir: «¡*jum*!». Aunque, eso sí, no rechazó la propinaza que la dio Puri.

Y mira por dónde, ese mismo día, también por un casual, entra la Pili en el bar por primera vez en días. Porque en aquel entonces todavía no venían las titis por las tardes. No se habían visto la Puri y la Pili en años, porque Puri se había mudado de barrio. Venía, eso sí, regularmente a ver a su madre. Pero por lo visto, nunca se toparon en la calle. Cuando se vieron y reconocieron —que la Puri especialmente estaba como de cine, ella que quería ser monja, y la Pili la que quería ser actriz, ya ves lo que es la vida y son las cosas— pues cuando se vieron, vamos, parecía como que iban a tener un ataque de nervios ahí mismo. Se besaron, se abrazaron, lloraron, gritaron, se volvieron a besar y abrazar, hasta usaron el mismo pañuelo, que Pili no traía, para secarse las lágrimas y soplarse. Vamos, que hasta la Pancra se emocionó y volvió corriendo a la cocina para que no la vieran lagrimear.

Estuvieron hablando, la Puri y la Pili, una hora o más, contándose sus vidas, y yo con ellas, pescando palabras aquí y allá, que también a mí me entró una nostalgia que me dieron ganas de llorar a moco tendido, viéndolas tan mujeres, memoriando cuando era niñas con sus trenzas, sus Fantas y Trinaranjuses, sus uniformes azules con sus blusitas blancas.

¡Joer! —pensé— ¡Qué putadas tiene la vida!

Pero mayor putada fue lo que tuve que oír de la boca y vozarrón de Pili tiempo después. No hace mucho. Cuando todo estalló. Cuando todo empezó. Un día que la Yoli preguntó por la Puri, y la Pili —vete a saber por qué, que las mujeres son un misterio más grande que el de la Santísima Trinidad— desembuchó por fin lo que venía guardando durante tiempo.

II

Señor, ¿por qué permites tales sueños? ¡Y a mi edad! Cuando se es joven, y la tentación llama disfrazada de mil maneras, se entiende mejor. Pero, ¡frisando los ochenta y cinco, Señor? Yo sé, Señor, que ha sido la nueva novicia. ¿Era o no era ella la del sueño, la novicia? ¡Son tan raras hoy! Dos veces raras: ya es raro que alguien hoy responda a tu llamada. Con la juventud que nos ha tocado, sería un milagro que no escasearan las vocaciones. Perdóname si falto a la caridad, Señor, pero tienes que admitir que lo que llaman crisis de la Iglesia se manifiesta clarísimamente en la falta de vocaciones. Por eso mismo, tú lo sabes, Señor, pedí volver de la jubilación cuando empezaron a faltar brazos en tu viña. Tan tranquilita que estaba en la residencia para jubiladas, allá en la sierra, rezando tan a gustito hora tras hora. Meditando en los largos paseos por el jardín y el huerto que todas cuidábamos por las mañanas entre la misa de madrugada y el Ángelus de mediodía. Ya no hay vocaciones, pero las que hay, ¡ay, Señor! Menos mal que ya no soy la superiora. ¡Dios me libre!

Perdona si me quejo. ¡Es que me pides cada cosa! Pero sabes, Señor, que sólo tienes que enseñarme una vez más el sendero que quieres que siga. ¿No te escuché cuando me pediste que volviera de ese preludio del Paraíso en la sierra? ¿No te dije *hágase en mí tu voluntad*? Y,

¿no he seguido aquí tantas veces cuando me han preguntando si quiero volver a la residencia y a la jubilación? «Aún estoy fuerte, hermana», he contestado siempre. ¿Será vanidad? ¿Será que me pienso imprescindible? ¿Que no quiero reconocer mis límites? No lo sé, Señor, no lo sé. Tú lo sabrás. El caso es que aquí me tienes.

Si me oyeran las hermanas menores despotricar así contra la novicia, no se lo creerían. Mi fama de progre —como dicen hoy día— me ha perseguido hasta la vejez. ¡Si me hubieran conocido años ha! Aunque a decir verdad, nadie se atrevía a pensar en voz alta en aquellos tiempos, mucho menos yo, que tuve que esperar a que los tiempos cambiaran para siquiera atreverme a insinuar eso mismo: que tenían que cambiar. Que cuando me nombraron superiora, ya sabes, Señor, que más de una se persignó en secreto. ¡Qué encerrados estábamos, qué provincianos éramos! En voz baja, Señor, hablando contigo, sabes que desde entonces me cuestionaba tantas cosas. Dudar no, Señor, ya lo sabes. Pero sí cuestionar. Lo mismo que se cuestionarían años después los curas comunistas, según cogieron de llamarles. Lo que pasa es que una es mujer y monja. Y sabes también que tu Iglesia no ha sido precisamente dechado y defensora de nosotras las mujeres. Eso hoy —lo del papel de la mujer en la Iglesia— lo dicen algunos sacerdotes, y hasta una que otra monja. Pero en aquel entonces, si acaso llegabas a pensarlo, en seguida lo apartabas de tu mente como tentación del Maligno. Y también sabes que no estoy de acuerdo con esas locas que andan por ahí gritando que las mujeres somos igual o mejor que los hombres. Que por algo nos hiciste diferentes. Ni mejor ni peor: diferentes. Tiene gracia: ahora esas locas, sin saberlo, nos imitan, con eso de censurar el sostén como muestra de sumisión a lo que ellas llaman criterio machista para crear mujeres objeto. ¡Si nosotras desde siempre le hemos quitado importancia a lo físico! Ellas se quitan el sostén, ¡pero a que no se aplastan los senos como hacíamos nosotras! Y para colmo, muchas se cortan ahora el cabello como nosotras desde siempre. Tiene gracia.

Pero tampoco vamos a tirar todo por la borda, Señor. Que tampoco soy de las que le echan la culpa de todo al pobre San Pablo. Eran otros tiempos, lo reconozco. Pero que hoy día, decirle a una pobre mujer que obedezca a su marido cuando éste le está dando una paliza, pues no dudo que el propio San Pablo volviera a la espada para defenderse. Y si me apuras, Señor, yo también te preguntaría, como tantas jóvenes, que por qué, en vista de que faltan sacerdotes, no podemos nosotras decir misa, a ver. Si hay pueblos en provincias que sólo pueden celebrar una misa los domingos, porque hay un solo sacerdote que tiene que ir de pueblo en pueblo. Y eso gracias a que han venido de afuera sacerdotes: polacos, rumanos, sudamericanos. Que España irá todo lo bien que quieran, pero en materia de religión, ¿qué te voy a contar a ti, Señor? Pero ni lo uno ni lo otro: ni el San Pablo de antaño, ni…

Iba a decir la novicia. Perdóname una vez más, Señor. ¡Tocando los ochenta y cinco, y qué difícil aún aprender a comprender! ¿Quién soy yo para juzgar? ¿Cuántas veces no he dicho —¡hipócrita que soy! —, cuántas, no les he dicho a las jóvenes que una simple sierva del Señor ni juzga, ni critica, ni mucho menos condena? Perdóname, pero sabes que a ratos no puedo evitar pensar lo que sabes, Señor. Antes apartaba cualquier cuestionamiento como tentación del Maligno. Pues ahora, Señor, ayúdame a hacer lo mismo con la novicia.

No aprendo. No creas que no he recordado lo de aquel día hace años. Ese día en que todo salió al revés. Era recién acabada la Guerra y yo era aún novicia también entonces. Debe ser por esa relación de novicia que me subió el recuerdo a la memoria, así de golpe, tras tantos años enterrado. Todas las mañanas yo acompañaba a Sor Benilde, aquella viejita santa, a una clínica que teníamos a las afueras. Tras la misa esa mañana Sor Benilde me dijo que estaba muy acatarrada, que yo tendría que ir sola. Ese fue sólo el primer contratiempo. Porque también tardó tanto en llegar el tranvía esa mañana, que perdí el coche destartalado aquel que nos llevaba desde el final de línea a las chabolas en el descampado. Pertenecía a un capataz de fábrica que trabajaba el turno de noche, y por unas monedas nos llevaba a la clínica. Nos recogía por la mañana, junto con otros pasajeros, y nos devolvía al atardecer cuando regresaba al trabajo. No había transporte público allá en aquel entonces (hoy, es un barrio urbano más, a veinte minutos del centro en metro). Me quedé mirando al cielo sin saber qué hacer. No me avenía a no poder abrir la clínica. Eran tiempos de tifus, tuberculosis, poliomielitis, enfermedades que hoy no se conocen. Ir andando me tomaría media mañana, pero no me quedaba más remedio.

Entonces tú acudiste, Señor: no habría andando más de un cuarto de hora cuando oí detrás la carreta de aquel gitano chatarrero. Le ofrecí unas monedas: «No hace falta, voy camino de ese descampado, madre, pero se agradece», y yo: «No me llame madre, que nuestra orden es de hermanas». Pero recuerdo como hoy que también ese día sentí una punzada en el pecho, como las que dice la Santa que ella sentía, porque sabes, Señor, cuánto tiempo tardé en resignarme a no ser madre. Cuánto tiempo dudando si tenía más vocación de madre que de monja, lo sabes. Mi confesor, la superiora, la hermana Benilde, todos advirtiéndome: «es normal, la llamada del Señor es misteriosa, y como a Job, Dios deja que el Maligno nos tiente para que nuestra fe salga fortalecida, date tiempo, hija, date tiempo». ¡Cuánto tiempo!, cada vez que me llamaban madre en vez de hermana, con esa congoja que me crecía abrumadora: madre, y la palabra era dardo adentro, que sabes que nunca he pecado de envidia, pero cuando veía a veces a madres con sus hijos por las calles, no podía evitarla, Señor, esa envidia que me roía cada vez más las entrañas, hasta convertirse casi en rabia, sí, ¡qué rabia!, sí rabia, Señor, y en ese momento comprendía a Caín, aunque tú sabes que luché siempre para apartar de mí ese pensamiento, y todo —duda, rabia, envidia— terminaba en un dolor no por vago menos intenso, que yo misma no me lo podía explicar. Hasta llegué a temer —recuérdalo, Señor— hasta llegué a sospechar que me estaba volviendo loca. Hoy, te mandarían a un psicólogo, que ya no les tenemos el miedo que les teníamos en aquel entonces, y hasta hay sacerdotes que ejercen de psicólogos para religiosos y religiosas. Aunque a juzgar por alguna hermana que ha ido, no sé yo si el remedio es peor que la enfermedad. Como aquella pobre de Sor Patricia, que terminó por los pasillos pisando fuerte de repente sobre algún azulejo, porque se creía la Virgen y veía la serpiente arrastrándose por el suelo hacia ella. ¿Por qué permites tales cosas, Señor? Perdona que te lo vuelva a preguntar, sabiendo como sé la respuesta, pero es que cuando ves tanta tristeza y tanto contrasentido alrededor, ¿no es normal que te abrume todo, aunque sea sólo por un momento? Debería darte las gracias en cambio por haberme ayudado, lo sé, por haberme librado de semejante tragedia, aunque a veces me pregunto si los locos, de alguna manera, no están más cerca de ti, no gozan también, como la Santa, de divina locura de una forma u otra. Perdona. Aunque debí darte las gracias en algún momento por las hermanas y sus consuelos. «El instinto materno, hija, el instinto materno que tenemos todas», me tranquilizaban la superiora y las hermanas mayores, que hoy me río cuando las feministas esas dicen que no existe tal cosa, ¡que me lo digan a mí!

«Por aquí atrechamos, hermana», me dijo el gitano al llegar a un cruce. Y sin ton ni son, al ver que nos apartábamos del camino de siempre y entrábamos en un sendero aislado, me entró un temblor, como aquella vez que me encontré a solas con aquel hombre fuera de ley. También ahora pensé: este hombre me va a hacer daño, voy a terminar como aquella abadesa embarazada de Gonzalo de Berceo, ayúdame, Virgen del Carmen, que nadie me va a creer, se avergonzarán de mí todas las hermanas, seré motivo de escándalo, los enemigos de la Iglesia se alegrarán una vez más, y más que nunca, porque ahora se trataría de una monja, y no de otro sacerdote sinvergüenza, que los hubo y los hay, Señor, tú lo sabes. Subiendo y bajando lomas, atravesando llanos en silencio a no ser por el trote acompasado de la mula, el chirriar de la carreta, el choque de la chatarra cuando la carreta se ladeaba por algún montículo, un bache, alguna piedra que no esquivaba una de las ruedas, el chasquido del gitano amonestando la mula cuando flaqueaba el paso. Fumaba, soltando nubes de humo que se mezclaban con el vapor que despedía su respiración, que era por otoño, cuando ya pasan las lluvias de octubre, y el frío se aposenta sobre el mundo con un peso cruel. Yo miraba de reojo su mirar fijo, clavado entre las orejas de la mula, tratando de adivinar su pensamiento que se me antojaba mal intencionado, recordando los cuentos de la guerra, de monjas violadas, tumbas de conventos profanadas, religiosos y religiosas arrastrados por las calles, pensando: quedarán muchos todavía en España que nos odian, pensando: dicen que hay hombres que anhelan monjas más que otras mujeres, pensando: creerá que llevo dinero, sólo me quiere robar (sintiendo alivio, los dedos de mi mano temblorosa deslizándose sobre el rosario dentro del bolsillo derecho de mi hábito).

Tiró de las riendas. Paró la mula. No me atreví a mirarle cuando giró su cabeza hacia mí. «Está usted temblando de frío, hermana, poniéndose de pie y empezando a quitarse el abrigo. Tome, que yo vaciaré uno de los sacos de chatarra pequeña, y con eso me abrigo».

No me dio tiempo a decirle, aliviada y culpable a la vez, que no, que no se molestara. Debió ser que al parar la carreta y cesar el ruido de ruedas, cascos y el trajín y bamboleo de la carreta, pudimos oír un lejano grito. Un aullido más bien al otro lado de la colina. Nos miramos sorprendidos. Aún de pie, el gitano arrebató la colilla de sus labios lanzándola al aire, chasqueó agudo, golpeó el lomo de la mula con las riendas, y entre tirones y tropezones, entró la cabalgadura en un galope torpe. No podía con la cuesta. El gitano tiró de una rienda para suavizar la subida, ladeando la loma, y la mula entró ahora en un trote llevadero. Al salvar la cumbre apareció la chopera sombreando una choza de la que volvió a escaparse un terrible grito.

La mujer aullaba retorciéndose en el colchón sobre el piso. El niño venía al revés, como todo esa mañana, que ya sé, Señor, que permites los reveses de la vida para que los humanos los enderecemos. El gitano la sujetaba por los hombros y los brazos arrodillado a la cabeza, inmovilizando la parte superior del cuerpo de la mujer mientras yo intentaba girar el cuerpecito adentro que pateaba por salir entre sangre y placenta. Tenté el cordón umbilical. Logré desplazarlo del cuello. Sin dejar de maniobrar, miré desesperada por los rincones en busca de un cubo, una vasija, alguna palangana con agua, indecisa si seguir adelante o intentar bautizar al niño aún dentro del vientre. Entonces alcancé sus bracitos. «¡Empuje!», le grité a la mujer. «¡Empuja, mujer!», gritó el gitano. Y antes que se apagara el grito desgarrador de la madre, oí el llanto del niño entre mis brazos.

Hoy lo he recordado, Señor. Tú me lo has traído a la memoria para que deje de juzgar de una vez a la novicia nueva. Tú atrasaste el tranvía esa mañana, hiciste que perdiera el coche que me llevaba a la clínica, para que pudiera salvar la vida a aquella pobre mujer y su hijo, gracias a aquel gitano que yo tanto temí me iba a hacer un daño, y que era como un ángel que enviaste.

Ayúdame, Señor, a no juzgar. Ayúdame a comprenderla en vez de enjuiciarla. A comprender que precisamente por los tiempos en que vivimos y que no son propicios a vocaciones, debe ser aún más duro y difícil decidirse a ser religiosa.

Aunque, ¿a dónde vamos a parar, Señor? Porque tienes que admitir que, cambien o no cambien los tiempos, ¿¡cómo puede ser que ahora las novicias le llamen a una (¡contando casi los ochenta y cinco!) tía!?

III

Todo empezó, tías, en el puto paro. Justo al salir de BUP. ¿No os acordáis? ¡Joer!, tampoco hace tanto tiempo, troncas. Pasa que nos desbandamos. Durante un tiempo, casi no nos vimos. Yoli cayó en una fábrica por Móstoles, Mari, no me acuerdo. Tú, Trini, en aquel bar por Vallecas, donde conociste a Javi, y Loli... ¿dónde fuiste a parar, tía? Ah, sí, es verdad: tu tío te colocó limpiando en un hotel en Sevilla, y no volviste a Madrid hasta que se acabó la temporada turista.

Yo —¿no os acordáis?— tenía contrato basura en una fotocopiadora. Lo último que se pierde es la esperanza. Así que yo, venga a currar como loca, pensando —¡gilipollas de mí!— que si trabajaba como un negro y sonreía como un chino, me harían fija. Y fijo, a los tres meses me largaron.

Caí en otra fotocopiadora, y más de lo mismo. ¿Os acordáis ahora? Nos veíamos poco, pero recuerdo que ese día que me largaron, te lo conté a ti, Trini. Aquí mismo, en *Lucio*. Yo reventando con las ganas de llorar.

Entonces me metí a camarera en un restaurante de mala muerte, que fue donde único encontré trabajo. Más de lo mismo: a los tres meses, pírate, Pili, que ya cumpliste el contrato. Y así, hasta que acumulé derecho al paro. Entonces la Puri me dice un día: «hija mía, por lo visto una tiene que elegir entre las dos pes: puta o paro». ¿No os acordáis que tuvo que dejar el cole cuando su jefa se cayó y se partió la cadera? De esto hace ya bastante. ¿Que cuánto tiempo? Y, ¡yo qué sé! Debió ser cuando yo estaba en el paro. La perdí la vista y pista. La llamé un par de veces, y el chulo de su hermano me dijo borde que qué puntería tenía, que siempre llamaba cuando él estaba viendo el partido, y algún gilipollas a punto de patear un gol, y que si quería hablar con Puri, que llamara tarde por la noche, que estaba de chica en una casa, y de ahí salía a trabajar en un restaurante, porque la vieja se había fracturado una cadera y Puri la estaba sustituyendo, y después se iba al restaurante, y me colgó sin más. Total, que dejé de llamar, y no supe nada de ella hasta lo que os voy a contar, que os vais a cagar, troncas, cuando nos encontramos aquí mismo en *El Lucerito* la Puri y yo hace un tiempo, cuando todavía no veníamos aquí nosotras a palique como ahora.

Pues nada más verla, pensé a esta la ha tocado la lotería, o se topó con un tío con tela, porque no iba vestida como chica de servicio ni cosa que se parezca. Ninguna de las dos. Para resumir el rollo, os diré —¡os vais a cagar!, os lo advierto— os diré, troncas, que la Puri me contó que había empezado a ir a un bar de copas y había terminado en la prensa con: DEJA QUE PURI TE PRENDA EL PURO.

¿Cómo que qué? Lo que os estoy diciendo: ¡que la Puri se ha hecho puta de prensa! ¿Cuál de vosotras se lo hubiera creído? Fuera de coña, ¿cuál? Pues yo no. No me lo creí. Es más, todavía tengo que hacer un esfuerzo para creérmelo. La Puri tuvo que coger *El País* y enseñarme el anuncio con su teléfono para que me convenciera que no era broma. Y todo esto precisamente aquí mismo, aquí, donde Lucio, frente ahí, el colegio de monjas donde habíamos estudiamos todas con Puri, y por si fuera poco, al lado de la iglesia donde hicimos juntas la primera comunión. Sí, sí, ¡joer!, Puri Pérez, ¿quién va a ser? ¿Qué otra Puri hay? Sí, la que iba para monja, ¡la mismísima! ¡Esa misma, joer! ¡Cómo queréis que os lo diga, joer? ¿Qué, le tengo que poner *cachup* para que se lo coman? ¡Que sí, que Puri! Puri Pérez, con la que me veíais siempre, la mismísima.

Yo había entrado a pedir un café, y Puri, emperifollada como nunca la había visto, había estado visitando a su madre ese día en el barrio. Ni la reconocí al principio, tías, de lo puesta que iba. Mismamente una modelo, aunque no de las anoréxicas de hoy que llaman, que parecen salidas de una huelga de hambre, porque ya sabéis que la Puri, desde siempre, pechugona. Qué tía, pensaba yo, ¡cómo rompe la tronca! Y justo pensándolo, me mira, la miro, nos vemos y reconocemos, ella grita, yo grito, se tira, me tiro, cada una al cuello de la otra, gritando tal, que Pancracia sale de la cocina con una sartén, seguro creyendo que había bronca, voceando: «¿¡Qué cojones pasa aquí, Lucio!?», y Lucio ni la contesta ni la mira, de lo emocionado que está al vernos juntas otra vez tras tanto tiempo, que cuando miramos hacia él para pedir más café, empezaba ya a moquear el hombre.

Bajé el periódico aún dudando si creerlo o no. Hasta pensé que la Puri se estaba cachondeando de mí. Vamos, que era un anuncio que había puesto otra tía llamada Puri. Así mismo se lo dije, la dije: «vete a trolar a otra, tronca, que ya veo que sigues tan guasera como siempre». No dijo nada. Hizo como que no me había oído, metió la mano en el bolso —¡Vuitón!, tías, y nada de imitación— y sacó una tarjeta, me la coloca en la cara y me dice: «mira a ver si el teléfono aquí no es el mismo que el del anuncio». Me quedé trinca, tiesa y turulata, y sólo se me ocurre decir: «Coño, Puri, y tú que en segundo te dio por ser monja, ¡no jodas, tía!». «Y tú, Pili —me contestó riendo—, que me tuviste que tranquilizar aquel día que el gilipollas del Gerónimo —con ge, chicasss, ¡no se equivoquen!—, haciéndose el gracioso, dijo que todas las monjas eran titis frustradas, y que de meterme yo a monja (¡Qué desperdicio, chicasss!, aunque algún curita, Purita, ya te tocará las tetonas esas que te han brotado de la noche a la mañana como las Torres Kio, niña. *Ji, ji, ji*), que se acabaría la tela en el convento cuando me fueran a hacer el hábito, maricón, más que maricón, que todos los que se la dan de machos, eso es lo que son, que sólo tuve tiempo a mandarle a tomar por culo, porque cuando me fui a por él a largarle una leche, tú te metiste en medio, que si no, Pili, al Gerónimo lo pego hasta hacerlo puré y papilla. ¡Qué tiempos aquellos, tía! Tú aguantándome, el Gerónimo —¡gilipollas!— aullando como un indio (Con ge, como el jefe de los apaches, chicasss, ¡no se confundan!), y riéndose, hasta que le dije aquello... ¿Te acuerdas lo que le dije, Pili?

Le dijiste —las dos riéndonos a carcajadas—, ¿cómo no me voy a acordar que le dijiste que no hacías tortilla con sus huevos, porque no los tenía? Y el Gerónimo, viendo que yo te tenía bien sujeta, hace como que viene a por ti, pero el muy blufero se para fuera de tu alcance, hace como que se está controlando y espeta: «Porque uno es hombre, chicasss, ¡y a las mujeres se las machaca sólo en la cama!».

Y cuando dejamos de reírnos, sólo se oyó la risa del Lucio, porque vino un silencio de esos cuando nadie sabe qué decir, al menos yo, porque ¿qué cojones le dices a una tía que la dejas camino al convento y te le encuentras puta? Porque si se fue a currar sin terminar BUP, no era porque ya había abandonado lo de meterse a monja, sino porque ya sabéis que ni su padre ni el chulo de su hermano jamás dieron golpe, y a la pobre Puri la tocó traer el pan junto con su madre, que la familia siempre estaba con la soga al cuello. Ella tenía pensado trabajar hasta que su madre pudiera cobrar la pensión, que la quedaban unos años (porque además de chica de servicio, la pobre mujer hacía oficinas por las tardes, y algo de pensión la tocaría). Así que lo de hacerse religiosa, tendría que esperar.

Ya veis: ¡vueltas de la vida y meneos del mundo! Y como no sabía qué decir, esperé a que Puri dijera algo para romper ese silencio puñetero, que a no ser porque Lucio siempre tiene algún aparato —el televisor, la radio, la tragaperras, la cafetera, todo a la vez a veces...—, además se podía oír el pedo de un mosquito, tías, cuando Lucio cortó de golpe su risa al darse cuenta que nosotras lo oímos. Que ya sabéis que tiene orejas de elefante, como ahora mismo. No miren, ¡joer!, que se va dar cuenta que lo mentamos. Y para más inri, el tío desde siempre me reprocha que hablo ruidosa, ¡no te raja! Así que para salir del paso le grité: «Lucio, dos cañas».

(Se equivoca, que lo que me pidió fueron dos cafés, uno con leche para Puri, y un solo para ella, ¡que la mala leche la sobra desde niña!).

«Pues no es tan mala vida, Pili, no te creas —me dice entre sorbito y sorbito—. Y no te creas tan santa, tía. Porque tú en esa fotocopiadora, y yo de chica en esa casa trabajábamos igual con nuestro cuerpo, diga lo que diga la gente. Ocho horas dale que te pego por una miseria. Y para terminar como tú en el paro cada tanto. A eso llaman trabajo digno. Cuando yo quería ser monja, ¿no querías tú ser actriz? ¿Te acuerdas? Hasta que te debiste enterar que tenías que pagar una academia, y que el curro en una fotocopiadora no te daba ni para ayudar a tu madre, mucho menos para ahorrar. ¿A que sí? Y después de poder pagar la academia, tendrías que acostarte con medio mundo, y con suerte, podrías hacer de portera en una película del Almodóvar durante los dos segundos que te tomaría darla los buenos días a Victoria Abril cuando subía a encontrarse con su amante, y durante otros dos segundos cuando la decías adiós a la Victorita que ni te contesta. Y es que está cabreada porque se acaba de enterar que el tío allá arriba es *trabelo*, que me las he visto todas, y el Almodóvar se repite más que fabada en agosto. Y, ¿sabes lo que te digo, tía? Que te gané, Pili. Porque eso es lo que soy: soy la actriz que tú querías ser. Los tíos me pagan para oírme chillar y verme revolcar, que con eso se creen todos que son el macho de las pampas (que dice una amiga argentina que todavía está atrapada en la Red de San Luis, porque no logra sacudir al chulo, la muy *boluda*, como ella misma se llama). Y cuando los tíos te dicen —aunque no te lo digan así de claro— que el problema no es su tamaño ni su técnica, sino que a sus mujeres se las congeló la almeja, ya una tiene bien ensayada la respuesta: "Pero, ¡bueno!, ¿cómo es posible?, ¿qué me dices?, me estás trolando, tío, que con sólo que me toques, ¡me vuelvo ascua!". Y tragan, todos tragan, fíjate si seré o no yo candidata a uno de esos Goyas y Óscares. No es que finjan que se lo creen: ¡tragan, tía! Y la prueba está que repiten, no mañana ni pasado, sino ahí mismo, al momento, sin siquiera haber terminado yo mi línea. Es más, si me apuras, Pili, te digo que no sólo soy la actriz que tú querías ser, sino que además también algo de la monja que quise ser me queda de cuando aquella Sor Clemencia me comió el coco y me convenció que lo mío era el convento. Porque no te creas que ser puta es abrir los orificios sin más».

¿Os lo creéis, tías? No me invento nada: eso dijo: «¡orificios!». Que por poco la tengo que pedir un diccionario. Pero ya sabéis que la Puri siempre tenía un libro entre manos. ¿No os recordáis cómo nos jodía a todas cuando salía con aquel vocabulario? No sabíamos si eran palabras de verdad, o la última palabrota de moda que todavía no conocíamos, o sólo si la Puri estaba fardando de hablar fino. Ahora, eso sí: cuando tocaba algún examen —especialmente de religión y de literatura— ahí estaba ella, siempre dispuesta a echarnos un cable. Puri, ¿cuál es la definición de neoplasta? (¡por neoplasmo, tías, qué risas!); Puri, ¿cuál es la diferencia entre una metáfora y una imagen?; Puri, ¿un Dios en tres personas, o tres personas en uno? Puri..., y así. Y la buena de Puri —¡que tiene cojones volverse puta con ese nombre!—, la buena de ella, siempre dispuesta, que manda huevos terminar como ha terminado, ¡joer!

¿Por dónde iba? Sí, orificios, eso dijo: «no te creas que ser puta es abrir orificios sin más», acabándome de decir (a manera de justificación, tías, ¿qué si no?) que algo la quedaba de aquel querer ser monja. «No te creas», me dice entonces, y vosotras no lo vais a creer, «no te creas —sigue diciendo—, que no he tenido hombres que me pagan sólo por consolarles, o más que nada por escucharlos sus rollos y películas. Que yo cobro por polvo o por hora, depende, y muchos de los que dicen que quieren repetir, pagan y se quedan hablando sin más, llorando penas, Pili, no te creas, tía. Por no contarte de los curitas que se confiesan conmigo, que aunque vienen vestidos de civil, a mí no me la meten, a ver si me entiendes, tía».

Me quedé de una pieza, qué quieres que te diga. La Puri, mi amiga de infancia y de siempre. Hermana, más que amiga. La que yo en un momento pensé: si no va para monja, se casa seguro con Miguelito el monaguillo, que siempre lo esperaba después de misa, y venían aquí a tomarse su manchaíto juntos. Ella, que me regañó mismamente como una monja cuando me dejé volar el cartucho la primera vez por un gilipollas que me enchufó una noche de chocolate. Y me consolaba cuando no me vino la regla, y hasta me acompañó a hacerme la prueba de embarazo. Y para complacerla, más que otra cosa, la acompañé a prenderla una vela a la Virgen de la Purificación, porque yo, la verdad, no estaba como para velitas, sino más bien desvelada, que esto fue antes de ir a hacerme la prueba... ¿Qué quieres que te diga? ¡Que todavía no me lo creo, tías!

Entonces la dije, no tanto para convencerla, que me di cuenta que ahí no había nada que hacer, sino por pura curiosidad, la dije:

«Pero, Puri, ¿y si un día viene un pervertido de esos que tanto salen en la prensa y te patea, tía?». Bueno, quizá también, además de curiosidad, porque fue lo único que se me ocurrió decirla para que no sucediera otro silencio puñetero. Porque, ¿qué iba a decirle?, dime, Trini. ¿Qué coño dices en un caso como este, Loli? ¿La tiras un sermoncito, Mari? ¿La dices: «tronca, que el SIDA no es cosa sólo de maricones»? ¿Qué, Yoli? Pero también por curiosidad. Porque, vamos a ver, tías, ¿quién que la ha pasado putas no se piensa en algún momento eso mismo que me dijo la Puri cuando me dijo lo de las dos pes? Que se conoce que ya se lo estaba pensando la gachí. Si te pasas toda la puta vida de curro chungo en curro chungo para parar en el paro cada tanto, es lógico que en cualquier momento se te venga una ocurrencia loca. No me pongas esa cara, Mari, ¡joer! Que no estoy proponiendo que nos bajemos las bragas y soltemos los sostenes aquí mismo. Sólo que a veces piensas cosas que, aunque no debes pensarlas, son como los sueños: se te vienen solos. Cosas buenas y cosas malas también. Por ejemplo, lo de meterte a monja, sin ir más lejos. Puede que a Puri la diera más fuerte lo de caer en un convento, pero ¿a que todas lo pensamos alguna vez? Si las monjas estaban dale que te pego todo el tiempo con que estuviéramos al tanto de la llamada del Señor, hija, no le des la espalda a Dios, y así, *tracatracatracatraca*, que terminabas poniéndote una sábana en la cabeza y mirándote en el espejo. Eso al menos hice yo un día, pero más que monja, ¡parecía mora! Reíos todo lo que queráis. Quizá no hayáis llegado a tanto, pero que todas, tarde o temprano, nos imaginamos con hábito, eso es así. ¿Tú también, Trini? Normal. Y de Mari, no hay ni que decir. Pues lo mismo que con imaginarte monja te puede pasar con imaginarte otra cosa. Pues, sí, eso mismo: en vez de ponerte la sábana, ¡te acuestas sobre ella y te imaginas puta! ¿Vale? ¿Qué no? Vale. ¡Pero que sí! Otra cosa es que lo admitáis. Porque no me vais a decir que en algún momento no habéis pensado: joer, al menos las putas han mandado al mundo a tomar por saco; han dicho: ya no me trago la mierda de trabajo digno con sueldo indigno y vacaciones a la puta calle con el culo al aire cuando se te acaba el contrato hasta que acumulas tropecientos contratos y te vas al paro preocupada de qué cojones vas a hacer cuando se te acabe. Y encima, ¡España va bien!

Tranqui, tranqui, troncas, que estoy haciendo de abogada del diablo, joer. Pero que a una se la ocurre, pues se la ocurre, digáis lo que digáis. Aunque no pasa de ahí. ¿Vale?

Pues a lo que iba, que lo dejé con que la decía a la Puri que el día menos pensado se iba a encontrar con un pervertido. «Tú, ¿qué te crees, Pili?», me suelta. «¿Que yo me vendo barata? Mira, titi, lo que yo cobro no lo puede pagar uno de esos macarras raja-coños. ¿Qué quieres que te diga? Que la semana pasada, tronca, me follé uno del *Hola*... No, no, no me preguntes nombres: ¡secreto profesional, tía! Yo tengo mi pisito, con aire acondicionado y jacuzzi, en un barrio bien, ¿qué te crees, tía? No te digo que no haya que tener un poquito de cuidado, que de todo hay en la viña del Señor, y entre la gente chichi también se dan chorizos, no te creas. Como que un día me pregunta uno —banquero él— que cuánto cobro por el tijeretazo...». «¡Para, Para, Puri!», la paro, segura que la había pillado, que aun cuando iba para monja, ¿no os recordáis que a la Puri se la escapaba una mentirilla de vez en cuando? «¿Tú no me estarás trolando, tronca? —la salto sonriendo para suavizar el haberla pillado la bula—. Porque si tu clientela es tan pastosa, tía, ¿cómo coño te invita un tío forrao al tijeretazo, y encima, ¡te quiere regatear! Que los tíos con parné no preguntan precio. Vamos, en avión privado, o por lo menos en primera, ¡y en hotel de cinco, tronca!».

A la Puri se la ponen los ojos como lunas, que yo no sé si pensar que la está dando un pasmo, un patatús o si está preparando otra patraña. Ninguna de las tres. Lo que estaba era friquiá. Entonces, cierra los ojos y abre la boca con una carcajada que hasta el Lucio —¡no miren, no miren!— pegó un brinco, con todo y estar simulando que pasaba un paño a una mesa en vez de estar al loro. «Pero, tía —me dice la Puri—, tú estarás pensando en el tijeretazo ese que anuncian en la tele para los viajes. Que el tijeretazo de que te hablo es otra cosa, majeta. Lo hay individual y de a dúo. Según si uno o dos pares de tijeras. En el dúo, el tío te coloca un par de tijeras sobre cada una de las tetas, como que te va a cortar el pezón, lo dejas ir cerrando poco a poco las tijeras, y tú tienes que fingir que te duele pero te mola. ¿No te dije que esto era más teatro que otra cosa, y que por cojones te vuelves la mejor actriz del mundo?».

«Y, ¿tú qué le dijiste, Puri?», la pregunto, friquiá yo ahora. «Lo que te dije: que aunque mi clientela es de lo más selecta, yo no me la juego. Dejé que el tío sacara los dos pares de tijeras de su maletín, que ya venía preparado el hombre para el dúo. Le dije la tarifa, que en eso te equivocas, tía: banqueros, ejecutivos, ministros, todos a la hora de pagar se vuelven catalán. Pero a mí no me regatea ni el mismísimo Maragall. Las lentejas, o las comes o las dejas: les digo mi precio, y si no los cuadra, santo y bueno, que ancha es Castilla. "De acuerdo, chatita", me dice sacando el billetero, y cuando le digo que por el precio del dúo va incluido también el tijeretazo a tres, empieza a babear el hombre como si fuera la Cibeles, aunque nunca había oído hablar del tres. Que estos tíos se corren como una catarata con sólo mirarles. ¡Si te contara de la de tíos que se les dispara el gatillo en la funda! Polvo sin pólvora se llama en el argot. Pero yo cobro igual, que por eso cobro por adelantado, que también me confieso catalana, tronca. Pero la verdad, como te he dicho, mi clientela es de caballeros, y si alguno se queja, los digo sin más lo que me dijo una vez un cliente norteamericano de una transnacional que nacionalizó mis servicios: "la leche derramada no se remedia con lágrimas". Máxime que, amén de ser caballeros, no se atreven a armar trifulca, por la cuenta que los tiene. Que todos se conocen entre sí, y más importante, tía, ¡que me conocen y saben que a Puri no se la juega ni el mismísimo...».

«Joer, Puri —la interrumpo ya desesperada—, termina, tía. ¿Qué pasó con el tijeretazo?».

¿Que qué pasó? Pues que el tío me pregunta: «¿cómo es el tijeretazo a tres?», y le contesto: «Ya verás, chatito, vas a flipar en colores», y hago así, me escurro hacia la mesa de noche y saco el tercer par de tijeras, y antes de que el tío las viera, ¡zas!, ya se las tengo colocadas, ¡adivina dónde! Que cuando le dije: «Ahora coloca tú las tuyas, chatito», lo que colocó fue su culo en la calle.

¿Os reís? Sí que es de risa, que la Puri, puta y todo, siga teniendo la misma gracia y garbo. Y de la chulería, ¿para qué hablar?, ¡como que nació un ocho de agosto!

(¡Joer con la Puri! Esa, desde antes de salir del vientre de la madre, es verdad, ya era pura chula. No se la paraba una mosca encima, ni siquiera en la cuna. Ahora que lo pienso, tenía razón la Pancra cuando me decía: «¡Esa va a ser monja como yo marquesa!». Porque la verdad de las verdades es que de beata, ¡ni un pelito la Puri!).

Pero en el fondo, tías, ¿no me digáis que no os machaca, joer? Que, diga lo que diga, tiene que mandar huevos tener que vivir así, sobando tíos guarros, y otras cosas que no digo para que la Mari no se nos vaya persignando. No te enfades, tía, es una broma, ¿vale? Joer, ni que te hubieras criado en La Moraleja, Mari, que si te lo digo, tronca, es porque somos guindas desde siempre, y me rejode que te guilles de finolis y santita, que parece mismamente que la que tenía que haber sido monja eres tú, tía. Pero, vale, vale, no te lo tomes a tanto.

Pues, nada, eso: que no sé vosotras, pero a mí me jodería montón tener que vivir así, y encima, sin saber nunca cuándo te va a salir un sádico de esos, diga lo que diga la Puri. Que yo se lo dije, así mismo, la dije: «Mira, Puri, eso de que no te puede pasar nada, no te lo crees ni tú misma, tía». Y, ¿sabéis lo que me contestó? «Que también en una fábrica una arriesga accidentes, y en una fotocopiadora, que entre un tarao y te pegue una puñalada por las cuatro perras que hay en la caja. Por no hablar de los tíos que te manosean cada vez que pasan. Que si a mí me acosan, por lo menos me lo pagan, majeta. Y por si acaso, el portero de mi casa es séptimo *dang*, karateka, profesor jubilado de un gimnasio. Lo tengo sobre aviso: sólo tengo que descolgar el telefonillo que está escondido debajo de la cama, y otro que tengo debajo de un sillón en el cuarto de recibimiento. Llámate al 091, 092, 010 o todos los ceros que quieras, y antes que llegue la poli, eres cadáver podrido. Pero mi porterito viene en un santiamén. Y no es que te lo diga: es que lo puse a prueba un día a la hora de la comida, cuando él no está en portería y no puede saber si ha entrado o no alguien para la siesta. Hice como que me iban a majar, no uno, sino dos tíos, y antes de que colgara el telefonillo ya estaba el hombre entrando como un miura por la puerta. Día y noche, que yo tengo clientela a todas horas, y si él no está de servicio, el telefonillo suena en su piso en el sótano. ¡Más protegida que si estuviera a mi lado el Tejero con su tropa, tía! Le doy su propinita, y su polvito de vez en cuando, y santo y bueno, todos en paz. Voy ya para tres años con esto, y ni un percance, Pili, ni uno solo».

Total, tías, que ya os podéis imaginar cómo me tumbó la charlita con la Pili. De una pieza me quedé. Hasta me sorprendió que cuando nos levantamos no me caí, de lo patitiesa que tendría que haber quedado tras la charlita. Pero no termina ahí la cosa: antes de despedirnos, Puri hace así, saca un billetero —Vuitón también, tías— más gordo que Sancho, y como cualquier empresaria de esas que se ven hoy por ahí, vuelve a sacar su tarjeta de visita y me espeta: «Llámame, tía, que me has dado una alegría y no quiero volver a perderte de vista. Vente un domingo, sobre las dos de la tarde, después de misa. O si quieres, un poco antes de la una, y vamos juntas a misa».

Estará jodiendo la marrana, pensé y la aseguré: «Ya hace tiempo que dejé de ir a la iglesia, Puri».

Agárrate, porque entonces me dice, como quien te está contando la cosa más normal: «Pues mal hecho, tía. Yo voy a misa por lo menos todos los domingos, pero tarde, a la de la una, porque el sábado es el día más duro para mí, especialmente en verano cuando todos están de rodríguez. *Chaqui, chaqui* toda la noche, que a veces cuando termino ya salió el Sol, tía».

¡Sólo faltó que me dijera encima que también iba a comulgar!

«Llámame, tía —me grita mirándome sobre el hombro— que en la esquina de mi casa hacen una paella que ni en Valencia, titi».Y se fue, regando perfume calle arriba, que aún después de doblar la esquina, olía toda la calle como el Retiro en mayo .

¿Qué os parece, tías? Que sí, que vale: que la Puri también es de padres andaluces, y algo siempre se la pega a una de la exageración. Pero que me lo creo, algo me lo creo. Y si no la acepté la oferta de la paella, fue que en ese tiempo tú, Pili, me enganchaste con Manolo un día cuando Javi dijo que tenía un compañero nuevo muy majo y que le buscara plan.

IV

Verdaderamente, puedo decir con Asaf: «Oh Dios, santo es tu proceder». Yo me desesperaba, me preguntaba también como él: «¿Se habrá olvidado Dios de ser compasivo, o habrá cerrado la ira sus entrañas?». Y ahora, me pedía a mí que cerrara las mías para siempre. Evitaba las plazas y los parques, para no ver a las madres con sus hijos. En vez de la alegría que debía darme pasar por un colegio y oír a los críos cantando, o verlos por el Retiro algún domingo, las niñas alegres saltando la comba, en sus bicis los niños más ricos, o en sus caballitos de escoba otros, me sobresaltaba una angustia abrumadora. ¡Si por lo menos la pudiera aliviar con lágrimas!, me quejaba contra la rabia que no me dejaba llorar. Para después, Señor, pedirte perdón, y como Lope, otra vez perdón mañana.

Tardé mucho en darme cuenta de que esa rabia no era real. Era una obsesión que se nutría de sí misma: mientras más luchaba contra ella. Me convencí —o me convencieron— que el Maligno, en efecto, me rondaba. Fuera como fuera, lo cierto es que como a Job, me pusiste a la prueba, Señor.

Desde niña, como todas, jugaba con las muñecas de trapo o de paja de entonces. Pero siempre lograba convencer a las amiguitas que yo era la madre de todas las muñecas. Otras podían ser maestras, enfermeras, hasta abuelitas, pero madre, les decía, madre no hay más que una. ¡Y esa era yo!

Pero a ratos seguía preguntándome si el Señor me estaba dando una señal. Que también casada se puede servir su causa. Que si sentía tan fuertemente el instinto maternal, debería reconsiderar lo de mi vocación religiosa. Pero siempre la hermana superiora, y otras, lograban convencerme que una vocación no anula la naturaleza humana. Ellas también sentían ese vago, pero fuerte, anhelo, y aunque nunca me atreví a preguntarle a ninguna, supongo que también experimentaban esa tremenda ansia de sentir el peso de un niño adentro, el dolor del parto vientre abajo, el alivio al sentir que la cabecita ya había asomado, ahora los bracitos, el cuerpecito entero. Pero al no atreverme a preguntar a las demás si les ocurría lo mismo, había momentos en que me abrumaba de dudas y desesperaciones, convencida que tenía algún profundo problema psicológico. Si hubiera leído *Yerma* entonces, y no años después, seguro que me hubiera entendido mejor a mí misma, y me hubiera librado de tanta angustia y congoja. O igual no, pues mira cómo terminó la pobre Yerma. Pero todo sea por ti, Señor. Sabía de otras que habían dejado la orden para volver al mundo, donde les esperaba el novio que habían dejado con la esperanza de que el amor terminaría por ser más verdadero que la vocación. Pero dudo que alguna que no fuera otra Yerma sintiera como yo la maternidad frustrada.

Entonces el Señor me dio otra señal, tan verdadera, que la anterior de abandonar la vida de religiosa se me antojó ahora una tentación del Maligno aún más fuerte. Y fue que una hermana desarrolló un inmenso fibroma, y hubo que operarla, tal como si fuera una cesárea. «Ves, hija —me dijo la hermana superiora—, ves cómo a todas nos pide el cuerpo hijos, no sólo a ti. La vocación no anula la naturaleza. Es simplemente otro sacrificio que nos pide el Señor».

Oblicuo hablas, Señor, pero es verdad que santo es siempre tu proceder. No me diste hijos, pero ¡cuántos hijos no tuve a lo largo de los años con la enseñanza! También es verdad que a veces me pregunto por qué nos pones siempre tanto a prueba. Perdona si te falto, pero para algo ha de servir la edad, así que perdona a esta vieja que chochea. De joven, ni me atrevía a cuestionarte jamás. Eran otros tiempos, para mí y para el mundo. Sólo después de Vaticano II, nos atrevimos a seguir tu ejemplo. Ni más ni menos, Señor, que tu ejemplo: *Elí, Elí, ¿lemá sabaktani?* Tu ejemplo y el de tantos de tus elegidos a lo largo de las *Escrituras*.

Yo tenía la edad que debió tener Hamlet cuando me angustiaban esas dudas. Me pasó con los libros como con los críos. ¿Se puede saber, Señor, por qué me diste ese gusto por la lectura para que después me prohibieran los libros? ¡Hasta para poder leer el *Antiguo Testamento* había que tener permiso especial! Eran otros tiempos, otro mundo. «Hija —me decía siempre mi confesor—, dedícate por ahora a las vidas de santos. La *Biblia* es la palabra de Dios, y ya sabes que Dios nos habla de forma misteriosa y no siempre accesible a todos. Una lectura sin asistencia te puede confundir, y hasta perturbar, hija mía».

Pero, ¡qué frustración, Señor! Me gustaban las vidas de santo, el padre Coloma, Pemán ¡Pero había tanto más que no conocía y me moría por conocer!

¡Y no digamos ya Unamuno! Ya ves: hoy resulta más religioso que muchos que llevan sotana (bueno, es un decir, ya lo sabes, que algunos hábitos aún se ven por ahí, pero sotanas hoy, ¡ninguna! Y no digo que anden por las calles en sotana, como antes, pero ya sabes, Señor, que el hábito distingue al monje). Simplemente, don Miguel se atrevió a decir en voz alta lo que nos pasa a muchos. Tanto creyentes como no. Cuando Einstein, ateo confesado, dice que Dios no juega a los dados con el universo, ¿es que en ese momento no duda él de su ateísmo? Y el otro día, una hermanita menor, recién tomada los votos, vino toda excitada porque al parar en un bar para tomar café unos hombres se reían al comentar uno de ellos que Santiago Carrillo en una entrevista había aludido a Dios. «¿Carrillo?», le preguntó otra hermana. «El mismo, hermana», contestó la hermanita, dicen que cuando le preguntaron algo, él había contestado que si, así sería, ¡si Dios quiere! Bueno, la verdad, Señor, es que se le habrá escapado. Aunque ¿qué diría Freud?

A decir verdad, Señor, don Miguel de Unamuno es un monaguillo al lado de algunos de los tuyos en el *Antiguo Testamento*. Perdóname si falto. No lo digo por el *Cantar de los cantares*, como en seguida pensaría todo el mundo, lo sabes. Supongo que hoy, con lo que se ve por ahí, lo de Salomón y la Sulamita es cuento de hadas.

Pero es verdad: hay que saber leer las *Escrituras*. ¿Te imaginas a la novicia interpretando el *Cantar*? Porque nadie me lo quita de la cabeza, Señor: ésta ha tenido trajín. No lo digo con falta de caridad, lo sabes. Son muchos años viendo cómo las más beatas no son siempre las más beatíficas. Bastantes, de hecho, cuelgan los hábitos cuando se les pasa lo que debe ser un furor falso que les dio en un momento. Tú lo dijiste: «más alegría hay en el Cielo por la oveja recuperada que por las noventa y nueve que se quedaron en el grey». Sólo que no las tengo todas conmigo, Señor, de que esta novicia se va a dejar trasquilar.

¡Qué tiempos aquellos!, en los que para leer un libro que hoy todos leen hacía falta una dispensa dificultosa. Miro atrás, y no me creo que vivo en España. O que esta España salió de aquélla. ¡Si hasta era pecado que un hombre y una mujer bailaran en público! Si hasta marido y mujer sólo podían bailar en privado. Al menos, así era en Sevilla con Segura. Y en Canarias también, cuando era obispo allá aquel Pildain. Hoy lo cuentas, y las novicias no te creen. Te miran como que una está senil. Hoy, que después del destape ese, pasas por un quiosco y parece más bien una carnicería. O una pollería mejor, con muslos y pechugas por doquier.

Pensándolo bien, sigue siendo la misma España: en este país, siempre hemos ido de un extremo a otro.

Decía la Santa que tú estás también en el puchero, Señor. Pero desde que murió la hermana Isabel y tuvimos que contratar a una cocinera laica, porque no damos abasto con las comidas para el comedor de los mendigos, el puchero está más picante. A mí, con eso de que estoy muy vieja, me mandaron a la cocina, y la novicia nueva no me deja hacer nada más que pelar patatas y lavar lechugas (y eso con agua tibia, que ella misma me gradúa el grifo, que se le ha metido en la cabeza que tengo artritis, cuando lo que tengo es más una meningitis del dolor de cabeza que me dan entre ella y Aurora, la cocinera). Yo sé que la superiora se lo mandó: «No dejes que haga nada que requiera esfuerzo», le habrá dicho. Como a mí me dijo: «Guíala, que necesita un poco de disciplina». Virgen de la Guía, te tocará a ti guiarla. Porque lo que soy yo, Madre querida, necesito que tú me guíes a mí. Cuando yo era novicia, rezábamos mientras trabajábamos. Hoy hablan sin parar. Y, ¡qué charlitas! Que si sale en el *Hola* que fulano dejó a su mujer por otra, pero esta otra ya tenía otro. Y que si en tal o cual portada de tal o cual revista sale no sé quién como Dios la trajo al mundo. Pero, por si no fuera poco, creyéndose que yo seguía sentada en la mesa pelando patatas cuando justo estaba detrás de ellas buscando un vaso de agua, sale Aurora con: «Para que se lo coman los gusanos, ¡que lo gocen los humanos!». La carcajada de la novicia, Señor, la habrás oído allá arriba.

¿Debí reprocharla en vez de escurrirme otra vez a la mesa sin que se dieran cuenta que las había oído? Difícilmente, Señor, máxime que sabes que hasta me tuve que colocar la mano sobre la boca para que no me saliera la risa. Que el humor, la risa, puede ser así como los sueños: que te sale sin querer a veces, lo sabes, Señor. ¿Y si te digo, Señor, que esa reacción, no es que me parezca la más apropiada para una novicia, ni mucho menos, pero sí que hoy por hoy me parece mejor que la beatería de antaño? Ya sabes que los españoles siempre vamos de un extremo a otro.

¿Por qué no me dejaron seguir enseñando? Me siento con ganas y fuerzas. ¿Que soy demasiado vieja? Pues que me dejen dar sólo algunas clases. No me quejo, ¿eh? Sabes que si me quieres aquí, aquí me tienes pelando patatas y lavando lechugas. Aún me siento con fuerzas para lo que me pidas. No es vanidad, sino verdad, Señor. Lo sabes mejor que nadie. Desde el primer día, la enseñanza me llenó del todo. Pero yo quería ser misionera, ¿recuerdas? Enseñar, sí, pero en África, en América. «No, hija, quizá en un futuro —me dijo la superiora de entonces—, pero hoy te necesitamos aquí. La hermana Benilde ha dado muy buenos informes de tu labor en la clínica. Pronto llegará de Salamanca otra hermana ya entrenada en la labor médica. La hermana Benilde me ha comentado lo bien que te llevas y comunicas con los chicos del barrio, con todo y ser revoltosos. ¿Te gustaría pasar a la enseñanza? Hay que reparar los daños que ha hecho la República. La juventud de España necesita encarrilarse de nuevo sobre el sendero del Señor. Nos toca vivir tiempos gloriosos, pero de sacrificio. Dios nos ha enviado al Caudillo para a través de él librarnos del mal marxista. Para que ahora España dé el ejemplo al resto de las naciones y extienda ese ejemplo por todo el mundo. Por el momento, nuestra misión está aquí, asegurando que esos años perdidos se recuperarán.

Recemos para que Alemania, con la ayuda de nuestra División Azul, culmine en Europa la labor del Caudillo. Mientras, preparémonos para llevar a cabo lo que nos pida Dios».

Como todas, empecé enseñando religión en la primaria. También, debido a mi experiencia en la clínica, y a aquellos tiempos de miseria, que siempre vienen acompañados de ignorancia, daba clases de lo que entonces se llamaba higiene (aunque poco podía hacerse contra piojos y suciedad en aquellas condiciones en las que faltaba de todo, desde agua corriente —por no decir jabón— en los barrios pobres, a lo más elemental para que cualquier hogar mantenga un mínimo de limpieza). Con el tiempo, se me pidió que pasara a dar letras en la secundaria, y mi alegría fue total cuando se me dijo que tendría que asistir a la facultad para prepararme como Dios manda. ¡Por fin podría leer a gusto! Al menos tenía motivos para pedir permiso a mi confesor para leer libros en el *Índice*. No fue así de fácil («Hija, ¿qué razón hay para que tengas que leer el *Cantar de los cantares*?, que aunque no está prohibido, desde luego, sí cae dentro de la categoría de lectura restringida, como bien sabes...». «Es que estudiamos *Noche oscura del alma*, y por eso, me lo manda el catedrático de literatura mística, padre». A lo que el padre Vicente respondía con otra pregunta: «Y ese buen señor, ¿es sacerdote acaso?», para por fin ceder, pero con la condición de que yo le contara punto por punto todo lo que «ese buen señor» a su vez nos contaba de San Juan).

Iba a la facultad por las tardes y seguía enseñando por las mañanas. La transición a la secundaria fue gradual. Al principio sólo daba una clase a los de secundaria, y seguía con el resto de mis clases en la primaria. De suerte que mi temor a abandonar a los párvulos, a quienes había tomado tanto cariño, fue disminuyendo a medida que le iba cogiendo cariño a los adolescentes.

A veces pienso, Señor, que —ya te lo he dicho— no querías que me casara y tuviera hijos porque querías que fuera madre de tantos en la escuela. Ya cuando trabajaba en la clínica, siempre me las arreglaba para ocuparme de los críos. La hermana Benilde siempre comentaba que mi cara se iluminaba cuando hacía de parturienta. Cuando venía con dificultad el niño, como aquella vez en la chabola, y lograba salvarlo, ¡qué alegría me recorría toda! Al verme tan joven, las mujeres se asustaban si Benilde no me acompañaba. Qué remedio, si la guerra y la política habían acabado con todo. Hoy no podría ejercer de maestra, por ejemplo, sin titularme primero, pero entonces todo el que había sido maestro durante la República quedaba cesante. Y había que encontrar maestros donde fuera. Lo mismo le debió pasar a un número de médicos y enfermeras de la zona republicana, pero no por su profesión, como en el caso de los maestros, porque el Régimen estaba muy consciente de la influencia que el magisterio podía ejercer sobre la juventud. En el caso de ellos, debió ser porque esos médicos y enfermeras que quedaron excluidos habrían sido militantes o al menos simpatizantes republicanos. Si no constaba en ningún documento, bastaba una denuncia a veces. Un compañero de trabajo, un portero, a veces el carnicero del barrio: con eso bastaba (¡qué tiempos aquellos, Señor!, y pensar que todo nos parecía tan normal y lógico entonces). Ese al menos —¿una denuncia?, ¿algún carné de filiación política?, ¿un alto puesto en algún hospital durante la República?— parece haber sido el caso de aquel Salgado que se aparecía misteriosamente en la clínica de vez en vez. Sor Benilde siempre le recibía como si le estuviera esperando. Y siempre venía cuando había algún caso complicado, de médico más que de enfermera (aunque él mismo decía que Benilde era más lo primero). Siempre sospeché que el tal Salgado ya no podía ejercer legalmente. Y la buena de Benilde, estoy segura, le pasaría algo de dinero para ir tirando. Hombre de pocas palabras, Salgado, pero nunca he olvidado las que me dirigió una tarde al ver la cura y el vendaje que hice a un chico joven con herida de navaja: «No me extraña, hermanita (así me llamaba siempre por mi juventud). Buena maestra ha tenido». «Gracias a Dios», le respondí. «Y a Benilde», insistió él. Sin duda, era ateo. Al menos agnóstico.

Sí, Señor, en tu bondad me pediste que no fuera madre real porque necesitabas mujeres que fueran madres de muchos. Madres maestras, madres enfermeras y madres parturientas. Y, sin embargo, sabes que aún hoy a veces te pregunto (y me pregunto): ¿qué hubiera sido de mi vida de haberme casado? Por eso, a veces también me pregunto si en el fondo no es que yo envidio a la novicia, y por eso sale en esos sueños. ¡Dichoso Freud!, que siempre nos tiene buscando tres patas al gato. La verdad: éramos más felices antes de leerlo.

V

—¿Dónde nos quedamos el otro día, tías? Sí, con que el Manolo...

—Espera, espera, Pili, tía, que me fui a casa pensándolo, y te equivocas, tía: que yo no te enganché ni con Manolo ni con nadie, que tú misma me soltaste un día que a veces estabas convencida que ibas a terminar monja, que los tíos ni te iban ni te venían. Y que para tocarte las tetas te bastabas a ti misma, que eso es lo único que quieren todos para empezar a terminar en la cama. Así que no te equivoques, tía, que no fui yo la que...

—Vale, vale, Trini. No pasa ná, tía. Cualquiera se confunde, digo yo. ¿Vale? ¡Vale! Pues lo retomo por otro lado, y es que a la Puri se la olvidó la tercera pe: paro, puta, y policía también —sin faltar, eh, que yo a los míos los tengo respeto mogollón—. Y fue que terminándoseme el paro, me encuentro un día con la Trini por el barrio, ya de gemelos, y me dice: «tía, tanto tiempo esperando que convocaran oposiciones, y cuando llegan, ya ves...», —mirándote el bombín para que yo la vea la tripita— «ya ves —me dice—, el jodido del Javi va y me infla». ¿Fue así o no fue así, Trini? Que tú estabas loca esperando las oposiciones a policía municipal y te quedaste esperando los gemelos.

(La Pancra me mira y gestiona hacia la Trini para que la mire. Porque la Trini está como mosca. Debe estar acojonada pensando que la Pili va a soltar alguna confidencia que la confió. No lo de quedarse inflá, claro, que eso no es secreto nacional, y ni siquiera local, que a nadie se le ocurrió decirla que se pusiera a dieta cuando la veían persiguiendo su panza por el barrio. Debe ser algo más. La Trini ha encendido otro pitillo. ¡Uf!, ¡cómo está! ¡Qué mirada la ha taladrado a la Pili disparando el humo de la primera *calá*! Como diciendo: «¡atrévete, a que no te atreves!». ¡Uf! Cualquiera se atreve. Ni que fuera Pili una hija de puta, joer, para ponerse a contar aquí intimidades de la Trini. Aunque, a veces ya no la reconozco. Tiene como una mueca siempre, como que está torcida, no sé. Como que ya no es la chica aquella alegre y sin malicia. Y, ¡cómo la va el chisme! Hasta no hace mucho, jamás ni siquiera se me hubiera ocurrido que la Pili podría tener mala leche. Lo recuerdo clarito, el día que aquí mismo vinieron las dos, la Trini con los ojos como que se había metido un buen porrazo. Pero era que estaba llorosa. Arrimé la oreja, inclinándome hacia su mesa sobre el mostrador, como que estaba leyendo el periódico, y como no había nadie en el bar, salvo la Pancra en la cocina, bajé la tele y cogí todo al vuelo, aun cuando fuera Trini la que hablaba mayormente, y no el vozarrón de Pili:

—¡El jodido del Javi me tiene hasta las tetas, tía! Es de los que te juran amor eterno, pero más eterno se le hace el casarse. Él siempre me dice: «no ha llegado el momento, Trini, con mi sueldo, no podríamos vivir ni en una chabola, chata. Hace sólo un año que ingresé en el Cuerpo, y con mi sueldo, Trini...». ¡Hasta ahí podríamos llegar! Le paré y le dije: «Cuando ingresaste en mi cuerpo aquella primera vez, ¡cabrón!, ¿no me dijiste que ahora que ya eras guardia civil nos podíamos casar?». Que una es tonta, pero no tanto, Pili, y esperé a que Javi jurara bandera antes de quitar el candado. ¿Y sabes lo que me ha dicho cuando le dije que estoy preñada? ¡El muy cabrón me propuso un raspe! ¿Y sabes lo que le contesté?: «¡Primero te raspo los huevos, so cabrón!».

Con todo y tener lágrimas en los ojos la Trini, a la Pili la salió de adentro sin querer una risa, y ni tuvo que pedirla perdón, porque la misma Trini tampoco pudo evitar arrancar a reír. Ni yo tampoco, aunque escondiéndome detrás del periódico).

—Total, tías, que cada vez que Javi visitaba a Trini, venía con el

Manolo, que es a lo que voy. Así tu madre, Trini, no te ponía cara de tranca, ni se la ponía lengua de trapo con el Manolo ahí. Porque ya nadie se creía el cuento de que ya estabais casados y viviendo con la madre mientras esperaban que le entregaran vivienda en una casa cuartel a donde le iban a destinar a Javi.

(¡La Trini ha aplastado el pitillo contra el cenicero como si fuera la misma alma de la Pili! ¡Esto va a terminar como cuando Espartero puso a prueba de su caballo los huevos! Sólo falta que Pili ahora cuente la gracia que tiene lo de la vieja de Trini, que cuando llegó al barrio, decía que era viuda, pero resultó que era madre soltera, la muy... Para después machacar a la hija por lo mismo. Bueno, supongo que la pobre mujer no quería lo mismo para su hija. Normal.

¿De qué campanita ni de qué cojones están hablando ahora?).

—... la campanita de cristal esa que se compró tu madre en una tienda de todo a cien. Cada vez que el Javi se aparecía, tocaba la campanita para anunciar la boda que no acababa de llegar. Trini la tiró tres campanitas antes de que la buena mujer se conformara con sólo hacer muecas, ¿te acuerdas, Trini?

(¡Se va a acordar de tu madre en cualquier momento!).

—Pues el Manolo es que no me quitaba los ojos de encima. Flechazo fatal. Los hombres siempre te miran a donde te miran, a ver si me entienden. Como que sus ojos no pueden evitar resbalar ahí, ya sabéis dónde. Te están hablando, y así como quien no quiere la cosa, pestañean, giran la cabeza como que van a cambiar la vista, y de paso te la clavan en los pechos un segundo antes de seguir mirando a otro lado. Y cuando te levantas y les das la espalda, te manosean el culo con la mirada. Pero Manolo sólo me miraba a los ojos, estuviera o no dirigiéndome la palabra. Me entró un telele, y de tanto temblar, derramé el vaso de vino, con tan mala suerte que se le manchó el uniforme, y ¿adivinen dónde, troncas? *Ji, ji, ji.*

(¡Como que fue un accidente!).

—¡Ay, perdón! —dije levantándome— No te molestes, Trini, voy a buscar un paño en la cocina —y entonces me viré rápido.

Pasó la prueba Manolo: estaría mirando hacia mi cabellera, porque al darme la vuelta, nuestros ojos se encontraron. Parecía de película de los años cuarenta: un gachó que no busca bultos ni alante ni atrás, vamos, ¡un mismo galán de los de antes! Sólo le faltaba la gomina. ¿Es o no es, Trini?

(A que no cuenta cómo le limpió el pantalón al tío. O cómo lo intentó, cogiéndole por la bragueta con el paño mojado, pero el tío no la dejó, que pegó un bote, ¡que ni el Tarzán saltando de rama en rama! A que no lo cuenta. ¡Ay, Pili! Por lo menos la Puri no lo oculta, joer. Que son como mis hijas. Y verlas hoy así...).

Total, que lo de menos fue lo de las oposiciones. Máxime que Trini y Javi empiezan a bronquear cuando el Javi me dice: «Pili, no te conformes con menos, maja. Espera a que el Cuerpo convoque oposiciones, que por algo nos llaman la Benemérita. Y la Trini: «¡No tiene cojones la cosa! Con que para tu mujer —aunque todavía no lo era— bastan los municipales, pero para Pili la Guardia Civil, ¿verdad? ¡No tiene tarros el tricornio!».

Eso era un grito de guerra, llamarle tricornio a un guardia civil, y encima mentarle los cuernos así de claro. Que no te culpo, Trini, tía, cualquiera de nosotras hubiera dicho y hecho lo mismo. ¿O no? Y por si fuera poco, encima también estando embarazada. Aquí viene Troya, Trini, pensé sin dejar de mirar a Manolo, que los dos nos mirábamos como dos tortolitos. Tan así que cuando Javi suelta un «mira-Trini-no-me-faltes», terminando con un «¡joer!», Trini le marca un «¡Ni joer ni follar!», y cuando Manolo interviene con: «Dejaos de decir tonterías, por favor», ni en ese momento dejamos de mirarnos el Manolo y yo. Hasta que Trini rompe a llorar y Javi: «No llores, Trini, porfa, perdóname, ya sabes, cómo y cuánto te quiero, chata, que lo que me pidas...». «¡Que te cases conmigo, cabrón!», gritó más desesperada que nada la pobre Trini. Y todos nos echamos a reír.

—*Ja, ja, ja, ji, ji, ji.*

(¡Menos mal que también las otras se han destornillado de risa, que si no, juraría que la Trini la iba a saltar al cuello de la Pili! Menos mal).

Desde esa tarde que nos conocimos en casa de Trini Manolo y yo, la verdad es que las oposiciones, no que no me quitaran el sueño, sólo que más lo perdía por Manolo. Esa tarde fue como una señal, como una cosa maravillosa, tías. Y para los cuatro, además. Porque, aunque sin decir ni mú, Manolo y yo salimos novios, mientras que Javi volvió a prometerle matrimonio a Trini. Pero de veras esta vez.

Porque se casaron un mes después a lo civil. Y un mes antes de nacer los gemelos. Por la Iglesia se casaron cuando bautizaron a los críos, así ahorrándole al curita lo de que había que tener hijos a diestras y siniestras.

—*Ja, ja, ja, ji, ji, ji.*

—Ay, tías, ¡que me meo! Tengo que hacer pis. Ahora vuelvo. Lucio, tráeme otra caña mientras riego el rosal.

(¡Esa es la Pili que recuerdo! ¡Garbo y gracia, sal y salero! Que se va a regar el rosal: esa es nueva. ¡Si hasta suena a poesía, joer! Regar el rosal. Esa, ¡esa es mi Pili de siempre!).

—Lucio, ¡joer!, a ver si por lo menos le colocamos una cadena a la taza, tío, que eso de tener que echar agua con cubo ya se pasa de castaño oscuro, joer. Y encima con un letreríto: *POR FAVOR Y POR RESPETO A LOS DEMÁS, RELLENEN EL CUBO AL VACIARLO. GRACIAS, LA ADMINISTRACIÓN.* Vamos, ¡es que es para llorar, si no fuera para reír!

(¿Será maricona la tía? Mejor no la digo ná, que si la contesto como es debido, la pongo a caldo de cocido. ¡Cría cuervos!).

—Pues como os decía, tías, el Manolo rompía el molde. Como el Javi, vamos. ¿Cómo que no, Trini? Joer, si el Javi contigo es más bueno que el pan y se derrite contigo como la mantequilla, maja, lo sabes de sobra. ¿Que no? Chica, pues bien que lo disimula, que a veces —¿qué quieres que te diga?— como que no puede esperar a que me vaya para... Que eso sí, pero ¿que eso no cuenta? Tía, ya quisieran muchas tener a un gachó enganchao como tú el tuyo. Vale, vale, volvamos al Manolo. Con deciros que lo de parecerse a un galán del cine de los cuarenta no quedaba en parecer. ¡Lo era de veras, troncas! Demasié, tías, ¡demasié!

Ya sabéis cómo se las gastaban los chavales del barrio que nos tocaron. Nunca mejor dicho, que cuando no te tocaban las tetas, era porque te estaban tocando el culo. Joer, Mari, no pongas cara de yo no, allá tú, que nos conocemos hace mucho, maja. Eran mismamente toros salvajes. ¿No os acordáis de aquel domingo que alguien tuvo la brillante idea de irnos al Retiro? Empezaron por saltarse la valla del metro. Después, cuando alquilamos aquellos barquitos en el estanque, venga a saltar de un barco a otro, que los muy cabrones ya tenían planes de jodernos la tarde, y cogieron un barco sólo para ellos, y venga a saltar al nuestro, hasta que lo volcaron, y ¡hala!, todas al agua, y el encargado, acojonado que estaba el pobre hombre, tuvo que llamar a los municipales. *Ja, ja, ja, ji, ji, ji.* Sí, nos reímos ahora, pero cuando los munis nos amenazaron con llevarnos a comisaría a nosotras —porque ellos ya se habían pirado todos— ¿a que no nos reíamos? Y menos mal que la Puri empezó a sollozar, y debió echarse algo de agua en la cara, porque parecía talmente que estaba llorando, y nos dejaron ir. Vamos, que sólo los faltó a los chavales ese domingo echarse en cuatro patas y empezar a morder el cesped. ¡Una manada de miuras mismamente! Imaginaos, pues, la diferencia con un caballero como era Manolo.

La primera vez que Manolo me abrió una puerta —¡casi cuadrándose el hombre!— me sentí como la Leti. Como que a mí también me había tocado mi príncipe, aunque verde olivo. Y no veas cuando yo sacaba un pitillo: parecía que alguien le estaba apuntando y que iba a sacar la pistola en vez del mechero, así de rápido era la cosa. Un caballero, vamos. Siempre fue así. Ese papel de galán caballero nunca le falló, es verdad. Pero a decir verdad también, yo no las tenía todas conmigo. Que aquí una aprende rápido que el que no corre, vuela. Muy bonitas esas películas de *Cine de Barrio*, pero una que aprende pronto lo que son los gachós, pues se pregunta si después de bajar el telón, no bajaban también las bragas, y los caballeros se volvían cachondos. Porque, tías, no me vais a decir a mí que entre un hombre y una mujer, la cosa se queda siempre en manitas y piquitos. Eso mismo —fíjate— me dijo un día el Ramírez cuando yo le contaba la película que habían echado la noche anterior. El Ramírez, joer, ¿no os he hablado del Ramírez? Ya le llegará su turno. Vamos por partes:

Un caballero cabal el Manolo. ¿Si os digo que nunca salió de su boca un coño ni un carajo? Pero, ¿qué queréis que os diga? Que una también es humana, joer. Y no que yo sea de las lanzadas, ni mucho menos, ya me conocéis. Y mucho menos después de lo que me pasó con aquel gilipollas que me engañó por primera vez hace años. Pero si me gusta un gachó y veo que el tío no está sólo para pasar el rato, ¿qué quieres que te diga? Una es humana también, ¿no? Ya pasaron aquellos tiempos en que las mujeres tenían que congelar la almeja hasta la noche de boda. Y entonces, ¡cuidao!, que no se te soltara siquiera un suspiro, que te tachaban en seguida de zorra, según cuentan las viejas del barrio. O lo contrario, cuentan también: si no se te calentaba el horno, entonces decían que eras rígida. ¿Qué? Frígida, rígida, ¿qué más da?, ¡joer! (¡Coño, si parece que está hablando mismamente de la Pancra! Es verdad: ¿qué más da? Que con ella, ambas cosas a la vez: frígida y rígida. Y encima, cuando intentaba ponerla cachonda con eso que llaman los preliminares, la tía me salía con: «¡Sin guarrerías, Lucio! Y suave: tranqui, tronco, que no estamos en un gimnasio». Que no se me quita de la cabeza que si no tuvimos hijos fue porque la Pancra, con sólo tocarla, se ponía trinca).

Pues Manolo, como dije, galán y caballero peliculero hasta la muerte. Fijaos que no me cogió una mano hasta la cuarta vez que salimos. Y eso para cruzar la calle. Aunque no me la soltó en la otra acera, todo hay que decirlo. Ese mismo día que nos conocimos en casa de la Trini, me acompañó a mi casa, y con la excusa de prepararme bien para las oposiciones, quedamos para la próxima tarde aquí mismo, en el *Lucio*. Yo, de niña, siempre rezaba un Padre Nuestro, un Ave María y un Gloria —y a ratos todavía, no crean— antes de dormir, pero esa noche recé tres Ave Marías a la Virgen del Pilar, dándola las gracias, primero por haber conocido a Manolo, y pidiéndola después que no fuera como todos. No que a los veintidós yo temiera quedarme mártir (que ya lo de virgen había volado, como sabéis). El matrimonio, vamos, es que ni se me pasó por la mente. Más jovencita, pues, sí: una conoce a un tío, le gusta y empieza a preguntarse ya a quién de los dos se van a parecer los hijos. Después, ya te lo piensas más y sueñas menos. Pero eso no quita que te enamores como la Julieta del Romero.

No se apareció la próxima tarde Manolo, y cuando ya yo tenía el corazón en los tobillos, entra la Trini toda sofocada y me dice: «Tía, que el Manolo llamó al Javi y el Javi me llama para decirme que te diga que a Manolo a última hora lo han metido guardia de veinticuatro horas, porque un compañero se enfermó, y que lo dejéis para mañana. Muy enchulao tiene que estar contigo, tía, para querer verte tras veinticuatro horas de guardia», eso me dijiste, ¿te acuerdas, Trini?

Ahí mismo sentí un torbellino adentro, la tristeza que de golpe se convertía en alegría, pero también en culpa, porque ya había pensado: tenía que haberme llamado Carmen y rezarla a la Virgen del Carmen, porque lo que es la del Pilar, más da una piedra. Pero la Virgen es la Virgen, me consolé.

De lo menos y de lo último que hablamos fue de las oposiciones. A veces, ni hablábamos. Nos quedábamos mirando a los ojos y sonriendo, como dos gilipollas. Que ¿de qué hablamos cuando hablábamos? De todo y nada. La cosa era estar juntos. Este bar —¿qué os cuento?— es de los de rompe-tímpano, como ahora mismo, con la radio, telenovela y máquina tragaperras a la vez, pero nosotros estábamos dentro de un silencio total. Que el Lucio debe estar más sordo que una tapia, y la Pancracia, más de lo mismo.

(¿Tapia yo?).

Total, Manolo estaba que se caía de sueño, pero no quería irse. Hasta que empezó a cabecear, ¡pero con ojos aún abiertos, mirándome fijo aún!, y le tuve que insistir que nos fuéramos. Fue entonces que me apuntó en una servilleta de papel el nombre y la dirección de una academia que él decía era la mejor para preparar oposiciones a la Municipal y la Nacional. Pillaba por Leganés, pero merecía la pena. Además, las clases eran de noche, y él salía con tiempo para llevarme en su Vespa, que el sueldo aún no le daba para comprar un coche. Dicho y hecho. Manolo se traía el periódico, o algún libro (le iba la novela negra), y me esperaba. No sé cómo se las arregló para que no le tocara el turno de noche el día que me tenía que llevar a la academia, pero nunca falló. Claro que después, al salir, siempre parábamos para una cañita, un chatito. Y si él libraba el próximo día, porque rara vez le tocaba librar los fines de semana, íbamos a la última sesión de algún cine. También le iban las vaqueras, pero como sabía que a mí lo que me mola son las de amor, el bueno de Manolo siempre buscaba a ver si por el título pescaba alguna romántica, y hasta empezó a comprar la *Guía del Ocio* para estar más seguro. A veces Trini y Javi se unían, pero tenía que ser algún sábado cuando salían del cuartel Manolo y Javi, porque la madre de Trini hacía de canguro y durante la semana limpiaba oficinas de noche. Tampoco querían abusar, no todos los sábados, sólo uno que otro, ¿no era así, Trini? Que tu madre, con todo y lo buena que era, pues también tenía derecho al sábado con aquel novio tan majo que se echó.

(Sólo falta que cuente ahora lo del chorbo de la vieja, que fue la comidilla del barrio entero durante un tiempo. Claro que tenías derecho, Currita mi *arma*, cómo no, viudita que decías que eras, pero a ti nadie te quitaba tu ¡sábado, sabadete! Conmigo muy formal, pero con este, apuesto mis pelotas que acostabais a los gemelos y después os acostabais vosotros. Que no me lo estoy imaginando, Currita. Que por ahí decían que tu propia hija lo decía entre carcajadas, lo de sábado, sabadete. Conmigo miraditas y suspiritos. Como que el coño no se calienta pasados los cuarenta, Currita de mi vida. Conmigo, ¡ni camisa blanca! «Que no soy puta —me decías—, que no la podías hacer eso a la Pancracia, que cuando me pirara de la Pancra, ya veríamos». Tú estás loca, Curra. Como que tú dejarías a tu marido, si lo tuvieras. Que nosotros somos de otra generación, Curra. Nos casamos para toda la vida, no como hoy día. ¿Qué pasa, que no te puedo querer a ti porque estoy casado? Y tú: «Que no soy puta, Lucio, ya te lo he dicho». Y yo mordiéndome la lengua, Curra, con ganas de decirte: «¿Que no? Pero con el otro, el que te dejó cuando te hinchó la barriguita, con ese sí que no te lo pensaste». Ya, ya: me hubieras dicho que eras joven, que entonces creías en el amor. Y ahora, ¿qué? ¿Que lo mío no fue amor? Y para colmo me decías que la mujer sin pudor es como la rama sin flor. ¡Hay que joderse!).

Y, ¡qué risas!, ¿puedo contarlo, Trini? ¿No te importa? ¿Lo de aquella noche? ¿Sí? Que todo el mundo tiene derecho al amor, joer. Que no estamos en tiempos de Franco, tías. Aquella noche, cuando llegamos más temprano de lo esperado y tu vieja salió de vuestro dormitorio temblando como un flan, y el chorbo, que era calvo, con los pelos de punta. *Ja, ja, ja, ji, ji, ji.*

(Ya ves, Curra. Yo, en cambio, siempre te he sido fiel cabal. Sólo tú y yo sabemos que lo de viuda es trola. Tumba, no tapia, es lo que soy: Hasta la fecha, nadie sabe nada por mí. Otros se lo sospechan, que no vivimos en Sansueña precisamente. Pero de mí, ¡jamás salió! Aunque vete a saber si es verdad que sólo a mí me lo contaste. Ya ves: tu Trini, riéndose con las demás —menos la Mari, que esa es más monja que mujer— ya ves. ¿Tenía o no tenía yo razón? Hasta tu hija está de acuerdo que todos tenemos derecho al amor. Y, ¿sabes lo que te digo? Que ya para ese entonces la Pancracia y yo estábamos tan jodidos, que ella hubiera agradecido que la dejara tranquila por las noches. Que nada más tocarla yo, se volvía cadáver, ¡joer!).

Si os digo la verdad, lo de la academia era un coñazo. Mayormente rollos legales que tenías que aprenderte de memoria. Tenías que meterte entre ceja y ceja tropecientos temas que aún entonces sabías que jamás ibas a usar. «No creas —me animaba Manolo—, el día menos pensado lo que parece una tontería te puede salvar la vida». Y claro que no me lo creía. Pero la vida es una paella: las cosas nunca vienen solas, siempre mezcladas. Eso que se dice del mal —bien vengas, mal, si vienes solo— se puede decir de todo. La academia no era sólo la academia: era la posibilidad de un futuro seguro, era dejar de ser saltimbanqui laboral, era se acabó el paro para siempre, era un uniforme y un sentirte algo. Como todo en la vida y en tantas otras profesiones y oficios. Pero era sobre todo Manolo. Porque hoy, cuando recuerdo aquellos días, recuerdo una mirada, un enamoramiento, un bienestar y una seguridad que como dicen sólo se siente en el vientre de tu madre.

Si para cogerme una mano Manolo tardó una eternidad, ya os podéis imaginar lo que fue el primer beso. ¿Para qué negarlo? A mí el Manolo me lubricaba con sólo mirarlo, ¿qué quieres que te diga? No que una sea una facilonga, pero acostumbrada a los tíos del barrio, que antes de llegar al zaguán ya te estaban buitreando, pues tú me dirás. Y después, con el Ramírez, ¡ya te diré yo! Llegué a pensar... Bueno, ¿qué pensarías tú? ¡Pues que el Manolo tenía un problema que venía de atrás!, a ver si me entienden. De atrás, ¡por atrás!, ¿cómo quieres que te lo diga? O, ¿es que no sabéis que hay tíos que para disimular su mariconería salen con tías? No me culpen, ¡joer! No era para menos. Mes tras mes, y el tío como si una fuera una monja. Por otro lado —¿para qué negarlo?, que las mujeres somos así de puñeteras—, a mí me gustaba que por una vez un tío no te agarrara como si fueras una guitarra cuando estabas de espaldas abriendo la puerta. Es más, Manolo te pedía la llave, abría la puerta y se echaba a un lado para dejarte pasar. Yo, claro, me quedaba esperando a que él me siguiera y entrara. Pero el tío me sonreía y decía unas buenas noches tan dulces que te sentías como que te estaba besando.

Yo, al principio, me friquiaba, tías. Me sentía la Sarita Montiel sin tetas. Sólo faltaba que me tratara de usted, como los galanes a la Sarita cuando la daban la mano para despedirse, que parecía que no se habían fijado todavía en ese tetamen que tenía y sigue teniendo la tía. No que mis lolas fueran siquiera ni la mitad de las suyas, pero tampoco son como para hincharlas de silicona. ¿Quién, a ver, no ha sentido complejo algún momento por sus perolas? A ver. Máxime cuando pasas por el quiosco y ves más melones que en una frutería. A ver, ¿quién? Salvo, claro, tías como la Puri. ¿No os acordáis cuando los chavales gilipollas cogieron de llamarla la Egipcia? Porque aún de niña se echaba de espaldas en el césped del parque, y parecía que se habían levantado dos pirámides. A mí me quitó de golpe todo complejo un sevillano, o cordobés, un andaluz, vamos, que un día saliendo del metro se me para enfrente y me dice: «*shiquilla*, ¡no maltrate tanto la tela!». *Ja, ja, ja, ji, ji, ji.* Y hablando del metro, aún muchacha, cuando iba todo el mundo apretujado a la hora punta, ya los tíos me apuntaban el nabo, que tampoco, como podéis comprobar, me han faltado posaderas. Pero cuando un tío, una y otra vez, te trata como si fueras una monja, ¿a quién no le entran dudas, troncas? A ver.

Así que una noche, tías, cuando llegué a casa después de encontrarme aquí con la Puri, recordé sin ton ni son lo bello que fue lo nuestro, lo de Manolo conmigo, tan bello, tan puro, tan bonito. Así, de golpe, sin ton ni son, y así también pensé de repente, al subir a casa, en la Puri y me entró una tristeza tremenda. Hasta se me aguaron los ojos, imaginándome a la pobre Puri debajo de tíos que la tratan como trapo.

Recé.

Entonces soñé que yo era Puri. Y que queréis que os diga, tías: que el despertar fue lo más triste, porque en el sueño ¡me lo pasaba pipa!

VI

Mi padre siempre decía que a no ser por Dios, los marxistas serían los mejores cristianos. A no ser que se hubieran empeñado en eliminar a Dios, quería decir. Ni siquiera objetaba a aquello de la religión opio del pueblo: «lo era», decía mi padre. Eso fue antes de dejar de ir a misa durante la República. Antes al menos nos acompañaba a mi madre y a mí los domingos y fiestas religiosas. Sustituyó la Iglesia con el sindicato. Decía que a los curas les habían sustituido los comunistas. Eran los verdaderos cristianos ahora. Tenían el mismo espíritu de sacrificio que Cristo. Y la misma rebeldía. ¿Qué eran Juan el Bautista y Jesús de Nazaret sino rebeldes? Más que rebeldes: ¡revolucionarios! Y los comunistas luchan por mejorar el mundo, sin esperar nada a cambio, contrario a los cristianos que confían en la recompensa tras la muerte. El cristianismo se había desviado de su camino verdadero al abrazar el capitalismo. Los primeros cristianos, como el mismo Cristo, eran comunistas. El propio San Pablo, con todo y lo reaccionario que era, decía que había que compartir. Con el capitalismo, surgieron las ventas de bulas, cobro por bautismo, boda y hasta entierro. Los cristianos invertían en la salvación y el alma como si estuvieran invirtiendo en un banco con intereses. Empezó a usar un lenguaje —mercancía humana, plusvalía, lumpen— que después reconocí como el de *El Capital* (que yo intentaría leer años después sin éxito). Y, ¿qué de los curas con concubinas? Y seguro que las monjitas tenían sus monjitos.

Hasta ahí aguantó mi madre. Sólo una vez se atrevió a hablar así de las monjas (las monjas habían criado a mi madre en un orfanato). Lo recuerdo como si fuera ayer. Ya habíamos cenado, ya mi madre había rezado conmigo, ya yo estaba en la cama, el sueño rondándome entre el murmullo de las palabras de mis padres en otra habitación. Y fue que mi madre, por rara vez, levantó la voz: «Ya que tanto te gusta la República, te recuerdo, Patrocinio, ¡que la República permite el divorcio!».

Mi madre era mujer de palabra: la que daba, cumplía. Mi padre lo sabía mejor que nadie.

A veces me pregunto si no fue por mi padre por lo que primero me entró a mí ese amor por el conocimiento. Porque yo rebosaba de admiración cuando le oía hablar en el bar a sus amigos a la hora del vermut los domingos, o del café los sábados, que en aquel entonces el sábado era día laboral hasta las tres. Sobre las cuatro y media estaba todo el barrio en el bar (y hasta los perros en verano, cuando se podía sentarse en la terraza). Tarde o temprano, los hombres y las mujeres se separaban unos de otros, éstas tejiendo y chismeando, aquéllos discutiendo. Si hacía bueno, los críos nos íbamos a jugar a la placita de enfrente, o a la misma calle, que tráfico había poco por aquel entonces. Si hacía malo, las niñas nos arreglábamos con dos o tres sillas que hacían de casa para las muñecas de trapo y de paja de aquel entonces, y los críos se fastidiaban al no poder jugar al fútbol afuera (y terminaban fastidiándonos, moviendo las sillas y hasta pateando las muñecas, hasta que alguien lloraba y alguna madre venía repartiendo tortas).

¡Qué tiempos aquellos, Señor! ¿Cuántos se podían siquiera imaginar lo que nos esperaba? ¿Quién sospechaba que Satanás andaba suelto sembrando cizaña? Me es igual que fuera aquel Patillas, como le llamábamos entonces, o el político de turno. Pero que el Diablo, el Mal, o como quieras, nos estaba poniendo a prueba, como le dejaste hacer con Job, no me lo quita nadie de la cabeza. Porque sabes que si siempre he preferido la figura de Satán para explicar el mal es porque siempre me ha sido difícil creer en las personas malas. (¿No recuerdas, Señor, cuando le dije eso al padre Raimundo y me contestó: «¿Hija mía, cuántas confesiones has oído últimamente?»).

¿Qué sabía yo? ¿Qué podía saber una niña de diez años mimando a su muñeca e inflándose de orgullo ante las amiguitas al oír la voz de su padre, clara, decidida, imponiéndose sin elevar el tono, serena, silenciando todas las voces, dominando todo el bar? Pero, ¿cuántos sospecharon que todo terminaría en esa feroz guerra, Señor?

Mi barrio era Cuatro Caminos, parroquia de San Antonio (aunque la iglesia de San Antonio de Cuatro Caminos no se construiría hasta después, en 1944, según reza en la piedra que se encuentra a la entrada todavía). Calle Tiziano, justo en el lado norte de la iglesia, calle sin salida aún hoy, con árboles al final, que parecía que estabas en un pueblo, completo con cabras y un burro en un descampado que yo podía ver desde mi ventana. Barrio muy andaluz entonces, que parecía un pedazo de Sevilla o de Córdoba, con tiestos y sus flores trepando rejas. Hoy, la gente se queja de los dominicanos y los ecuatorianos que han venido. En aquel entonces, se quejaban de los andaluces que, como mis padres, subían desde el sur. Parecen gitanos, decían, y si no lo son, serán primos de ellos al menos. «¡Andaluza de eme!, ¡gitana!», te insultaban los niños castellanos. Por eso yo me esmeraba cada día por hablar como madrileña que era.

Porque mis padres me tuvieron aquí. Se conocieron un invierno por Jaén, recogiendo aceitunas. Las monjas del orfanato llevaban a las mayorcitas a trabajar al campo, o las colocaban en casas como domésticas, a veces en restaurantes. Y así hasta que se independizaran o casaran. Mi madre contaba diecisiete años, mi padre diecinueve. Allí se conocieron, en el olivar, y allí se enamoraron. Cuando me lo contaba mi madre, una sonrisa pícara le cruzaba la cara. No me lo decía a las claras, pero yo intuía todo: no que ella estuviera trepada en la escalera sin más, sino que desde abajo mi padre la estaría admirando (aunque con recato) mientras sujetaba la cesta de los olivos. No que él la ayudara a subir a la mula sin más, sino que la agarraba firme por la cintura y la aupaba arriba lentamente. Y acaso, al atar las dos cestas repletas a la albarda, rozaría disimulando su pierna. Por algo sonreiría así mi madre (aunque no me cabe la menor duda que prevaleció siempre entre ellos el trato más correcto, que ya dije que mi madre fue criada por monjas, y mi padre venía de una estirpe de cristianos viejos).

63

Una vez, entrando yo en la edad en que las niñas ya son muchachas y los niños aún siguen siendo críos, le pregunté a mi madre cómo hacen las mujeres para que los hombres se fijen en ellas. Soltó una carcajada, seguramente por lo inesperado de la pregunta —yo debía tener diez, once años—. Entonces se puso seria en seguida y me espetó: «¿Te ha venido la sangre, hija?». Como no me había venido, no entendí. A ella se lo había explicado una monja al cumplir los doce, y ella no esperó para explicármelo ahí mismo. Seguí sin entender nada (aunque sí se me aclaró algo en ese momento de una conversación que había escuchado en el patio del colegio entre unas muchachas de un curso superior. Y unos meses después le agradecí a mi madre su explicación, pues aunque sentí vergüenza al despertarme mojada —pensaba me había hecho pis, como cuando era niña—, al recordar sus palabras me tranquilicé, y hasta sentí el orgullo al ver la mancha roja de ser mujer ya, que así me lo había explicado mi madre).

Todos tenemos una tristeza adentro. Quiero decir una tristeza especial, algo que nos duele más, y que nos duele siempre. La gente piensa que las monjas somos seres totalmente felices. ¿Por qué les cuesta tanto pensar que somos como cualquiera, como los demás? Es verdad que entregar tu vida a los demás trae mucha satisfacción. O a una causa en la que crees (por eso comprendo perfectamente bien que los comunistas —y sabes, Señor, que desde hace mucho pienso así, desde que eran considerados poco menos que diablillos sin cola— que los comunistas, te decía, comprendo se sientan seres realizados, los que realmente creen en lo que dicen, que de los otros sabemos que hay muchos). Yo he conocido hermanas que emanan una paz y una felicidad tal, que jamás sospecharías que saben siquiera lo que es la tristeza. Yo sé, Señor, que la hermana Matilde, por ejemplo, me quiere de veras. Pero también sé —y tú lo sabes mejor que yo— que si mañana me llevas contigo, ni una lágrima caerá de sus ojos. Y lleva razón: «¿por qué lloráis, si está con el Señor?». Sin embargo, la mayoría lloramos. «Es natural —decía el padre Vicente— el apego a la vida es la manera que nos da Dios de entender que la existencia es sagrada, don de Dios, deber que tenemos que sostener hasta que Dios nos la quite». Vale. ¡Pero lloramos!

Como yo lloré cuando llamaste a mi padre, y poco después a mi madre. ¡Qué tristeza! (Aunque la primera gran tristeza fue cuando murió Argos, no tan grande, pero la primera, y por eso inolvidable también). Que es a lo que iba, antes de que la loca de la casa me despistara: la gran tristeza en la vida de mi madre fue no poder tener más hijos. Sé que se alegró tremendamente cuando le dije que había decidido hacerme religiosa. Esa misma tarde fue a Telefónica y puso una conferencia para anunciárselo a las hermanas que la habían criado en el orfanato. Pero también sé que tuvo que sentir una tristeza, pues siempre decía que ya que Dios no le había dado más hijos, le daría muchos nietos.

La gran sorpresa fue que mi padre también sintió alegría. Pero no fue muy grande ese misterio: eran tiempos duros, él había pasado lo suyo en la cárcel, había salido para encontrarse sin trabajo, ni posibilidad de tenerlo. Como tantos en aquel entonces, pensaría que el clero al menos era una salida para la hija de un republicano que tenía que sobrevivir a costa de la costura de su mujer (pues mi madre se hizo modista, de casa en casa, para gente rica, entre las cuales había familias de militares que habían luchado en el bando opuesto al de mi padre). La verdad es que mi padre era más que simplemente republicano. Era anarquista. Y antes había sido comunista.

Fue un milagro que no le mataran después de la guerra. Por ahí anduviste tú, Señor. La imprenta le salvó. Él se quejaba de cómo lo humillaron. Llegó a decir que hubiera sido preferible la muerte. Se sintió traidor. Y después le enviaron a Canarias, a una cárcel que se llamaba Salto del negro, y que todavía existe, por lo que leí no hace mucho en la prensa. En Las Palmas. Lo mandaron lejos, como si fuera un criminal peligroso. Él, que yo juraría que cuando le mandaron al frente, disparaba al aire, o por encima de la cabeza del enemigo, que era incapaz de matar una mosca. Se volvió lo que tú quieras, Señor, pero tú sabes mejor que nadie que nunca olvidó sus principios cristianos. Por ahí anduviste tú también. Porque yo no creo que era teatro cuando volvió a ir a misa, como decían sus amigos (que enemigos nunca tuvo mi padre, salvo cuando lo de la guerra despertó aquellos odios tan violentos, pero aun así, la policía que venía a casa siempre le trató humanamente, y hasta con respeto, por no decir admiración alguna).

Al llegar a Madrid de Jaén, mi padre se colocó después de un tiempo en una imprenta, justo por nuestro barrio, a diez minutos andando de nuestra casa, detrás de Bravo Murillo. Entró como oficial de segunda y fue subiendo, subiendo, hasta llegar a ser jefe. Creció con la imprenta, la cual pasó de ser una imprentita a una imprentota, como decía la gente. Y él a cargo. Pero mi madre sostuvo hasta la muerte que esa imprenta fue la desgracia de mi padre. Ahí se volvió anarquista, decía ella, a pesar de sus oraciones y de las mías.

Oblicuo hablas, Señor, que es lo que más me cuesta de ti. Lo comprendo. Acepto tu voluntad. ¿Qué mérito tendría si nos hablaras sin misterio y supiéramos siempre tu voluntad sin esforzarnos por averiguarla? Bendito seas, Señor, que nos dejas a nosotros decidir, elegir, no como en esas otras religiones que nos dicen que tú eliges hasta quién se salvará y quién no, en vez de darnos la gracia para poder ejercer siempre nuestro albedrío libre; y perdona si en esto no respondo al espíritu del Segundo Concilio Vaticano en cuanto a la debida tolerancia frente a otras religiones. Sabes que en muchas cosas —¡aunque nunca lo diría en voz alta!— estoy más cerca de las posturas protestantes que de las nuestras. Con muchas cosas que tienen que ver con el papel de la mujer, por ejemplo. O, incluso, con la vida íntima —el sexo, Señor, ¡digámoslo abiertamente!, que hasta en eso nos han cohibido—, con las relaciones entre marido y mujer. Que todavía me cuesta comprender por qué algo que tú mismo, Señor, supeditaste a la ley segunda —la de amar al prójimo como a ti— ha causado tanto problema tanto tiempo (aunque tampoco es cosa de tratar desvergonzadamente, como el otro día el chistecito entre la novicia y la cocinera). Tú hablaste de amor, Señor, de no abandonar a esposas y viudas, como solían hacer algunos en aquellos tiempos en Israel (y sigue ocurriendo hoy, sin ir más lejos, y en doquier). O sea, de no hacer al prójimo lo que no quisieras te hicieran a ti. Y, bueno, ¿de dónde salió todo lo demás, toda esa otra obsesión por prohibir todo? ¡Ay, San Pablo, San Pablo! Mucho me temo, Señor, que el pobre Pablo otra vez se ha pasado, como dicen hoy día los jóvenes. Aunque hay que reconocer —y yo lo reconozco— que la Iglesia primitiva tenía que practicar una disciplina férrea para sobrevivir. Vale. Pero, bueno, volviendo a lo que decía: que comparto mucho con los protestantes y anhelo la unión de todas las iglesias cristianas. Pero, por favor, Señor, que no nos quiten el libre albedrío.

Que por progre que una quiera ser, lo que no puede ser, Señor, es que cada día cambien algo. Digo, algo que está bien. Que cambien lo demás, Señor. Porque no me dirás que tú eliges a los tuyos como cuando los críos eligen palillos para ver quién saca primero en el partido de fútbol. ¡Hasta ahí podríamos llegar, Señor! Y sabes —¿cuántas veces no lo he dicho?— que desde antes, desde los cuarenta y los cincuenta, incluso, ya cuestionaba muchas cosas que después Juan XXIII colocó en su sitio (y otros han vuelto a descolocar, si me preguntas). Al punto que mi madre, siendo yo ya monja hecha y derecha, me decía: «Hija, a veces me pregunto si no estarás siguiendo los pasos de tu padre, que así empezó él, cuestionando todo. ¿No te estarás reuniendo con esos curas comunistas que se han puesto de moda, hija?».

Lo que se puso de moda fue justamente mucho de lo que esos curas decían. Cuando apareció por el Pozo del Tío Raimundo el padre Llanos, sabes, Señor, que yo ya comulgaba con muchas de sus ideas. Y con otras no, lo sabes también. Que hay cosas que son así y nunca serán asao, Señor. Y quizá también mi padre sin saberlo se adelantó a la moda. ¿No se celebró un congreso teológico, completo con una misa, en Comisiones Obreras hace poco? ¿Entonces?

VII

Total, que decidí un buen día tomar la delantera yo. Bueno, la verdad es que fue la Puri la que me aconsejó. La llamé un día con la excusa de la paella: «Perdona, Puri, es que los domingos me viene mal, tía, porque ya sabes que estoy haciendo oposiciones a tablilla... ¿que no lo sabías? Pues sí, tía, y los domingos hinco codo aquí en casa, además no quiero dejar a mi madre sola, que ya sabes que la pobre sólo libra los domingos, pero a ver si me escapo un domingo, y, si no te importa, voy con mi novio».

Era mentira, pero, claro, yo quería traer la conversación al Manolo. ¡Como que me iba a presentar yo en su casa con el Manolo, tías!... ¿Qué has dicho, Mari? ¿Cómo que Puri sería incapaz de hacer tal cosa? ¿Qué cosa, Mari, tía? ¿Quién coño está acusando a la Puri de cachondear a mi novio, tronca? Vamos, ¿es que eres boba, o sólo babeas por gusto? No, tía, no te enfades. ¡Es que tienes cada cosa, joer! Que mi preocupación no era esa, que aunque nos habíamos dejado de ver, yo nunca he tirado a mierda la amistad de Puri. ¡Faltaba más! ¿Qué pasa, que porque una se vuelve puta deja de ser lo que ha sido en otro sentido? ¿Que no era eso lo que querías decir? Entonces, ¿qué querías decir, tía? Vale, vale, Trini, de acuerdo: tengamos la fiesta en paz, de acuerdo, pero es que la Mari a veces... Vale, ¡que vale!, ¿vale? Pues lo que yo quería decir, y dije, es que a cualquiera se le ocurre llevar a un tío como Manolo a una casa de… eso, a la casa de Puri. Porque aunque no sea verdad aquello de no con quien naces sino con quien paces, explícale tú a un tío cuadrado que un ocho no es redondo, a ver si me entienden.

(Lleva razón la Pili. Imagínate que a la Puri, con todo y lo que la quiero, la da por venir aquí a buscarse la vida. Igual se me llena el bar, que más vacío que lo que está ahora, sólo un ruedo en enero. Pero no es eso. No que no pueda aún manejar una clientela chulesca, que los años no me han menguado ni las cachas ni los cojones. La gamberrada del barrio sabe de sobras que la porra de Lucio pesa peor que la de la poli. Preguntad por ahí. No es eso. Con todo y lo que la quiero, ni siquiera esperaría a que la Pancracia me pusiera la pistola en el pecho: la diría, la tendría que decir «Puri, maja, con todo y lo que te quiero, te tengo que decir que las mujeres mean en cuclillas y los hombres a pie. Otra cosa no puede ser». Lleva razón la Pili).

Pues como iba diciendo, menté al Manolo con el propósito de que Puri me curioseara de él, y así poder entrarle, como quien no quiere la cosa. Porque si ella, con su profesión, no me podía aclarar el cacao que yo tenía, tú me dirás quién. «Y, ¿cómo es él?», pica Puri. «¿En qué lugar se enamoró de ti? Pregúntale a qué dedica el tiempo libre, y todas esas cosas que se dicen». Así, toreando fino, llevándola a mi terreno, hasta que por fin entró al trapo cuando la dije, fingiéndome perpleja —porque ya yo os dije que me sospechaba por donde venía el problema, pero quería estar segura— la dije: «Oye, Puri, ¿a ti no te ha pasado nunca que un tío?… bueno, que…», y me suelta sin más, la muy bestia, que ya sabéis cómo es y ha sido siempre la Puri, me suelta: «¿Qué pasa, que no se le empina?».

—*Ja, ja, ja, ji, ji, ji.*

(¡Cómo ha cambiado España, madre mía! En mi mocedad, las chicas creerían que empinar tenía algo que ver con alpinismo. Es verdad: la mujer sin pudor es como la rama sin flor. La única que no se ríe es la Mari, y esa porque es más monja que mujer, como dicen todas. Menos mal que la Pancra está cabeceando en la cocina, que cada día prolonga más la siesta. A la pobre Pancra, se la están viendo los años y ya ni siesta: sestea el día entero, la pobre. Menos mal, que si no, y las oye, las corre como Curro a los cacos).

Pues, tías, fue como volver atrás todos esos años antes que nos dejamos de ver. Como cuando Puri y yo nos pasábamos, aquí mismo en el *Lucerito*, horas hablando de todo, que si ese chico me gusta, y yo no le gusto, que si los chicos sólo piensan en una cosa, los muy guarros, que si ella iba para monja y yo para Hollywood, que si patatín, que si patatán. Cuando colgué, tenía tal nostalgia, tías, que se me aguaron los ojos. Y hasta me eché a llorar. Y todavía no sé si era por esa nostalgia, o por lo que era ahora Puri. O por mí, quién sabe.

¿Que termine qué? Ah, ¿es que no lo acabé? ¿En dónde me quedé? ¿Cómo que ni había empezado? ¿No os dije que Puri me aseguró que eso les pasa a muchos tíos, que ella, como siempre, se pasa leyendo libros, y me empezó con la película de la madre castradora, hasta que la dije: «no, maja, que yo ni sé si el problema es uno de alpinismo...».

(¿¡Qué dijo!? ¿Habré oído bien?).

«... o no, a ver si me entiendes —¡como que la Puri no lo iba a entender!— sino que el tío no, a ver si me explico, no... no... que no se foguea, vamos». Que sólo te lo he dicho a ti, tía, que a pesar del pasar de los años, no he olvidado que tú siempre estabas dispuesta a escuchar, y a callar, que no creas que no me acuerdo de cuando te conté de aquella vez que aquel tío me emborrachó y me metió no sé qué en una copa para aprovecharse de mí, y yo creía me había inflao cuando no me bajaba el período ese mes, y hasta me acompañó Puri a aquella clínica para que me hicieran la prueba de embarazo; muro como ninguna la Puri, que a ella la he dicho cosas que a nadie, ni siquiera a ti, Trini, qué quieres que te diga, tronca, que hoy sí te lo diría, pero en aquellos tiempos, pues, no. Y entonces la digo: «Ya lo sé, Puri, lo que tengo que hacer para poner a un tío cachondo, ¡joer!». Porque la tía empieza a tirarme ahí mismo la *Cama de Sutra* esa de los moros y todas las camas que se la ocurren. Que ya lo sé, Puri, que la que iba para monja eras tú, no yo, ¡joer! Ni que estuviera todavía en parvulario. No es eso lo que me tralla, sino si el tío es legal y un mal paso de mi parte puede chafar todo, Puri, que nunca he sentido por nadie lo que por el Manolo. Y me contesta: «Ahí no entro, tía, pero si es así como dices, entonces ¡has topado con el mismísimo San Antonio! Que no te digo que no haya que trabajar a alguno, especialmente a los chavalitos que vienen acojonados para probar que no son maricas, como les han dicho, incluso el propio padre, que puede que le hayan pagado el polvo con tal de que no le salga gay el gachó. También es verdad, Pili —¡dímelo a mí!— que hay tíos tan tímidos que aunque los pongas cachondos, no dan el primer paso. Si te cuento que aquí han venido tíos tan lerdos, que te dan ganas de preguntarles: «¿qué, nos echamos la siesta en vez?». Y si te cuento que algunos hasta traen pelis porno para que se les tense. Y no creas que son siempre abuelos. Porque esa es otra, Pili, no lo tomes a mal, tía, pero ya que me preguntas, hay tíos con problemas de erección, impotentes, vamos», me sale la Puri con ese lenguaje técnico, y añade: «¿No te has fijado que en las páginas de los anuncios de cachondeo siempre sale uno que garantiza que la sube sin Viagra?». Pero ya para este entonces yo me estaba preguntando a mí misma, ¿para qué coño habré llamado a Puri?, como que yo no me había ya planteado todo esto. Vamos, como que una no sabe a estas alturas lo que tiene que saber, joer. Pasa que a veces tienes necesidad de hablar las cosas con otro, y la Puri siempre ha sido ese otro para mí.

Porque ya era la monda, tías. Chocaba adrede contra Manolo cuando me abría la puerta. En la moto, aplastaba las perolas contra su espalda que, vamos, ¡literalmente se puede decir que le daba el pecho! No os riáis, troncas. Ya lo sabéis: todas nos pasamos la vida gufeando a los chavales para que no piensen que somos lo que piensan, y a mí me toca un tío que ni me toca.

Fue la noche del día que aprobé las oposiciones. «Hay que celebrarlo», me dice el Manolo.

«¡Ay, Manolo, Manolo de mis amores!», empecé a susurrarle al oído al llegar al portal esa noche tras meterle una botella de vino en la cena. Y tras la botella, le metí la lengua en el oído, la rodilla entre las piernas y las manos por todo el cuerpo. Pegó un rebote el hombre que hasta el día de hoy se puede ver la señal que dejó la puerta contra la pared del portal. «¿¡Qué haces!?», me grita, sacudiendo la cabeza, como si mi lengua fuera mismamente la de una serpiente. Y me salió de adentro, tías, como cuando se te vuelca la tripa y vomitas sin poder evitarlo: «¡Lo que tú tenías que haber hecho hace tiempo, gilipollas!». Entonces, tras haberle yo arrastrado dentro del portal, lo empujé fuera y le tiré la puerta en la cara.

No me mires así, Mari, no te me pongas modosita. Como que tú no hubieras hecho lo mismo, chatita, con todo y lo finolis que te crees. ¡Así que no te pases que te piso! ¿Vale? Vale. Que no, que no me enfado, ¡joer! Pero que te jode que te vengan... Bueno, vale, vale, vamos a dejarlo, joer. Sólo digo que yo y cualquiera lo hubiera mandado a que le den morcilla. Meses y meses, como si una fuera de piedra, una estatua, vamos, una monja. Y una acostumbrada a los tíos del barrio, pues, ¿qué queréis que os diga? A cualquiera la entran dudas: ¿seré yo?, ¿será él? ¿No será que patina? ¿Qué será?

Es que, tías, las que no nacimos jodidas, aquí nos jodimos. Todas locas por echarnos un novio. ¡Para que no dijeran! Te dejabas manosear sin quererlo, para después poder pasear por el barrio con el *rintintín* de mira lo que yo tengo y a ti te falta. ¿Es verdad o no es verdad, tías? Ya sé que Mari piensa que no. No, no lo has dicho, pero lo piensas, tía, que te conozco. Vale, vale, vamos a dejarlo. Pero que los tíos con los que nos estrenamos, quiero decir, con los que empezamos a salir cuando empezamos a salir con tíos, que esos tíos no eran precisamente héroes de telenovelas, y mucho menos galanes de *Cine de Barrio*, vamos, yo no sé vosotras, pero por mi calle nunca pasó un tal. Menos aquel Miguelito el monaguillo, el que desayunaba después de misa aquí con la Puri cuando ella iba para monja y él para cura. Que los otros, ¡tíos guarros que no respetan ni a sus madres! Los que las tienen. Pero también nosotras nos los merecemos. ¿O no? ¿No nos reíamos como putas con sus chistecitos y sus bromas? ¿Os acordáis? ¿O no os acordáis cómo nos meábamos todas de las risas con sus guarradas?

(La Mari está a punto de persignarse, ¡no te jode! Porque otra que tal: muy escandalizada y finolis, ¡pero ahí sigue! Con las orejas abriéndose como coñito calentándose. ¡No te jode las mujeres!).

¿Os acordáis, verdad? «Pili, Trini, Puri, Mari —nos preguntaban como si fuera de verdad, y no de cachondeo—, ¿alguna de vosotras ha visto hoy al Cachas, que lo anda buscando su madre?». Y nosotras, gilipollas que éramos: «¿Quién es el Cachas?», caíamos siempre: «¿Quién va a ser el Cachas? ¡Él que te la mete cuando te agachas!». ¡Hala!, a reír como tontas la gracia en vez de mandarles a tomar por culo.

¿Se acuerdan de Paco Carmona?, aquel que le dio por raparse la cabeza antes de que se pusiera de moda y dejarse una franja de pelo arriba, como si fuera un indio. Sí, al que llamaban Gerónimo, el mismo. El que en pleno invierno andaba con el pecho al aire para que lo vieran el pelo que no tenía arriba, con esas cadenas de oro que llevaba, que si eran de verdad, no había que preguntar cómo se las pagaba. ¡Menuda pieza! Pues os voy a contar algo que sólo sabe la Puri y el cura con quien me confesaba entonces: Gerónimo fue el primero que me tocó las tetas a *tutti pleni*, que manoseo de camisa y sostén era a lo más a que me había atrevido hasta entonces. Como todas, no me lo vais a negar. ¡Que no me callo, joer, Trini! Que no me importa que se sepa a estas alturas. ¡Como que no estábamos todas tarumbas por el jodido del Gerónimo! Pasa que se fijó en mí, tías. No digo que por ser yo la más guapa, ni la más *sexy* ni la más nada. Se fijó, ¡y se acabó! Cuidado que no me dio el coñazo durante semanas: «Pili, ¿cuándo nos vamos por ahí? ¿Qué pasa, Pili, que a tu vieja no la va mi pelo?». Porque una noche por poco lo capa mi madre cuando lo pilla hablándome por el telefonillo, y menos mal que yo sólo le escuchaba sin decir una palabra.

Él sabía que mi madre llegaba de limpiar oficinas sobre las nueve, para cenar, y acostarse, la pobre, que a las cinco estaba en pie otra vez y vuelta a más oficinas antes de que abrieran. Pues el Gerónimo cogió de llamarme por el telefonillo a eso de las ocho de la tarde, mirando calle abajo y calle arriba por si venía alguna vecina. Y si venía, soltaba el telefonillo, se daba la vuelta a la manzana, y dale que te pego otra vez con el telefonillo, hacia las ocho y media, y a lo más, nunca pasaba de las nueve menos cuarto, que tenía a mi madre cronometrada al segundo: «Pili, que por ti me dejaría el pelo y lo que tú me pidas, como si me pides que me rape el pecho también, Pili». Parece mentira hoy que gilipolleces como esas nos hacían gracia, al menos a mí, que no lo niego. Y menos mal que yo sólo lo escuchaba, sin decir nada, que si mi madre se entera que yo tenía el telefonillo descolgado, me descuelga el culo a cintazos. Sí, menos mal que yo sólo escuchaba, porque ¿a quién no le gusta un caramelo? Y más a esa edad, que yo debía tener catorce, quince, y que un gachó de casi veinte venga y te diga que tú eres la mujer de su vida, pues aunque una es del barrio y aprende pronto que aquí el que no es chulo es puto, pues, ¿qué quieres que te diga?, que te hace tilín, Trini, tía, no sé tú, Mari, pero a las demás, ¡*tilín* y *tilón*! Y yo, en aquel entonces, todavía con ese uniforme que nos ponían las monjas, y el tío, venga a esperarme en la puerta del colegio, vosotras lo sabéis de sobra, que no me vais a negar la envidia que os comía las entrañas cuando le veían caminando a mi lado, camelándome, y todas, pegándoseme para oír, que yo no me mamo el dedo desde el día que salí de la cuna, tías.

(Lleva razón la Pili. Lo recuerdo claro, clarito, aunque si Loli o la Yoli, o las dos, que son como sus nombres, tal para cual, una o las dos, eso no lo puedo jurar. Pero una de las dos soltó que el Gerónimo era gitano. Y todo por la puta envidia, lleva razón. La misma envidia que después hizo correr esa otra bula, de que si el padre de la Pili también debió ser gitano, y por eso, porque la sangre tira, es que el Gerónimo se fijó en ella. Y todo por la puta envidia. ¡Manda huevos lo de las mujeres!).

¿Que qué hacía yo? ¿Qué podía hacer a los quince? Escuchar, que a esa edad una no sabe qué decir; se hace la dura, pero no demasiado, para que no deje de decirte lo que a todas —¡a todas, tías!— nos gusta oír. Escuchar como que no escuchaba, pero escuchando, y para asegurarle, y para que siguiera con sus gilipolleces, te sonreías de vez en cuando. Y hasta riéndome sin poder evitarlo, cuando me salía con una de las suyas: «Ay, Pili, pareces una monjita con ese uniforme, ¡déjame ser tu curita!». Y por las tardes, cuando sonaba el telefonillo sobre las ocho, ahí estaba yo ya en pijamas para cogerlo, y sin decir palabra, que al Gerónimo le bastaba con que yo no le colgara para saber que me gustaba, y que quería yo que siguiera viniendo y diciéndome lindezas. Pero esa noche debí estar más embelesada que nunca, y él pedo, o vete tú a saber si zumbao, que se metía de todo, ya lo sabéis. Porque ninguno de los dos nos dimos cuenta de la hora. Y lo próximo que oigo cuando me dice eso de que por mí se afeitaría hasta el pelo del pecho es la voz de mi madre gritando: «¡Ni pelos ni pollas, hijo de puta!», y lo demás no lo oí porque colgué suave para que no se oyera, y salí volando. Pero debió poner guapo al Gerónimo mi madre, porque tardó en subir, que después me enteré por el mismo Gerónimo que lo estuvo gritando a pleno pulmón calle abajo más allá de este bar.

Hice como que había estado haciendo los deberes toda la tarde, y cuando mi madre me pregunta si no había oído el telefonillo, la meto una media verdad, que es la mejor mentira, y la digo que hay un tío que anda molestando a todas las chicas del barrio por el telefonillo, así que ni me molesto en contestarlo. Y la cosa coló. Al cabo coló, porque durante un rato, mirando de reojo a mi madre sin levantar la cabeza del libro, veo que está dudando. «¡Más te vale!», me dice al rato, y se va a calentar la cena que ya yo había preparado como todas las noches.

Yo no sé vosotras, pero yo, tíos como el Gerónimo, y como aquel gilipollas que me lo rompió después, son los que he conocido. Un tío que a los veinte se dedica a tocarle las tetas a una niña de catorce. Y después me entero que anduvo por ahí diciendo que me había follao por alante y por atrás, el muy hijo de puta trolero. Pero yo también fui gilipollas, ¿para qué negarlo? Tan gilipuertas que la primera vez que le dejé palparme los pechos —dos segundos en el portal— voy y se lo cuento toda orgullosa a la Puri: «Puri, con el Gerónimo, un tío que va para veinte», y ella, que iba para monja entonces, sólo se la ocurre decirme que era pecado mortal, «vete a confesar ahora mismo, macha», y entonces va y me pregunta que si me mojé, que yo —¡os lo juro, tías!— sólo se me ocurrió contestarla que no, que no estaba lloviendo, y que de todos modos, estábamos en el portal.

—Ja, ja, ja, ji, ji, ji.

(En vez de reírse como las otras, la Mari ha vuelto a poner cara de si-esto-sigue-así-me-levanto-y-me-voy, aunque la muy cabrona no se irá jamás, que es de las que se abanica con una mano y con la otra se seca el sudor, ¡si las conoceré!).

Las tetas, sí, ya lo dije, pero de meter, ¡ni el meñique, vamos! Que es lo que hacíamos todas, tías. Del ombligo para arriba, ¡territorio nacional! Porque tampoco me vais a decir que vosotras sólo salíais con los monaguillos de la parroquia. Que Miguelito sólo hubo uno que yo recuerde. ¡Que no me mamo el dedo, tías! Que la que más y la que menos... Y entonces aparece un tío como el Manolo. Que, tú perdona, Trini, que el Javi, con todo y ser los dos charoles, tú misma lo decías sin cortarte un pelo a todo el mundo, Trini. ¿O no decías a carcajada cabal que el Javi era mismamente un pulpo?

Y entonces llega Manolo, un hombre, por fin, no un chaval macarra del barrio, sino un hombre que te respeta y te trata como una dama. Sí, troncas, río por no llorar. ¿Cursi? ¿Que no me ponga cursi? ¿Que me estoy poniendo dramática? ¿Que mi problema es que me creo que la vida es una telenovela? ¡Porque tú lo digas! Vosotras al menos habéis tenido padre, hermanos, al menos algún tiempo. Que tu padre, Mari, se fue cuando tú ya tenías pelitos, y el tuyo, Yoli, ahí sigue, con sus idas y venidas, pero ahí. Y de los hermanos, y los tíos y los abuelos, también se aprende. Pero yo, sola toda la puta vida con mi madre, ¿qué iba a saber de los hombres? Lo que me contaban las monjas, ¡no te jode! Que hasta cuando se pusieron progres y nos dieron aquella clase de sexo sano que nosotras llamábamos sexo santo, allá en tercero, sano o santo, todo seguía siendo pecado y prohibido, joer.

(Esto se está poniendo muy revuelto. Voy a tener que decirla a la Pili que baje la voz, antes que despierte a la Pancra y salga de la cocina, como aquella vez que por poco la emprende a sartenazos con aquel borracho que empezó a aullar a la luna desde la puerta).

—Tranqui, tranqui, Lucio...

(Me ha visto nervioso).

— ...que no pasa nada, sólo que me apasiono un poco. Tranqui, que ya bajo el tono.

(Pero no demasiado, titi, ¡que no me lo quiero perder, joer!).

— Porque *lopmrtyun caltrwqmfro mbvmdqutirp mddfrtñoxaqrt...*

(¡Mierda! No se entiende nada. Voy a bajar la tele)

—... aunque no lo creéis, de los hombres se aprende mucho cuando te crías entre ellos. No voy a mencionar nombres, pero más de una me contaba de cómo un hermano, un primo, un pariente cualquiera las espiaba cuando se desvestían. Y ¿cuántas veces no os oí preguntar a alguna que qué quiere decir tal o cual chiste que oyeron a un hermano contar a otro? ¿Y que por qué las madres estaban siempre tocando en la puerta del váter para que el hermano saliera? Y que si a uno la madre lo pilló una revista de cachondeo entre los cuadernos escolares. Que si los hombres son un misterio para las mujeres, para las que nos criamos sin ningún contacto con ellos, ya os podéis imaginar. Y aquí me tenéis. Que hasta mi madre, con dos tetas que parecen dos huevos fritos, tiene su tío, y yo, que a los catorce tenía turulato al Gerónimo y a toda la tribu, aquí me tenéis a los veintiséis como la

María Goretti esa de la que nos hablaban las monjas. Y para colmo, cuando voy y la digo a mi madre que había tenido bronca con Manolo, ¿sabéis lo que me suelta?: «¿Serás gilipollas? ¡La has cagao! Un tío como ese no se encuentra ni en el cielo», ¡joer! Que ahí mismo me dieron ganas de mudarme de casa.

Pero mi madre, a pesar de todo, tenía, y sigue teniendo, buen corazón. Ya sé que no lo evidencia siempre. Con la vida que ha tenido... ¡Que a saber cómo era mi padre! Y el suyo, si es que llegó a conocerle. Que la única vez que la pregunté de mi padre, siendo yo niña aún, me contestó entre dientes y en voz baja, casi en un susurro, pero más cortante que navaja de trapero: «De ese sujeto aquí no se habla».

Buen corazón, y por nada la dejaría sola. Y esa tarde, al volver del trabajo, como para pedirme perdón y hacer las paces, mi madre, que era una lotera loca, arranca uno de los dos décimos que había comprado y me dice: «alegra esa cara, mujer, ¡que nos va a tocar la lotería!».

Ya está bien por hoy. Me voy, tías. Nos vemos mañana o pasado. Que para cabreos, basta ya por hoy, ¡joer!

(¿Te lo puedes creer? ¿Qué cojones tiene que ver el haberse criado sin padre y hermanos con todo el rollo que ha tirado del Manolito de los cojones? ¡De lo que se ha salvado el chaval! Que yo a la Pili la quiero mucho desde siempre. Ella y la Puri son las más majas. La Trini también. Pero no es igual. Como que las cogí un cariño especial a esas dos: Pili y Puri. Como que me duele más verlas hoy día tetonas y sin trenzas. Y sobre todo, así amargada una, y la otra... Vamos, es que ni quiero pensarlo. Es que todavía no me lo creo. Puri, la más modosita, a pesar de esa pechera que siempre ha tenido. Que uno se preguntaba cómo era posible no se cayera de cara, con ese peso que llevaba delante aun cuando chavala. «Si caes de frente, ¡rebotas!», la gritaban por la calle. Pero la Puri, ella, aun cuando iba para monja, nunca se mordió la lengua. Que al maricón del Gerónimo lo puso como pijota a la plancha cuando un día va y la grita de una acera a otra: «Puri, ¡súbete el sostén, que se te ve el culo, chiquilla!». Y la Puri le contesta: «¡Bájate la braguet, a ver si con el aire algo se mueve!». ¡Eso, cuando iba para monja! ¿Os lo podéis creer?

Algo de ese garbo la vendría bien a la Pili, que antes rebosaba gracia hasta por los codos. De la que se salvó el Manolito ese. Y yo, de lo que me salvé yo, que durante un tiempo anduve dulce con la madre de Pili, que fue la que la pegó esa amargura. ¡Mismamente una mujer limón! Peor que la Pancracia, ninguna, pensaba yo. ¡Naranja dulce al lado de esa mujer, la Pancra!).

VIII

¿Qué le pasó al *Índice*? No lo sé, la verdad, Señor. Me habré olvidado. Supongo que, como todo en este país, como que desapareció un buen día sin ton ni son. Como los serenos, el agua de cebada, y como está desapareciendo la horchata de verdad. Un buen día fui a la biblioteca de la facultad con la hoja de permiso y el bibliotecario (que en aquel entonces era más bien un obrero, y hasta vestía una bata azul parecida a un mono) ni la miró. Al cabo de un rato me trajo *San Manuel Bueno, mártir*, y cuando le entregué de nuevo la hoja rellena, simplemente me dijo: «No hace falta» (sin levantar la vista, ni despegar de los labios el pitillo de tabaco negro recién liado, golpeando ruidosamente la tarjeta de préstamo con el tampón, que así siempre me trataba, supongo que por ser yo religiosa, porque decían que debía ser de los que llamaban rojos desteñidos). Pensé que sería porque ya me conocía, o porque una monja no se atrevería a solicitar un libro prohibido sin el debido permiso que yo siempre traía. No lo sé. Lo cierto es que a partir de ese momento, jamás volví a solicitar permiso.

Tampoco me sentí con necesidad de confesarlo. Eso debió ser lo primero que hice sin atenerme estrictamente a aquellas normas preconciliares, según las cuales todo era pecado. Lo sabes de sobra, Señor: te creaban unos escrúpulos que te torturaban día y noche. ¿Qué pecado, a ver, podía tener la santa de Benilde para tener que confesarse dos y tres veces por semana?

En todo caso, el padre Vicente me había dado permiso para leer a Unamuno, advirtiéndome, eso sí, que corría peligro de caer en tentaciones contra la fe. Prometí que a la primera duda le consultaría. Y si no lo hice, fue porque el padre Vicente murió justo entonces. Lo reemplazó un jesuita, el padre Raimundo, que no cesaba de decir: «Sólo pecados, hija mía, confiesa sólo pecados».

El padre Raimundo era un sacerdote norteamericano —se llamaba Raymond en realidad— y nadie sabe cómo vino a caer en España. Decían que había sido soldado en Francia. Que estuvo con las tropas que desembarcaron en Normandía, y después con las que tomaron París. Y que decidió entrar en el sacerdocio por lo que vio en la guerra. Especialmente, decían, cuando entró en un campo de concentración. Le ocurrió lo contrario a lo que a muchos: tras ver tanta crueldad, se convenció de que Dios tiene que existir. «Siempre enigmático», decían de él. Como tú, Señor. Y con un sentido de humor muy raro, y más para un norteamericano, que son tan serios, o al menos dan esa impresión. Como cuando llegó tarde un día para decir la misa, vio la cola para confesarse, y anunció solemne: «Hoy sólo escucho pecados de asesinato y adulterio». Yo, que debí estar entonces de votos recientes, y era aún muy joven, no pude menos que reírme, Señor, porque tienes que admitir que tiene su gracia. Pero la hermana superiora no pensó igual y me castigó con servicio de comedor no me acuerdo cuántos días.

Decían: «pero, ¿quién lo decía?». Nunca supe. Creo que nunca lo supo nadie. Era como una leyenda. Cuando apareció, la traía ya a cuestas. Las hermanas comentaban que se decía, que habían oído, que alguien había dicho. Pero ese quién y ese alguien no tenía nombre. Sólo se sabía eso: que había sido soldado; que después de la guerra, entró en los jesuitas, decían que por devoción especial a San Ignacio. Y que por la misma devoción, había pedido que le enviaran a España. Pero algo no casaba. Porque llegó a España en los cuarenta. No había pasado suficiente tiempo para ordenarse jesuita, pues. Quizá es que fue ya sacerdote, capellán, a la guerra. Tú sabrás, Señor.

Cuando le dije un día que la lectura de *San Manuel Bueno, mártir* me estaba ocasionando dudas, y que el padre Vicente me había dicho que tenía que consultar cualquier duda, simplemente me dijo (con ese acento a veces indescifrable que nunca perdería): «¿Dudas o cuestionamientos?». Y antes de que pudiera contestar, añadió: «la fe es un don que algunos no se molestan en sacar del envoltorio, y otros insisten en desempaquetar, para encontrarse estos últimos con una de esas cajas chinas que ocultan otro objeto adentro, hasta llegar a la última cajita. La cual está vacía». Y con esa adivinanza me dejó sin esperar (y sin penitencia siquiera) otra vez respuesta mía: «*Ego te absolvo...*». Me sentí halagada, la verdad, y temí el pecado ahora del orgullo, pues me había tratado como si fuera una persona inteligente —un intelectual, vamos— a la que le bastaban palabras ocultas que yo era capaz de descifrar sola. Y cuando me confesé la próxima vez de soberbia, el padre Raimundo me interrumpió con: «Sólo pecados, hija mía, ¡confiesa sólo pecados!».

También aquel catedrático debió ser rojo (y no desteñido, pero con todo, era un excelente profesor, y uno de los pocos dispuestos a dialogar con los alumnos en vez de dictar *ex cathedra*, como tantos). La dichosa manía que nos inculcan de no pensar mal de nadie, por buena que sea en principio, en la práctica no siempre resulta así. Él sabía muy bien lo que hacía, o mejor dicho, hacía muy bien lo que sabía. Pero se llevó una sorpresa que su cara no pudo evitar revelar cuando preguntó si alguien había leído *San Manuel Bueno, mártir* y mi mano fue la única que se alzó (aunque seguro que otros lo habían leído también, pero tenían miedo de admitirlo). En una clase anterior, con una sorna que él sabía disimular a la perfección, inyectando su voz de una ambigüedad que simultáneamente afirmaba y negaba la posibilidad de una ironía, nos había advertido con paternal ironía que «la lectura de esa obra unamuniana podría ocasionar a algunos problemas de índole, digamos, moral. Por tanto, no os voy a pedir que lean la obra, aunque yo sí la comentaré brevemente dentro de unos días, para darle tiempo a los que quieran y puedan recibir el permiso requerido para leerla. Los que la puedan leer verán que es una obra importante para entender a Unamuno, cuya figura, a pesar de estos inconvenientes, es fundamental para a su vez entender el '98».

Se estaba cubriendo las espaldas, sobra decir. O acaso ya se había abolido el requisito de pedir permiso para libros en el *Índice*. O yo como religiosa no lo necesitaba ya, no lo sé. Ya he dicho que lo del *Índice* fue un misterio. Pero acaso también, si se había abolido ya, él, que seguro lo tenía que saber, fingía como que no sabía nada, para seguir atacando a la Iglesia como organismo represor de censura. Claro que se me ocurrió esta mala idea, pero, claro también, la aparté en seguida de mi mente por aquello de evitar pensar mal de nadie. En todo caso, la impresión evidente era que él no asignaba un libro prohibido (que de todos modos era inasequible entonces, salvo por alguna edición publicada durante la República, o alguna edición sudamericana perdida en alguna biblioteca privada). Él respetaba la normativa, se sometía a las reglas que el Régimen dictaba para la universidad. No en balde corrían rumores de que había colaboradores de la policía, y hasta policía secreta, en las aulas. De ahí que cuando esa sorna suya ocasionaba risitas, su cara se mantenía seria y su mirada fría, como si no hubiera oído nada. Pero como dije, lo que menos se esperaba él es que una monjita joven, maestrita de un colegio religioso, alzara la mano admitiendo que había leído a Unamuno. Sin duda, tenía ya en mente vapulearme a su manera aparentemente inocente, hablando a la clase entera, sin dirigirme palabra ni mirada, sus ojos resbalando más bien de una a otra cara sin jamás fijarse en la mía. Ya lo había hecho antes, pero de forma pasajera, sin detenimiento, con un comentario rápido y también aparentemente casual, cuidándose mucho siempre de citar o referirse concretamente a algún autor o alguna obra crítica de la Iglesia o de la religión, de modo que no se le pudiera acusar a él de ser el autor de cualquier comentario objetable. Ahora me miraba fijo, incrédulo. Debí darme cuenta inconscientemente que mi mano le tenía de alguna manera sujeto, pues sólo cuando me dirigió la palabra tras un largo silencio (durante el cual él seguramente meditaba las palabras que pronunciaría) la bajé con una sensación de triunfo.

«Dígame, hermana —comenzó casual, demasiado casualmente (era evidente que no acababa de asimilar que esta monjita hubiera leído semejante obra)— ¿qué le parece la caracterización que nos brinda Unamuno de su don Manuel?».

Como si el triunfo se hubiera tornado derrota, de golpe mi corazón cayó de un salto. Temblaba toda. Pero gracias a ti, mi voz no tembló, porque tú, Espíritu Santo, me iluminaste; tu voz habló a través de la mía. (¿Por qué siempre ha sido un extraño para mí el Espíritu Santo, Señor? Nunca he tenido con él, o con ella, que en alguna ocasión se le ha representado como femenino, para que después digan… nunca, la confianza que tengo contigo). Plenamente al tanto de su reacción, anticipando que él interpretaría mi respuesta como una evasión, comencé hablando, no de Unamuno, sino de Antonio Machado, cuya poesía habíamos comentado unos días antes. Su leve sonrisa me confirmó que él estaba confiado en que yo me iba por los cerros de Úbeda para no contestar a su pregunta, que era justamente lo que yo quería que él pensara. Y en ese momento, Señor, yo sentí como una voluptuosidad cruel. Me tomó mucho tiempo reconocerlo, años incluso. Porque el tiempo aclara las cosas casi sin darnos cuenta. Fue un día, leyendo en la prensa sobre un sádico sexual. De repente, y de la nada, recordé el episodio en la facultad, que ya para este entonces debería haber sucedido veinte o treinta años antes. Comprendí de golpe lo que me ocurrió, lo que sentí, al ver la sonrisa en la cara de aquel catedrático. Comprendí cómo se siente un gato torturando un ratón. Y comprendí, con terror abrumador, lo que debe sentir un sádico. Yo, que me había confesado sólo de orgullo y soberbia otra vez (Y ¡dale que te pego, hija!).

Rectificó, modificó y apagó del todo la sonrisa, al surgir las risitas tras el filo cortante de su pregunta; una pregunta que su mirada rápida de relámpagos sucesivos hacia los culpables cortó como un tajo seco. Pero algo era diferente esta vez. Además de precaución, algo en su semblante delataba verdadera curiosidad. No recuerdo si también Machado estaba en el *Índice* (aunque, desde luego, más se leía a su hermano Manuel entonces), pero debió estarlo, porque en clase habíamos leído y comentado algunos poemas sueltos que él había repartido en esas copias de carbón de entonces tras advertir que eran poemas inofensivos. Quizá sólo la etapa posterior de Machado, cuando se hace cada vez más liberal, era lo único prohibido, no lo sé. Tampoco recuerdo cómo llegó a mis manos un ejemplar de *Campos de Castilla y otros poemas*. Lo cierto es que yo había leído bastante de Antonio Machado, lo suficiente para darme cuenta de su innegable religiosidad, digan lo que digan los que aún quieren encajarlo dentro de un liberalismo agnóstico en general. Ya dije que este profesor era un magnífico maestro, pero también dije que sabía lo que hacía. Lo que enseñaba, lo enseñaba muy bien. Pero no enseñaba todo. Comenzó hablando, como quien no quiere la cosa, del republicanismo que llevó a Machado al exilio y la muerte poco después. Nada dijo de aquello de quien habla solo, espera hablar con Dios un día; o del sueño de Dios en su corazón; o de cómo también su corazón esperaba una nueva primavera al ver las hojas resucitadas en el olmo viejo; o de cómo acepta la voluntad divina a la muerte de Leonor. Yo, por supuesto, asumí la misma fingida inocencia suya al citar estos ejemplos, sin implicar en lo más mínimo que él los había excluido adrede. Él se dio cuenta en seguida de mi intención. Con esa alegría incontenible (o que yo no quise contener, Señor, aunque sabes que no me daba cuenta de ello en aquel momento), yo esperaba ansiosa que él me interrumpiera y me dijera que volviera a Unamuno y a su pregunta. Sabía muy bien por dónde yo venía. De suerte que cuando agoté todos los ejemplos y no tuve más remedio que lanzar lo que él ya anticipaba, él se limitó a asentir con la cabeza y con leve sonrisa. Salvo por mi voz, el silencio era absoluto en el aula. Ni siquiera se oía el usual ruido de alguien moviéndose o cambiando de postura en aquellos pupitres colectivos de a cuatro. Ni siquiera el rasguño de aquellos lapiceros burdos que exigían una presión descomunal para escribir. Sólo mi voz, que en ese momento hablaba a través del Espíritu Santo: la fe de Machado, no es la de Unamuno, sino la que se nutre de la esperanza y del sentimiento que no necesita razonamiento. Y entonces, como si mis labios se movieran por cuenta propia, sin tener yo conciencia de lo que pronunciaban, repetí la adivinanza del padre Raimundo respecto a los dos tipos de fe.

Me quedé temblando, pensando que me pediría que explicara lo de la última cajita vacía. En vez de eso, volvió a asentir. El silencio se hacía desesperante. Cuando regresó a su faz la sonrisa, fue como si estallara un cristal en mil pedazos. No había sorna en la sonrisa ahora. Ni siquiera intentó disimular la admiración que habían estirado sus labios.

Corroboré lo que siempre había sospechado: era un buen hombre.

La mala, la sádica, había sido yo, porque así obras, Señor: nos entregas el bien, y a nosotros nos corresponde aprovecharlo lo mejor posible. Me brindaste la ayuda del Espíritu Santo para que yo obrara de acuerdo a tu voluntad que tú nunca impones, sino que dejas a nuestra elección. Aún me remuerde pensar que otros pudieron captar mi crueldad, y así desvirtuar todo el bien que obró en mí el Espíritu Santo. Pero de esto, ya lo sabes, no me di cuenta hasta años después. Me confesé de soberbia al padre Raimundo: Y, ¡dale que te pego, hija!... No, padre, no es lo mismo que la última vez... Y entonces le conté el caso punto por punto. No pudo evitar reírse cuando relaté lo de la adivinanza de las cajitas chinas, añadiendo, aún con algo de risa, que si estaba convencida que el Espíritu Santo había obrado en mí, de nada tenía que enorgullecerme, y por tanto, ningún pecado de orgullo había habido.

«Es usted otra Sor Juana Inés de la Cruz, hermana», me dijo con esa admiración sincera el catedrático. Yo en aquel entonces aún no había leído mucha literatura americana. Sabía de Sor Juana de oídas. Las palabras del profesor picaron mi curiosidad. Al enterarme que Sor Juana, según algunos críticos, había entrado en el convento porque como mujer era la única vía abierta para satisfacer su vocación intelectual, tuve que luchar contra un resentimiento hacia él.

Lo interpreté como un castigo a mi soberbia.

IX

Cogieron de llamarme Sor Patrulla. Y todo por el cabrón de Ramírez.

«Ramírez —le dije un buen día (hasta el moño del coño ya de sus bordeces)—, ¿por qué no pide usted la prejubilación?».

No me pegó porque Dios es muy grande. Con todo, tengo que admitir que no pude tener mejor maestro. Dicen que en los municipales las cosas se hacen manga por hombro y culo por cabeza, pero hablas con los nacionales, y te dicen que pasa lo mismo que con nosotros. Por eso, cuando me dijeron que me habían asignado a Ramírez por mi buena disposición y actuación en la academia de policía, tuve mis dudas. Máxime que por poco me tiran en el examen psicológico por no sé qué resultado de que me faltaba iniciativa frente a situaciones peliagudas. Supongo que es lo mismo que dijo el informe de las tácticas de defensa, o sea, que no era lo bastante agresiva. Más boca que brazo. Pero la práctica al tiro lo recompensaba todo: era un hacha con la pistola. Javi —¿no es verdad, Trini?— dijo que tenía suerte de que iba para municipal, porque ni siquiera la Policía Nacional, no ya la Guardia Civil, me hubiera aprobado, aunque yo fuera un Torrente con el tiro. En fin, que si me asignaron al Ramírez, quizá fue no por lo que me sobraba, sino por lo que me faltaba al salir de la academia. Y la verdad es esa: mejor maestro, imposible.

No es que yo me creyera eso de *Academia de policía*, *Miami Vice* o *Los Ángeles de Charlie*. Pero tampoco me esperaba lo que me tocó, tías: ir a buscar a una anciana con alzheimer que no aparecía por su casa; o buscar a un niño perdido, que a su vez había desaparecido buscando el perro que se le perdió; dirigir tráfico en Cuatro Caminos; controlar el acceso al Bernabeu los días de partido. Yo nunca he sido como esas compañeras que para probar que son más machos que los hombres policías, sueñan con pegar tiros y tortas, perseguir a cien por hora, una mano en el volante y otra disparando, o capturar al Lute y al Vaquilla el mismo día. Ni de coña, vamos. Pero tampoco esto otro. Lo más excitante que ocurrió fue cuando nos llamaron para que fuéramos a una chabola a ayudar a una gitana rumana a dar a luz. El bestia del Ramírez gritaba más que la pobre mujer —«empuja, ¡joer!»— y hasta por poco se sienta encima de ella para que acabara de salir el niño, hasta que, haciendo memoria de lo que nos habían enseñado en la academia, aparté a Ramírez de un manotazo, y empecé a animar a la mujer con palabras suaves, pero firmes, mientras tiraba poco a poco de los bracitos del niño. Ese día me dijo Ramírez que más que policía, yo parecía enfermera. Pero cuando dos semanas después, pasamos por el mismo barrio sin ningún destino específico, sino simplemente haciendo la ronda, y le dije: «Ramírez, vamos a ver cómo la va a la rumana y su niñito», esta vez me espetó: «Tú pareces hermanita de la Caridad más que policía». Y ahí fue que empezó la bromita de Sor Patrulla, que no salió directamente de Ramírez, sino de un compañero de relevo que tenía su edad y recordó aquella película de *Sor Citroen* cuando el Ramírez se lo contó al terminar la jornada ese día. «¡Te ha tocado una Sor Patrulla, Ramírez!».

Porque el Ramírez se las daba de antiguo gris. Siempre estaba con: «En tiempos del Caudillo esto no pasaba y aquello tampoco». Te volvía loca. Como que una no sabe matemáticas. A lo máximo, le tocaron unos siete, ocho años en el Cuerpo antes de que muriera Franco. Hay compañeros —¿para qué negarlo?— que te tiran puyas, indirectas, chistecitos. Te dicen un chiste de lo más grosero como: «¿Has visto al soldado?», y una, claro, pregunta ingenuamente: «¿qué soldado?», y entonces, apuntándose la bragueta, te espeta: «¡el que tengo aquí colgado!». «*Ja, ja, ja*», ríen todos. «¡Gilipollas!, te dicen el chistecito —decía Ramírez— para verte toda cortada y ruborizada». Igualito a los macarras del barrio. Debe ser una forma de humillarnos a las mujeres para sentirse ellos más hombres, no lo sé. No todos, que suelen ser los compañeros mayores, que se estrenaron cuando el Cuerpo aún no admitía mujeres. Todavía no han asimilado que las mujeres también podemos ser policías, y hasta mejor que los hombres, si me apuras. No digo que siempre ni en todos los casos, pero sí en ciertos casos. Que lo que quiero decir es que no depende de las entrepiernas. Que ovarios puede haber tan grandes, o más, que huevos, por si no os habéis enterado aún.

Ahora, a lo que iba: el Ramírez no se andaba con indirectas: te las tiraba como él era, a lo bestia: «¿Qué quieres que te diga, chata? ¡Que el Cuerpo se ha amariconado, joer!».

Pero una, que es joven y gilipollas por demás, y que encima no ha tenido padre, pues a una le da por ver un padre hasta en un Ramírez. Porque le ves, y si no le conoces, así, con sus canitas y sus arruguitas y su bigotito afiladito años cuarenta, pues hasta puede parecer un abuelito. Y, ¿de qué hablas después de un rato? Hay días que te pasas rondando, aparcas a la sombra de algún árbol callejero o edificio, te fumas un pitillo, te turnas leyendo la prensa, das otra vuelta, no hay movimiento, quizá es domingo temprano y todo está tranquilo, y ¿de qué hablas cuando el Ramírez ya ha despotricado contra el Rayo Vallecano, el gobierno y la madre de Madrid? Pues entonces, de puro aburrimiento, el Ramírez te vuelve a contar de los buenos tiempos del Caudillo, cuando andar con el uniforme y suscitar respeto por las calles era una sola cosa, no como hoy, y entonces se pone personal con que su jefa ya no es lo que era, que en aquellos tiempos era la hembra más hembrota que ni la Sarita Montiel; ríete tú de la Marilyn Monroe esa, con todo y haberse tirado al presidente de los Estados Unidos, ríete tú, y así, tal que como él se pone personal, pues tú también entras en intimidad, y le cuentas de Manolo, a ver si suelta algo que te aclare lo que pasó, que los hombres se entienden entre ellos y nosotras no entendemos nada de ellos. Claro que no le cuentas todo, pero sí que bronquearon, que bronqueamos, y cómo desde ese día no se han vuelto a ver —no nos vimos más—, y no te das cuenta entonces, pero al cabo de varias veces, ya es imposible no notar cómo cada vez que el

Ramírez mete la cuarta, roza tu muslo, como quien no quiere la cosa, el muy cabrón. Viejo, sí, pero todavía verde, y no te da rabia porque te da risa, hasta que un buen día, aparcados en una calle desierta, dejando pasar el tiempo sin más, el Ramírez decide dar el braguetazo y tú, que decían que no eras muy ducha en lo de la defensa personal, lo paras de un empujón al pecho que lo lanza contra el volante y la ventana que, de no ser verano y estar abierta, la hubiera roto del cabezazo.

«Tú te lo pierdes, chata», es lo único que se le ocurrió decir al Ramírez. ¿Te lo puedes creer?

X

¿De dónde ha salido tanto cura salido últimamente, Señor? ¡Hasta los americanos, digo los norteamericanos, los yanquis, se han vuelto locos! Todas sabemos, Señor, que en este país, aún antes de la Guerra, hubo muchos hombres sin vocación que entraron en el seminario por razones económicas. Era la única manera de lograr una educación y salir de la pobreza. Algunos siguieron y se convirtieron en sacerdotes. Sacerdotes sinvergüenzas, Señor, tú lo sabes. Pero ¿los americanos, Señor? Los americanos de Boston, esos irlandeses que siempre mantuvieron la fe viva en medio del protestantismo. Sacerdotes como Dios manda. Como el mismo Melquisedec, Señor. ¡¿A dónde vamos a parar?!

Sabes, Señor, que en más de sesenta años que llevo de monja, jamás he tenido el más mínimo percance con ninguno. Y sabes también que, modestia aparte, fui buena moza («*Eres buena moza, sí/cuando por la calle vas/eres buena moza, sí/pero no te casarás*»: eso me cantaban lo mozos del barrio —y no siempre con malicia— cuando se enteraron que iba para monja). Sí, lo sé y lo sabes también, que dicen que soy ingenua. Lo decía ya mi madre. Tonta, pero no tanto, Señor, que para esas cosas las mujeres tenemos perspicacia. Así que, ¿por qué ahora tanto...?

¡Ay! ¡Vaya por Dios, me he cortado!: «hija, tráeme el botiquín, por favor, que me...». «Hermana, tía, ¿qué la ha pasado? Pero, ¿cuántas veces la tengo que decir que no hace falta pelar las patatas tan deprisa?...». (Y yo que creía, Señor, que le habíamos quitado esa dichosa manía de llamarme tía, aunque supongo que me dirás que te agradezca que no me ha llamado tronca o titi como llama a Aurora a veces). «... Deja, deja, hija, que ya me arreglo yo solita...». «¡Que no, hermana, que está sangrando como cerdo en San Martín! ¡Aurora, deja de freír, tronca, y ven y échame una mano!». «Voy, ¡*jo*!...». «Igual hay que llevarla a urgencias, hermana, y darle un par de puntos...». «Hija, déjame a mí, que ya era enfermera cuando tú no habías nacido». (Perdona, Señor, me ha salido con algo de rabia, y también de orgullo, pero es que me enervan estas dos. Ya sé que quieres que pase mis últimos días en esta cocina entre Aurora y la novicia, a cada cual más... Iba a decir tonta. Perdona, Señor: entre tantas cosas que perdemos los viejos, también perdemos la paciencia). «Ya está, hija. Cosa de gasa y tirita. ¿Ves como no era nada?».

La verdad, Señor, que no me quejo de cómo he envejecido. Ya sé que estas dos estarán pensando que me he cortado porque me tiemblan las manos. Mira al pobre padre Raimundo. Debe ser de mi misma quinta, como diría la novicia. Le han mandado a Maldonado, la casa central de los jesuitas. Le han puesto a oír confesiones un par de horas todos los días, así que lúcido debe estar. Pero si lo que cuentan es verdad, también se ha vuelto un poco estrambótico, Señor. La hermana Matilde le fue a visitar el otro día (y, por cierto, me trajo recuerdos de él que mucho me emocionaron) y le contaron que tuvieron que llamarle la atención. Resulta que viene un penitente y se le arrodilla enfrente, y antes de que pueda decir Ave María, el padre Raimundo le espeta: «¿fuma usted?». «Sí —le contesta el buen hombre—, pero no me va a decir usted ahora, padre, que la campaña antifumar ha llegado a la Iglesia, y ya es pecado fumar». Y el padre: «que no, hombre, que no, pero usted como fumador sabe muy bien lo ansioso que el tabaco puede volver a la gente, así que le ruego me dé un pitillo, y si le parece, después de confesarse nos lo fumaremos juntos afuera».

Y es que los médicos le han quitado el tabaco y le tienen terminantemente prohibido comprarle o siquiera darle un cigarrillo a todos los de la comunidad jesuita. Por lo visto, al hombre le hizo tanta gracia, que se lo contó a todo el barrio y así llegó a oídos de toda la comunidad. Ya no saben qué hacer con él. Pobre hombre. ¿Qué más da que a los ochenta y cinco se fume un pitillo de vez en cuando, Señor? En fin, Señor, que también te tengo que agradecer esto de un buen envejecimiento. Todavía me piden que lea en misa. Y me ocupo de colocar el misal y abrirlo a la página del día. Gracias, Señor.

La verdad, Señor, que el padre Raimundo siempre ha sido un tanto estrafalario. Para colmo, como digo, ha envejecido mal. ¿No recuerdas aquella vez con aquella mujer? Siempre fue algo estrafalario, como digo. Como aquella vez, decía, que tuvo una discusión que empezó después de misa en la sacristía. Era domingo, y los domingos el público podía asistir a nuestra capilla. El poco público que cabía, usualmente conocidos y algún familiar de alguna hermana. De hecho, había que llamar para asegurarse de una plaza después de que alguna gente tuviera que quedarse afuera más de una vez por falta de espacio. Así de ferviente eran los feligreses en los cuarenta y cincuenta. Hoy no entran ni ofreciéndoles desayuno de chocolate y churros.

Pues ese domingo se oyeron voces después de misa. Venían de la sacristía, y aunque se podía distinguir la voz del padre Raimundo, era la de una mujer la que más se oía. Algunas hermanas aún rezaban después de la misa. Yo estaba con otras ya fuera de la capilla, pues la misa del domingo era tarde, terminaba sobre la una y media, charlábamos algunos minutos en el pasillo, o en la salita de la entrada, acaso despidiéndonos de los invitados, antes de pasar ya al comedor directamente, o ir a casa de nuestros padres, algunas. Entonces aumentaron las voces, más la de la mujer, la cual salió de la sacristía detrás del padre Raimundo. Él no contestaba, se limitaba a menear la cabeza. La mujer hablaba en voz alta, como si estuvieran en la calle, haciendo aspavientos, obviamente muy alterada. Las hermanas que rezaban habrán mirado de reojo, porque ninguna siquiera levantó la cabeza, como era de esperar ante tanta conmoción. Yo hablaba con una hermana, y tampoco nos dimos por enteradas, aunque se entrecortó nuestra conversación. Fue entonces, justo al lado de donde estábamos la hermana y yo en el pasillo, que la mujer gritó: «¡Eres el hombre más cruel que he conocido!». Siguió un silencio sepulcral durante segundos. Entonces el padre, como corroborando (y Dios me perdone) las palabras de la mujer, no pudo, por lo visto, contenerse —que tenía su genio, dicen que porque era de sangre irlandesa— no pudo, y le espetó a la buena mujer, con ese acento americano suyo que nunca ha perdido, sino al contrario, que parece que ha aumentado con los años, le dijo: «No te preocupes, hija, ya conocerás a gente aún más cruel en el Infierno».

¡Qué barbaridad, Señor! Y lo peor fue que me tuve que llevar una mano a la boca para que no se me saliera una carcajada. ¡Qué barbaridad! Aunque, tienes que admitir, Señor, ¡que qué ocurrencias tiene el padre Raimundo! De todos modos, como le dijo don Quijote a Sancho tras apuntarle un palo con la lanza: «los movimientos de la mano a veces se adelantan a los de la cabeza». Así es. Como en los sueños, Señor. Que por mucho que una luche, ¿cómo impedir que vuelva un mal sueño o una pesadilla, Señor?

De modo que cuando cuentan lo que cuentan hoy del padre Raimundo, nada me extraña. Siempre tuvo una vena... No sé cómo llamarla. Cruel no sería exacto. Pero podía ser muy duro. Y algo cínico a ratos (aunque conmigo siempre fue, si no precisamente amable a todo momento —pues te cantaba las cuarenta cuando hacía falta— sí correcto, sincero: al pan pan y al vino vino. Duro, directo, pero nunca descortés).

Estoy segura de que más de una pensó lo que yo. En fin de cuentas, la mujer lo había tuteado. Hoy, todo el mundo tutea a todo el mundo, y a los sacerdotes (que hoy todos llaman curas, palabra que en aquellos tiempos era irrespetuosa, no sé por qué, aunque seguramente tenía algo que ver con los discursos republicanos de unos años antes), a los sacerdotes ya no les llaman padre tal o más cual, sino por su nombre de pila. Sentí en seguida el punzón del remordimiento. ¿Había pecado por pensamiento? ¿Tendría que confesarle a él que había pensado que él tenía relaciones ilícitas con una mujer? ¿Por qué no podía ser una hermana o un familiar? (difícil, sin embargo, pues no tenía acento extranjero la buena mujer). ¿Por qué pensar en seguida en lo peor? En todo caso, no había habido premeditación, había sido un pensamiento involuntario que me vino como un relámpago y que rechacé inmediatamente (como cuando se me ocurre pensar que la novicia no es trigo limpio, pero aparto de mí en seguida ese mal pensamiento, Señor). Aun así, lo confesé, pero no a él, sino que fui a otra parroquia a confesarme la próxima vez, para oír al sacerdote decirme eso mismo: «a veces no podemos controlar los pensamientos, lo importante es ponerles paro en seguida si son conducentes a lo pecaminoso; luego, conviene siempre recordar que los sacerdotes también somos humanos, por si algún día te enteras de alguno que ha caído en el pecado. Has de rezar por él, no condenarle, que sólo a Dios le está reservado condenar».

Entonces —me preguntaba aún entonces— ¿por qué condena la Iglesia? Y si nosotros, Señor, somos capaces de perdonar, ¿cómo puedes tú condenar? Si con todas nuestras debilidades, flaquezas y miserias aún perdonamos, ¿cómo puedes tú enviar a sufrimiento eterno a alguien? Hitler, por ejemplo (de quien en aquel entonces nadie sabía nada de verdad en España, y todos decían que había sido víctima de la propaganda comunista, aunque poco a poco, ya nadie se atrevería a defenderle: simplemente se dejó de hablar de él, hasta que poco a poco también empezaron a saberse cosas que iban convirtiéndole en victimario más bien). Pues Hitler, de cuyas atrocidades me enteré primero por aquel sacerdote centroamericano que pasó por nuestra parroquia, y de quien también se dijo que era víctima de la propaganda comunista contra Hitler, Franco y España. Si yo, Señor, que sabes lo que sabes de mí, puedo concebir un perdón para él, ¿cómo quieres que piense que le has condenado eternamente?

Eso, que hoy se dice en voz alta, pensaba yo aún en aquel entonces. Y supongo que más de una también que tampoco se atrevía a decirlo en voz alta. Como debió ocurrir con aquella mujer a quien el padre Raimundo mandó al Infierno (aunque segura estoy que después se arrepentiría de su broma cínica, y hasta rezaría por ella para recompensar por su desliz, que tan bueno como duro era su corazón).

Me apesadumbró el asunto. No recuerdo —¡han pasado tantos años!— si ya para ese entonces había leído yo *Pepita Jiménez* o *La Regenta*. Quizá por tratarse de un seminarista, la primera de esas dos novelas no estaba prohibida, pero la de Clarín seguramente lo estaría, y yo la leería después, con permiso, o cuando ya no había que pedirlo. Lo cierto es que hoy, al recordar el caso, pienso en seguida en esas novelas, en cómo deben ser los hombres para esas cosas del sexo, que hasta un sacerdote es capaz de caer en la tentación tras años de celibato.

También Freud estaría prohibido (aunque tampoco hacía falta, pues era inaccesible), y lo siento, Señor, pero lo que él dijo del sexo, no sé si tiene toda la razón, pero... Bueno, ya lo dijo antes, si mal no recuerdo, Santo Tomás (¿o San Agustín?, que de eso sabía): «con ese pecado, no te enfrentes: ¡huye!». ¡Por no hablar del Arcipreste de Hita con su *fembra* placentera! (y menos mal que el profesor de Medieval no era un rojillo, sino que, creyente o no, defendía la tesis de un Juan Ruiz anticlerical, sí, pero desde la postura crítica del clero que quería reformar las prácticas licenciosas). Y, ¿qué de Tirso cuando dice aquello de *no hay torres, ni almenas, ni recuerdo qué más, que puedan contra Cupido*?

No me culpes, Señor. Fue tu voluntad que yo me convirtiera en otra Sor Juana (que el mote se me pegó en la facultad, con ironía en bocas de algunos, y admiración en la de otros compañeros de curso). Salvando las distancias, claro, y no sólo intelectuales, sino de vocación también, si es verdad que ella no la tuvo del todo, pues sabes que yo soy tu sierva a cambio de nada. ¿No me quitaste lo que yo más quería? ¿No pedí que me trasladaran al orfanato una y otra vez? (La última cuando apareció en nuestra puerta aquella niña de días abandonada). Si hasta pedí que me mandaran a las misiones de África a cuidar a los negritos que habían quedado huérfanos por tanta guerra y tanto abandono. Y la hermana superiora siempre con lo mismo: «No, hija, tus dotes de maestra vienen de Dios, no del azar: te necesitamos en el colegio». «Pero, hermana —intentaba razonar con ella—, también ha visto usted que Dios me ha dado dotes de enfermera, y en el orfanato hace falta ayuda médica». Nada, lo mismo, idéntica respuesta. Y ya dije, y lo sabes de sobra, Señor, que me gustaba la enseñanza, que me iba, como dicen hoy día. Siempre te di gracias —¿no te las di?— de haberme dotado de tantos gustos y apetencias. Pero ese instinto maternal que nunca ha dejado de agobiarme, hasta sentirme, sí, ¡culpable! a veces por no haber sido madre física. Sí, ese instinto que me diste tan fuerte, acaso para probarme, ese me convencía que yo podía ser más madre siquiera espiritual, más... más llena, más... más monja, hasta más mujer, más... ¡más yo!, Señor, si pudiera trabajar con los niños huérfanos. Tú no lo quisiste. Yo acepté tu voluntad, conformándome con ser maestra primero y madre después. A ratos, hasta rechinaba que me fuera tan bien como maestra y como alumna de la facultad, lo cual me convencía que la

superiora tenía razón, que esta era tu voluntad, Señor.
¡Qué de contradicciones! Antes me quejaba de que me hubieras dado el gusto por la lectura para encontrarme que me prohibían leer todo, y ahora que me daban permiso para leer hasta lo prohibido, me seguía quejando. Seremos así las mujeres. O los seres humanos, todos. Siempre insatisfechos con lo que nos das, Señor. Y para colmo, te tildan de intelectual, como si eso fuera malo sin más. Aunque ya menos, es verdad. Bueno, ya nada, porque si antes las monjas que estudiábamos más allá de lo establecido para ser religiosas, sólo éramos un caso excepcional, hoy todo ha cambiado. Pero en aquellos tiempos, si decías algo fuera de lo que decían todas, te contestaban miradas, silencios, y esa tarde la superiora te llamaba aparte y venga a amonestarte contra la soberbia intelectual. ¡Pero si lo que yo quería era trabajar en el orfanato! Si lo de ir a la facultad y dedicarme exclusivamente a la enseñanza era cosa de ella. Tú lo sabes de sobra, Señor. Si hasta llegué a aborrecer la lectura. Bueno, tanto como aborrecer, no, pero sí a sentir un amor-odio por lo que siempre había amado. Y, ¿cómo limitarme a la literatura? («Hija, deja lo demás a un lado, tú enseñas literatura, no filosofía, ni psicología ni nada más»), ¿cómo, si la literatura abarca todo? Siempre reprimiendo las ganas de decirle: «Hermana, los Padres de la Iglesia, ¿no eran intelectuales? O, ¿será que una mujer no puede ser una intelectual sin que la vituperen?». ¿Intelectual? Y, ¿qué remedio? Tú querías que yo fuera maestra, Señor. ¿Es que iba a prepararme a medias? ¿Es que se puede enseñar literatura en un vacío? Máxime que la enseñanza de la secundaria de entonces era mucho más rigurosa que hoy, digan lo que digan. Con censura y todo, había un rigor y un respeto por las letras que hoy pasó a la historia. Qué ironía: dicen que ha pasado lo mismo en los países que fueron del bloque comunista. Antes leían más, había mayor vida cultural. No te llegaba todo lo que tenía que llegar, pero quizá por eso mismo la gente se esforzaba más para descubrir verdades entre las mentiras de la política. Es decir, se analizaba, se pensaba más. Cuando por fin pude leer a Freud, o a Marx, pon por caso…

Me he ido por la tangente: de Freud pensaba a propósito del padre Raimundo, los sacerdotes, las mujeres y el sexo. Y mira por donde, Señor, que todo vino a cuento de esos sacerdotes americanos que se parecen más a los nuestros últimamente; digo, no a todos, pero a algunos que se metían al sacerdocio por falta de recursos. Porque estoy segura de que lo del padre Raimundo y esa mujer no tuvo nada que ver con nada de eso. Debe ser que las mujeres somos muy mal pensadas. Por eso debe ser que al leer la noticia en la prensa de los sacerdotes de Boston mi mente desvarió hacia lo del pobre padre Raimundo.

Hoy me río de mí misma. Pero sabes, Señor, que durante un tiempo no me reía. Al contrario, sentía una angustia abrumadora. Y era que al recordar la escena, al volver a oír la voz iracunda de la mujer y las palabras duras del padre Raimundo, no era desilusión lo que sentía. Ya sabes que un día caí en la cuenta de que lo que de veras sentía era... ¿lo digo, Señor? ¡Si ya tú lo sabes!

XI

No me interrumpa nadie, que no quiero que se me vaya el hilo hoy como siempre.

(¡Joer! Debe ser que está a punto de contar la de San Quintín Sor Patrulla).

«Seguro que otro moro, joer», gruñó Ramírez activando la sirena y la bombilla cuando por la radio nos dijeron que nos dirigiéramos a la misma dirección donde justo una semana antes habían asesinado a un marroquí. Porque a Ramírez nunca le había entrado eso de que ya no se los puede llamar moros.

(Lleva razón el tal Ramírez, joer, si marroquí suena a otra lengua, joer).

Y no que el Ramírez sea más o menos racista que otros —que no lo es—, sino que precisamente lo que él decía tenía toda la razón: son los racistas los que nos han hecho cambiar la lengua, joer.

«Igual no —le contesté—. Igual no es marroquí esta vez».

Con tanto extranjero que se ha mudado a ese barrio, bien podía ser subsahariano, chino, sudamericano, vete a saber. Desde La Coruña a Cádiz y desde Cádiz al carajo: ¿en qué ciudad de España no se encuentra hoy un popurrí de pueblos? Lo único que falta para completar el cocido es que aparezca un marciano entre la morcilla y los garbanzos. Pero Ramírez ya no escuchaba. Iba sorteando coches y saltando semáforos como si fuéramos bomberos rumbo a un fuego. Siempre era así. Al principio, quiero decir cuando nos asignaron juntos al mismo coche patrulla, yo le decía: «tranqui, Ramírez, que vamos a terminar en el campo santo junto con el fiambre». (Si es que ya por la radio nos habían dicho que había un muerto, como era el caso ahora). O le bromeaba con lo de su mujer, porque Ramírez siempre se estaba quejando de ella: «Tranqui, tronco, que la vas a complacer dejándola viuda». La primera vez que le solté sin querer un «tronco» al Ramírez, al principio creí que me iba a pegar un tiro ahí mismo, pero parece que le gustó: no sólo no dijo nada, sino que una sonrisita atravesó su jeta. Total, cualquiera creería que si llegábamos antes íbamos a salvar una vida, o revivir un cadáver. Siempre igual: arranque, sirena, bombilla, todo a toda pastilla, adrenalina a tope, frenazo. Y aunque le tocara el volante a él, Ramírez siempre era el primero en saltar puerta afuera. Bombero frustrado, el Ramírez. Sólo le faltaba el casco y la manguera.

Un día, uno de esos días en que no pasa nada, y te pasas fumando calle tras calle, o aparcado a la sombra un rato, Ramírez me dio una explicación que nunca he sabido si era o no de cachondeo: «Es que yo, de chaval, de siempre quise ser corredor de *rally*. Hasta que me estrellé un día en el *rally* que va de Alicante a Murcia. Mira —y se arremangó el pantalón y me enseñó la canilla hundida—. Pero no hay mal que por bien no venga, chata: por eso pude alegar que me dieran una patrulla hace años y hasta hoy. Porque antes no era como ahora: antes te la pasabas pateando calles y al cabo de los años, con suerte y maña, puede que te tocara una patrulla».

A todo se acostumbra una, y más en este oficio. Al principio yo iba acojonada. Pero no tardé mucho en acostumbrarme, y ya hasta podría incluso echarme una siesta, si no fuera por ese jodido *UUUAAAUUUAAA* de la jodida sirena. Ya ni le digo nada. Aunque a veces pienso: tendría gracia que por aquel capricho de juventud nos estrellemos y el Ramírez deje viuda a su mujer y a mí muerta sin Manolo ni marido.

Total, cuando llegamos, como de costumbre, no se podía ver el cadáver por la gente.

Joer, ¿qué habrá en el ser humano que teme tanto la muerte, y no puede resistir juntarse a manadas junto a un muerto? «Apártense, joer», gritó como siempre Ramírez. Porque, tras tantos años en el servicio, al Ramírez tampoco le entra eso de que en la democracia hay que ser correcto y cortés con el público. Y eso que sólo le tocó el rabo de la Dictadura cuando entró en el Cuerpo, como dije.

Alguien le había tapado la cara con un pañuelo al difunto. No tenía sangre el pañuelo, pero la camisa estaba encharcada. Había habido un solo balazo: le había reventado el corazón.

Como de costumbre también, cuando nos acercamos al cadáver, la gente empezó a apartarse.

«¿Alguien vio algo?», preguntó Ramírez, y un hombre soltó un sí, más por miedo que por otra cosa: era el dueño del estanco donde había empezado la trifulca que terminó en la calle, con el cadáver caído sobre el bordillo. Sabía que si él no hablaba, alguien se le adelantaría.

«—Dígame, ¿qué pasó? —le espetó Ramírez

—Pues que entró este hombre en el estanco, y cuando le digo que un sello para su tierra cuesta tanto, me contesta que no, que cuesta más tanto. Entonces le dije que si no me daba...

—¡No fue así! —gritó una voz de mujer con acento dominicano. (Porque ya los conozco, y puedo distinguir dominicanos de ecuatorianos y ecuatorianos de lo que sea).

—Usted lo llamó extranjero de mala manera —salió una mujer negra de entre la gente—. Usted le dijo: «los extranjeros siempre lo saben todo».

—Porque no es la primera vez que me viene un extranjero a decirme lo que tengo que hacer —se defendió el hombre.

Y entonces, siguió la mujer ignorando al estanquero, dirigiéndose a Ramírez y a mí:

—... entonces usted le dijo de mala manera que si no le gustaba, que se fuera. Primero le dijo eso, y cuando el hombre le contestó fino que usted tenía el deber de atenderle, entonces usted le dijo que se fuera a su país si no le gustaba.

—Vale, vale —intervino Ramírez—. ¿Alguien vio quién le disparó?

—Muchos lo vimos —saltó de nuevo la dominicana—. Pasa que

aquí nadie va a decir nada, *túoye*.

Ahora me da risa, pero todavía me tenso a veces cuando recuerdo la primera vez que un dominicano usó esa expresión de ellos con Ramírez. Es como decir «usted me entiende», o «a ver si me entiende». Pues ellos dicen «tú oye», aunque te estén tratando de usted. Y el Ramírez, aquella primera vez cuando todavía no conocía la forma de hablar de ellos, le sale a un pobre hombre: «Oiga, sin confianza, que ni somos parientes ni amigos, a ver si tenemos un poco de respeto», y el hombre mira a su alrededor, como que la cosa no va con él, porque de veras no entendía de dónde venía Ramírez y piensa que le debe estar hablando a otro, aunque no había nadie, y Ramírez: «No se me ponga chulo, no me toque usted los cataplines», que fue cuando intervine yo, y menos mal que no había nadie, que no sería la primera vez que alguien nos acusa de lenguaje y tratamiento improcedentes, y, total, entre mis palabras y la cara del pobre hombre, que tampoco había hecho nada, Ramírez se convenció, aunque le despidió con: «La próxima vez a ver si muestra más respeto».

—Pues, díganos usted, señora —me le adelanté a Ramírez.

—Lo mató un *equín*.

—¿Un qué? —preguntó Ramírez mirándome a mí.

—Un cabeza rapada de esos que vienen buscando bronca a este barrio, que es un barrio bueno, de gente decente. Aunque no todos —añadió la mujer disparando una mirada hacia el dueño del estanco.

—¿Alguien más lo vio?

Cuando nadie la contestó, y la mujer había repetido que aquí nadie iba a decir nada, Ramírez cambió la pregunta:

—¿De dónde salió el que disparó?

—Si ella se refiere al mismo hombre que estaba también en el estanco, estaba esperando su turno detrás del extranjero. No le reconozco como de este barrio. Tendría unos dieciocho, alto, con toda esa parafernalia que se ponen ellos: botas, chaqueta de cuero, una pulsera con púas. Y cuando empezamos a discutir el extranjero y yo, el chaval salió a la calle. Lo próximo que vi... No, no vi nada: oí como un petardo, que debió ser el disparo. Pensé que no era nada, que era otro de esos petardos que los chinitos siempre están tirando, y...

—¿Lo ve? —saltó la dominicana— ¿Lo ve cómo es un racista? ¿Por qué tienen que ser los chinos los que tiran petardos?

—Oiga, señora, aquí estamos averiguando un asesinato, y no quién tira petardos, que esto no son las Fallas de Valencia —soltó malhumorado Ramírez—. Así que limite sus comentarios al asunto. ¿Usted lo vio disparar? ¿Dónde estaba usted?

—Ahí mismo —y la dominicana señaló hacia la puerta del estanco—. Yo entraba y el *equín* salía. Lo esperó afuera.

—Pero, ¿usted lo vio disparar? Porque usted ya estaría adentro y el extranjero afuera, que fue donde le disparó.

Fue entonces que le susurré aparte a Ramírez:

—Oiga, Ramírez, ¿no será mejor tomar declaración en comisaría?».

—Y, ¿cómo cojones sabemos a quién coño llevar a comisaría?

Por encima de su susurro, ya se oía la voz de la dominicana:

—Sí, yo estaba adentro, oyendo cómo este hombre le hablaba mal, *túoye*, al extranjero que le contestaba fino. Hasta que decidió irse sin el sello. Tomó la carta y salió. Entonces, cuando oí el disparo, me di la vuelta y lo vi.

—¿Qué vio?

—Al *equín*, que salió corriendo.

—Pero no le vio disparar.

—¿Cómo lo iba a ver, si ya le digo que no me viré hasta que oí el tiro, *túoye*.

—Vale. Usted y usted —miró Ramírez hacia la dominicana y el estanquero—, tenéis que acompañarnos a comisaría a hacer declaración.

—¿Alguien conocía al difunto? —pregunté a la gente que quedaba, porque muchos se habían marchado, o estaban ya alejados, en la acera de enfrente.

—De aquí no era. Al menos nunca entró en el estanco, que yo recuerde —rompió el silencio el estanquero.

—Es verdad. Yo conozco a toda la gente de este barrio, y de aquí no era. Tampoco era de mi país, que no hablaba como nosotros. Parecía cubano o colombiano o algo así. Pero de mi país no era. Lo digo porque este señor estará pensando que yo estoy defendiendo a los míos...

—¡Que yo no he dicho nada, señora! —gritó el estanquero—.

Que lo único que sé es que la carta que quería sellar era para Santiago de los Caballeros, República Dominicana. Pongamos entonces que era de la Cochambamba si usted así lo quiere...

—¡Eso lo dice usted! —lo cortó la dominicana—. Y lo de Santiago de los Caballeros se lo pudo inventar, que aquí nadie más que usted vio la carta...

—... que usted la tiene cogida conmigo desde hace tiempo —siguió gritando el estanquero por encima del vozarrón de la mujer—. Que cada vez que entra en el estanco monta la marimorena por algo.

—¿La mari qué? ¿Lo ve, lo ve? ¡Un racista! ¿Qué pasa con los moros o los morenos, a ver? ¿Lo ve? ¡Racista!

—¡Vale, vale, joer! Ya he dicho que aquí estamos investigando un crimen, no de dónde venía el difunto, ¡ni si era moreno o rubio! —tronó Ramírez.

—De acuerdo, dijo el estanquero, pero lo dicho: ¡siempre que viene monta la marimorena!

Pero la dominicana, que por fin debió entender que la expresión no tiene nada que ver con los negros, que ellos llaman morenos, dale que te pego:

—¿Qué marimorena ni qué maraca? Sólo una vez —mirando hacia Ramírez y hacia mí— que vine a comprar un puro para mi marido, y cuando —Ramírez dispara la vista al cielo a punto de reventar— le pido un León Jiménez, que es el mejor puro de mi país, usted me baja con la vaina de...

—¡Oiga, señora —no aguanta más Ramírez— que ni la marca de puro, ni otra cosa que no sea el crimen importa aquí y ahora!

—Tranqui, tronco —vuelvo a susurrarle, y en ese momento empieza a oírse la sirena del Sámur.

—Vosotros, esperad en el coche patrulla. Acompáñalos —gruñó Ramírez a ellos y a mí.

El Sámur certificó la muerte y el forense autorizó levantar el cadáver.

Me coloqué tras el volante.

—A que no era de mi país, ¿a que no? —fue lo primero que se le ocurrió decir a la dominicana cuando Ramírez se deslizó a mi lado.

Llevaba la bolsa del Sámur con las pertenencias del fiambre. Por el retrovisor vi que la dominicana justo detrás de mí ojeaba confiada al dueño del estanco

Ramírez no contestó. En comisaría, les tomaron declaración. Firmé el parte y volví a esperar con ellos a Ramírez en el coche para devolverles a su barrio.

—Que la Virgen de Altagracia, que es la patrona de mi país, lo guarde en su resguardo, fuera de donde fuera —dijo la dominicana, ojeando de nuevo al dueño del estanco—. Que nosotros no distinguimos entre seres humanos, como algunos. —Y ahora le hablaba directamente al estanquero, pero este miraba ventana afuera, dándole la espalda, no tanto para evitar su mirada sino porque estaba harto de pelea—. Porque todos somos extranjeros en todos los países del mundo menos en uno, *túoye*. En mi país, el extranjero en el estanco sería otro —casi gritando a la espalda.

—¡*Ajá*! —saltó y soltó el dueño del estanco dándose la vuelta—, de modo que ahora admite que era dominicano —sus labios desparramándose en una sonrisita—. Vaya, vaya, vaya.

Tomaba aliento la mujer para contestar, pero obviamente también porque buscaba una respuesta; se palmeaba impaciente el muslo Ramírez; sonreía triunfante en el retrovisor el estanquero; pero antes de que reventara rabioso Ramírez tras una última palmada más fuerte que claramente señalaba el fin de su aguante, queriendo evitar más jaleo pregunté casual:

—¿De dónde era, Ramírez?

—No llevaba identificación —contestó escuetamente.

A la dominicana entonces la da por cambiar la conversación:

—¿Ramírez? ¿Ramírez? —hablaba para sí en voz alta. Pero Ramírez creía que se dirigía a él.

—¿Qué quiere ahora, señora?

—Ramírez. Ramírez hay en todas partes. También en mi país. Y sabe usted, que yo tengo primos que se llaman así: Ramírez. Todavía va a resultar que somos sangre usted y yo.

—¡Lo que me faltaba! —susurró Ramírez—. ¡Encima me llama negro!

Di gracias a Dios que la mujer no le oyó. Y pensé: lo que de veras falta ahora es que el estanquero vuelva con la copla de la carta del extranjero. Retuve la respiración al mirar de nuevo hacia el retrovisor: el estanquero seguía sonriendo con sorna hacia la mujer. Ella, por primera vez, permaneció callada, sus ojos clavados en mi nuca.

Y ahí quedó todo hasta que unos días después, patrullando por el mismo barrio, vimos a la dominicana entrando en el estanco.

—Vámonos de aquí, Ramírez, antes de que tengamos que levantar otro fiambre extranjero.

—O nacional —me contestó.

Lleva razón, pensé con risa interna: en efecto, de quedar alguien cadáver de los dos, sería sin duda el estanquero.

Pero no venía por ahí el Ramírez, no contestaba a mi broma, como creí en un principio. Hasta que añadió que sólo entonces recordó que se había olvidado de contarme que el compañero que tomaba declaraciones le había comentado que la mañana siguiente llegó una mujer dominicana a comisaría buscando a su marido. Llevaba su carné de identidad. Era canario.»

XII

Los musulmanes dicen que el tsunami ha sido un castigo de Dios. Eso hubiéramos dicho nosotros también no hace mucho, Señor. Eso decían las ancianas cuando las bombas caían sobre Madrid en la Guerra. Y quizá eso dijeron algunos el 11 de marzo.

Perdóname, Señor, pero eso al menos es una respuesta, una razón, algo a que agarrarse. Lo peor es no saber por qué dejas que pasen tragedias tremebundas. Al menos, lo del 11-M se debió a la maldad de los hombres. O si quieres, a la confusión que reina entre nosotros. ¡Pero un terremoto, una ola que arrasa con miles de vidas, así de golpe y porrazo! ¡Un Katrina, Señor! No nos culpes, Señor, si en ese momento flaquea la fe. También tú en la cruz te sentiste abandonado en un momento.

El tsunami me recordó a Argos, aquel perro que mi padre encontró abandonado en la glorieta de Cuatro Caminos un día de Reyes. Todavía en aquel entonces mi padre celebraba las fiestas religiosas con nosotros, aunque ya debió estar entibiándose algo su fe. Cuando mi madre comentó que era el regalo de Reyes que el Niño Jesús me había mandado, mi padre no comentó nada. Lo recuerdo como si fuera hoy: mi madre dijo que podíamos llamarle Rey, que fue cuando mi padre rompió su silencio para decir tajante: «No, vamos a llamarle Argos».

Me sorprendió la convicción con que lo dijo. No era de los hombres bruscos mi padre, de los que se imponen a lo bruto. No sé si es verdad que los andaluces son más melosos, y el castellano más cascarrabias. Eso decían mis padres y sus amigos. Pero, claro, ellos eran andaluces. Decían, cuando algún niño salía con alguna mala crianza, decían: «niño, no te pongas chulo madrileño, que del soplamocos que te voy a dar, vas a aterrizar al sur de Despeñaperros». O algo por el estilo, que era tanta la gracia con que lo decían, que los críos terminaban riendo, aunque después, a escondidas. Pero supongo que de todo habrá también en tu viña de allí, Señor. Es más, no hace mucho leí en la prensa que por algún pueblo de Sevilla un hombre había matado a su mujer. ¿Qué le entrará a los hombres, Señor? Pero, en fin, volviendo a mi padre, si él quería negar cualquier sentido religioso al hallazgo de Argos en día tan señalado, el resultado fue todo lo contrario para mí: tan inesperado y a la vez firme salió de sus labios el nombre, que siempre me pareció que Dios había colocado a Argos en su camino ese día completo con el nombre.

Argos murió siete años después un día de San Antón. ¿Cómo comprender, Señor, a los catorce años, que el perro que tanto quieres muera el día del patrón de los animales? Aún muerto, entre los brazos de mi padre una vez que había logrado arrancármelo de los míos mientras mi madre me sujetaba, yo seguía rezándole entre llanto a San Antón.

Señor, tú que dijiste pide y se te dará, ¡qué dura lección cuando nos dejas desamparados! Hace setenta años de esto, y todavía tengo que rezar para pedirte fuerzas frente a tu voluntad inescrutable. Envidio la fe de esos negros del Caribe, de quienes dicen las hermanas nuestras que han estado allá que ellos castigan a los santos cuando no les responden como quieren. Ponen su imagen de cara a la pared, le quitan el vasito de ron y el puro que les ofrecen para convencerles que hagan lo que le piden, y hasta le gritan y reprochan por no haberles correspondido. Dicen que le gritan, por ejemplo: «San Antonio —y sueltan una palabrota— ¿por qué no me diste lo que te pedí? —otra palabrota— y encima que te doy de lo mejorcito de mi ron —y otra— pero se acabó, ¡a la pared! —otra— y mañana veremos si te levanto o no el castigo —palabrota final—». Pero eso mismo revela que su fe sigue firme, que no dudan que el santo sigue ahí, sólo que no quiso escucharles. Yo, en cambio, te confieso que tengo que luchar para que el tsunami no desanime mi fe.

La imprenta convirtió a mi padre en gran lector y él a su vez me convirtió a mí en lectora voraz, pues siempre traía a casa libros defectuosos, pero perfectamente legibles, aun cuando quedaban desechados por una mala encuadernación, o un trastoque de pliegos, algún corte impreciso, o en algunos casos, porque la tinta había impreso de forma despareja. Ese día de Reyes, sacó un ejemplar de *La Odisea* y me leyó el retorno de Ulises a Ítaca cuando Argos le reconoció debajo de su apariencia de mendigo. Argos, acurrucado a mi lado, parecía entender todo. Yo le preguntaba a mi padre sobre las aventuras de Ulises. Nada sospechaba yo que unos años después mi madre sería Penélope y yo Telémaco, esperando a que mi padre regresara del frente.

Fue justamente en vida de Argos que mi padre se radicalizó. Esos siete años abarcaron casi toda la República y nos colocaron a todos a la vera del desastre. ¿Quién lo iba a pensar, Señor? Una vez más nos sentimos abandonados. Pero seguimos rezando, mi madre y yo. Y mi padre regresó.

Quizá de haberse quedado en Jaén, otro gallo nos hubiera cantado. Pero, ¿qué sentido tiene lamentar lo pasado? Y, ¿quién dice que no hubiera sido peor? En Jaén fusilaron a aceituneros, igual que en Madrid a tantos. Igual hubiera muerto en seguida de haber permanecido aceitunero y peón de campo. Sólo había miramientos (como se decía entonces) para los que ocupaban puestos considerados de primera importancia. La imprenta salvó a mi padre de ir al frente hasta el final. Era de suma importancia la letra impresa, los carteles, la propaganda. Como le salvaría después cuando los nacionalistas tomaron Madrid. Porque cuando consiguieron a alguien con su conocimiento que lo sustituyera, ya había pasado el primer rencor. Ya no fusilaban como al principio, que parecía que lo hacían para divertirse. Por eso lo mandaron en vez a esa cárcel en Canarias. ¿Cómo no ver tu mano en todo esto, Señor?

Pero, ¿dije que los nacionalistas tomaron Madrid? Menos mal que en el Cielo no existe la ira, porque si me oye decir eso en la Tierra mi padre, creo que con todo y mis ochenta y cinco me daría un

111

rapapolvo (el primero, pues jamás me puso mano encima). Esa era una de las *macacoas* (palabra que mi padre trajo de Canarias) que se llevó a la tumba. Volvió deshecho, por no decir descuartizado. La Guerra, la República y la política eran temas tabú en casa. Aun así, cuando un vecino que vino de visita mentó la toma de Madrid, mi padre, sin alterarse, clavó la mirada en el hombre y pausada, fríamente, dijo en voz baja pero cortante: «Madrid no cayó...». «¿Más café, Eleuterio?», saltó en seguida mi madre. Menos mal que el tal Eleuterio había sido también de la CNT antes de la Guerra, como mi padre. Aunque nunca se sabía: no hubiera sido el primero en delatar para salvar el pellejo. Pobre hombre: meses después descubrieron que había sido, en efecto, del sindicato. Otro le habrá delatado. En la cárcel, cuando lo de la División Azul, le ofrecieron irse a Rusia a cambio de la conmutación de la pena de treinta años. Nunca volvió.

«¿Dónde estabas, Señor?», me he preguntado tantas veces. Y tantas veces me has perdonado, recordándome lo que siempre olvido cuando inconsciente te pregunto: ahí estabas, arrimándome a la sombra de mi madre y sus oraciones, y tan dolorido como nosotras al ver lo que los hombres hacían con el mundo que nos has legado. La otra noche, Sor Rosario anunció en la cena que iban a entrevistar a Ernesto Cardenal en la televisión. Ya sabes que en nuestra congregación hay de todo, pero que somos mayormente de mente abierta. Pero como sabes también, Cardenal no es santo de la devoción de todas, sino que algunas dicen precisamente que es que se le fue el santo al cielo. Unas cuantas fuimos al salón después de cenar. Con todo, cuando Cardenal dijo que también Dios se puede equivocar, dos de las hermanas mayores se levantaron y se fueron. No sé a qué se refería. La verdad es que parece un hombre extraño, con esa boina que nunca se quita y ese hablar entre místico y... qué sé yo, no lo acabo de definir. Pero sus palabras me recordaron cuando yo también me preguntaba dónde estabas, y si estabas, por qué no acudías. Claro que no me atrevía a preguntarte si te habías equivocado, Señor, y ahora no sabías cómo arreglar el desaguisado, y por eso no aparecías. Sé la respuesta, Señor, pero en ese momento, una se vuelve todo clamor, no quiere pensar, sólo gritar. Como tu hijo en la cruz, Dios mío.

Pero ahí estabas, lo sé. ¿Por qué no salí yo como el hijo de Eleuterio? Tan buen chico, Señor. Sabes cómo y cuánto recé por él. ¿Dónde estará?

Decían que se había vuelto un forajido. También su padre, como el mío, anarquista (y Eleuterio, de toda la vida, que mi padre saltó de un bando a otro: de religioso a comunista y al fin, anarquista). Decía que Durruti debería tomar el poder, presidir la República, en vez de Azaña, o quien estaba entonces de presidente, que no recuerdo, y —fíjate por dónde— era Eleuterio el que le decía: «Tranquilo, Patrocinio, tranquilo: todo llegará». Entonces se enzarzaban y el bar entero se llenaba de gritos, pero también risas, que nunca la sangre llegaba al río, que siempre todo terminaba con otra copa, incluso cuando mi padre decía cosas tan fuertes como que: «Tú, Eleuterio, que me convenciste del anarquismo, pareces más comunista ahora y yo más anarquista, que la Revolución no espera, Eleuterio, ¿crees que Bakunin hubiera dicho: "tened paciencia, camaradas, que todo se andará"?». (Risas, codazos amistosos a Eleuterio, quien se unía a la risa y al buen humor que mi padre era capaz de despertar, incluso cuando decía cosas en el fondo serias). Y esa niña que era yo, inflada de orgullo al ver a su padre admirado y respetado por todos. Quizá fue por eso, por ese compañerismo y ese buen humor, y hasta alegría, con que terminaba todo que no nos dimos cuenta, Señor. Quizá por eso no nos percatamos que lo que allí, y lo que en tantos bares y barrios obreros se estaba discutiendo, no era broma, no era para echarse a reír (aunque también es verdad que no siempre todo terminaba de buen humor, que a veces se alteraban los ánimos, algunos hasta se levantaban y retiraban, otros que si los comunistas, que si los anarquistas, que si lo que había que ser era nada de nadie, y mi padre siempre apaciguando ánimos, aunque también es verdad que no siempre, que él mismo podía —aunque rara vez— alterarse, pero pronto volvía a su cauce, calmando, apaciguando, capaz de disculparse, incluso, por haber perdido el tino). O quizá es que Cuatro Caminos era diferente, y a pesar de los pesares, no nos dimos cuenta como otros de lo que se nos venía encima. Porque dudo, Señor, que hubo otro barrio tan castigado por la Falange después de la contienda.

Menos mal que en aquel entonces no se veían tantos coches. Y cuando se oía el *runrún* de algún motor, al menos en nuestro barrio, se sabía en seguida que era o la policía o los azules, como les llamaban entonces a los falangistas. Todos echábamos a correr, incluso mi madre, ella que decía que José Antonio no había sido mala persona (a mí, frente a mi padre nunca lo dijo que yo recuerde). Ya por las iglesias se veían esas pintadas con su nombre. Y fue precisamente frente a San Antonio de Cuatro Caminos que nos sorprendieron una mañana al salir de misa. Y era que los falangistas sabían que había gente (como mi padre, acaso, al menos según sospecho decían algunos) que iba a misa para despistar. Salíamos de misa de doce. Yo ya era novicia e iba con hábito. Pero eso no los detuvo. Tal vez es que sabían quién era mi padre. Ya había regresado de la cárcel de Canarias. Lo apartaron bruscamente de mi madre y de mí. Mi madre dudaba si ir a buscar al párroco que estaría en la sacristía desvistiéndose, o charlando con algunos feligreses, como solía hacer. Después me contaría que había dudado, pues podría ser peor, ya que todos sabíamos que las homilías del padre Fernando no eran precisamente las oficiales de los tiempos. Mientras ella dudaba, yo no: estaba decidida a rescatar a mi padre del grupo de hombres que los falangistas iban alineando contra la pared a un lado de la entrada, y hacia donde empujaban ahora a mi padre.

Pero un falangista se colocó en medio: «¡no se meta en esto, hermana!». Más que advertencia, era amenaza. Una vecina me arrastró por el hábito hacia atrás. «Reza, hija», me dijo, y lo mismo, entre lágrimas, dijo mi madre: «es lo único que podemos hacer: ¡reza!». Apreté con fuerza el crucifijo del rosario y cerré los ojos como si me hubieran echado ácido en ellos.

Oí el *Cara al sol*. Abrí los ojos asustada. Brazos en alto en saludo romano, frente a pistolas que se movían amenazantes de lado a lado, cantaban los hombres. Un falangista iba de uno a uno con su oreja cercana a los labios de los hombres. Apartaba a los que fingían que sabían las letras, y otros los empujaban hacia los coches. Se empañó mi vista. Oí mi propio llanto entre el de otras mujeres.

Arrancaron los coches entre gritos. Quedaban unos tres hombres contra la pared. Entre ellos, mi padre, brazo aún en alto, seguía cantando el *Cara al sol*.

En verdad, Señor, no hay mal que por bien no venga. Ese día la cárcel salvó la vida a mi padre. En ella había aprendido el *Cara al sol* a la fuerza.

XIII

(Está sola la Pili hoy. ¿Qué habrá pasado? Lo de siempre: que si los gemelos se la enfermaron a la Trini; que si la Mari tuvo que hablar con las monjas en el cole; y que si la Loli tuvo que trabajar tarde y la Yoli, vete a saber. O quizá que se han cabreado todas con la Pili. De un tiempo acá, hay como un tufillo de mierda en el aire. Es que a la Pili a veces se la va la olla. Se cabrea. Está como cabreada, ni ella misma sabe por qué. Eso mismo de que la Pili diga: «aquí mandan mis cojones y aquí nadie habla más que yo», rejode. Aunque la verdad, ¡qué buen cuento se marcó el otro día! Ni el Alatriste ese que siempre están mentando en la tele lo cuenta mejor, vamos. ¿A quién cojones se le iba a ocurrir que el fiambre no era sudaca? Pero a mí no me engaña: las prohibió a las demás interrumpirla porque la tralla que la interrumpan a ella. Aunque, quién sabe, vete a saber, igual no quería que la preguntaran más del Manolo y de la mierda, que el otro día salió de aquí echando chispa, y hoy se dijo: «hoy cuento lo que me sale de ahí, y ¡*sanseacabó*!». Porque nada más terminar el cuentito, hizo así, apuró el último sorbito de la caña y dijo: «Me tengo que pirar, chavalas, que tengo turno de noche». ¿Qué raro, no? Igual no es eso, sino lo otro: que no la quiten del centro, como que tiene que ser ella el culo que más caga. ¿No dijo que siempre quería ser actora? Como que tiene que ser ella siempre la que tanto más monta. Igual que más que cabreada, es que tiene que estar siempre en el centro, o es que hablando logra echar fuera la mierda que lleva adentro. Aunque la verdad, la mayor de las veces sale más cabreada que lo que entró. Se la ve hasta en la cara. Que a Lucio no lo engañan, como que desteté a todas estas titis. De repente, te sale con gilipolleces más grandes que el Palacio Real. Como la de que los hombres que nunca ha tenido en su vida son los responsables de haberle jodido la vida. ¿Tú lo entiendes? ¡De cojones la cosa! Y la emprende con la Mari. Bueno, la verdad es que desde siempre, desde que gastaban pañales, esas dos han llevado una jodienda sin enmienda. La Mari siempre dándoselas de la más finolis, y la otra de la más farruca, tú me dirás.

¿Qué la pasará? Vete a saber. Aunque con las mujeres, nunca se sabe nada.

Pero que se la ve triste a la Pili, más que triste, tristísima y tristona. Si no tuviera ese carácter tan puñetero que se la ha desarrollado, la hablaría como a una hija. La diría: «Cuéntame, niña, ¿qué te pasa?». Y si arranca a llorar, la doy una servilleta, la sonrío y la digo: «Llora, chiquilla, que las lágrimas bañan el alma», como dice la madre en esa telenovela que tiene a la Pancra pegada a la pantalla como si la hubieran untado Superglú. Que hasta empieza a hablar sudaca. Como que el otro día, cuando la digo algo que no me oye, me suelta: «¡Joer, Lucio, platica más alto, que no te oigo!», y yo, ¿qué me creo?, sino que ha vuelto a pedirme plata a lo sudaca en vez de pasta, máxime que tenía la tele a todo volumen. Así que la digo que si no baja el televisor, no puedo saber cuánta pasta me está pidiendo y para qué, que con la clientela que nos gastamos de un tiempo acá, vamos a poder comprar una vez al año y todavía nos va a sobrar.

Pero, ¿qué estará pensando la Pili tan tristona?).

Le diría: «también las mujeres somos seres humanos, Manolo. Además, ¿qué de malo tiene que un hombre y una mujer que se aman quieran entregarse del todo? Eso que tú llamas mujeres modernas con desprecio, quizá sean simplemente mujeres, Manolo. Mujeres a los que no se les ha dejado ser lo que son durante siglos».

Le diría: «¿por qué las mujeres tenemos que ser modelo de todo y de nada, Manolo? Vosotros sois tan responsables como nosotras de lo que pasa entre ambos. Yo seré policía, pero no guardián de ninguna moral machista, Manolito mío de mis amores. Te crees que porque una tiene sentimientos es una puta sin más».

Te diría: «mira, Manolo, yo no tuve padre, ni hermanos, ni primos, ni nada de nada, así que no sé como sois los hombres. Mi madre, lo único que me decía siempre era: "date a respetar, no te fíes de ninguno, cabrones son todos", empezando por mi padre, que era lo que de veras quería decir sin decirlo. Pero lo único que le preocupaba era que llegara un día con la tripita inflá, que eso, ¡ni el Gerónimo!, con todo y tener yo quince escasamente».

Que si la Puri se tiró por la calle del medio, te diría que una no es una Puri, aunque pueda seguir siendo su amiga. Que yo no soy guardián de nadie, Manolito mío. Te quedaste boquiabierto cuando te la presenté aquel día que Puri fue a visitar a su madre al barrio y nos topamos con ella aquí. Mira por dónde, el hombre propone y Dios dispone: yo que rezaba —es un decir, que ya ni el Gloria— para que no conocieras a Puri y pensarás mal de mí, mira por dónde. Claro que la invité a que se sentara y se tomara su cafelito con nosotros cuando la vi entrar aquí a *Lucio*. Como si fuera una apestada, ¡joer!, en vez de mi amiga. ¡Faltaba más! Y tú, cuando ella se fue: «¿Es amiga tuya?». Y yo, que es lo que más resiento ahora: «Bueno, fuimos al colegio juntas, estábamos en la misma clase, y fíjate lo que son las cosas: ¡iba para monja!». Que es lo que más me duele hoy. Y hoy te diría: «sí, es amiga mía, ¿qué pasa?».

«—¿Qué pasa que estás tan callada hoy? —me preguntó el Ramírez. (¡Como para contarle nada a él!).

—Tengo la regla, Ramírez.

Lo descojoné. Sacudió la cabeza, como para creer que había oído lo que no creía. Otro que tal baila: mucho macho, y se escandaliza por algo tan natural como el período de una mujer. Y para acabar de cortarle los cataplines, le dije sin ton ni son:

—Aparque en la esquina, Ramírez; en aquel bar, que tengo que cambiarme el Támpax.

Milagro: no frenó ahí mismo, como me esperaba yo, muerta de risa adentro. Pero lo que no pudo controlar es que su cara se pusiera como un tomate.

(Pobre la Pili. ¿En qué estará pensando? Seguro que en el Ramírez ese. ¡Menudo maricón el Ramírez! Queriéndose aprovechar de la pobre Pili. Siempre da el braguetazo el que no tiene con qué. Llego a estar yo ahí, y lo largo una leche ¡*quepaqué*!).

No había donde aparcar, ni espacio para doble fila, así que el Ramírez tuvo que dar la vuelta a la manzana. Entré, hice pis, pedí un café, y cuando Ramírez no me vio en la acera, tuvo que dar otra vuelta.

—¿Qué los pasa a los chavales hoy que una tía como tú no tiene novio? —me espeta entre mala leche y curiosidad.

Venía *virao*, como dicen los dominicanos cuando uno se cabrea. Por eso se había ruborizado, me di cuenta entonces, aunque también por falsa vergüenza: no les da vergüenza el braguetazo, pero sí cosa tan natural como la regla. ¡Mandan mandanga los machos! No por haberle hecho dar la vuelta dos veces es que se cabreó, aunque algo de eso habría también. Pero más que nada por hablarle como lo que él consideraba una falta de respeto. ¡Como que su mujer nunca había tenido la regla!

—En mi época... —no le dejé terminar.

—En su época Ramírez, ni las mujeres eran policías, ni salían de la cocina, ni existían los Támpax...

—Me estás faltando —me interrumpió él ahora— y te recuerdo que soy tu superior, y si no te coloco una hoja de disciplina es porque...

—Y, ¿qué va a poner ahí? ¿Que me tuve que cambiar el Támpax?

Ahora sí que dio el frenazo. Con tan mala suerte que el coche que venía detrás chocó contra la patrulla.

En el parte Ramírez puso que había frenado porque había visto a un camello escurriéndose por una esquina. No dije nada. Tampoco Ramírez volvió a mencionar lo de la hoja de disciplina.

—Lucio, otra cañita. A ver si vienen estas, que las tengo que contar lo último del Ramírez.

—Y, ¿quién es ese? —me hago el que no sabe ná. Entonces me lo cuenta todo.»

XIV

El día que el *ABC* dio la noticia de la muerte de Hitler (luchando hasta el final contra las hordas marxistas, si mal no recuerdo que decía) debió ser la primera vez que mi padre compró un periódico desde que había vuelto de la cárcel. Tocó en día de visitas. Yo había ido a almorzar a casa. Mi padre tenía siempre una maleta preparada desde que vinieron a buscarle dos veces a pasar la noche en comisaría. Se lo advirtieron los propios grises: «Puede contar con que vendremos a por usted cuando surja el más mínimo percance». Eso mismo ya le habían adelantado algunos amigos en situación semejante: «Nos llaman periódicamente para hacer algunas preguntas, amonestarnos, pedirnos que colaboremos con ellos si sabemos algo. Cuenta con ello si hay jaleo callejero o cualquier follón, sea donde sea: Asturias, Alicante, Córdoba, da igual». Así era, cada vez que la policía temía que podría haber algún amago de rebelión, o alguna actividad ilegal de parte de los que no habían perdido las esperanzas de que la República resucitara. Así fue cuando debió pasar algo por Asturias, que nunca se sabía del todo por qué hacían redadas, pero siempre corrían rumores. Pasados unos días, alguien bajaba del norte, contando cosas a medias, o acaso exagerando, o quizá incluso inventando. Nunca se sabía nada seguro. Pero que algo pasaba en Asturias, sí parecía cierto. También por Barcelona, y por la frontera con Francia. Con el tiempo, se sabía que cuando la prensa hablaba de bandoleros y criminales, podría tratarse de los que un buen día empezaron a llamar el Maquis, o simplemente los maquis, los que se echaron al monte. En la residencia, rezábamos por ellos, para que el Espíritu Santo los iluminara.

Tocaban a la puerta, y mi padre la contestaba maleta en mano. Era como un rito. Ya se conocían, los policías y mi padre. Se daban los buenos días, el mismo gris de siempre sonreía hacia mi madre, le decía que era sólo rutina, señora, no tiene de qué preocuparse, sólo algunas preguntas, quizá ni tenga que pasar la noche, tal vez vuelva hoy mismo. Solían venir temprano por la mañana. Se conoce que ese día fue mayor la redada, pues nos sentábamos a la mesa para almorzar cuando llamaron a la puerta. Toda la mañana el barrio había estado bullendo de rumores a medias voces: que si era mentira lo de la muerte de Hitler para ocultar que se había escapado y estaba en ese mismo momento en el Pardo; que si la flota inglesa zarpaba de Gibraltar hacia Barcelona; que si un submarino alemán repleto de nazis había tocado puerto en Vigo. Y el que más cundió: que si los aliados desembarcarían en cualquier momento por el Atlántico y por el Mediterráneo, creando así la pinza que haría caer a Madrid, por lo que Franco ya tenía un avión preparado para regresar a Canarias (sin que nadie se molestara en explicar cómo iba a escapar de los Aliados en Canarias). Por no hablar de los chistes y las bromas que surgieron por doquier. Sólo recuerdo uno, quizá porque se lo oí contar a mi padre días después, aún esperanzado y de buen humor, él que al volver de la cárcel a duras penas lograba esbozar una sonrisa. Nunca supo que yo le oí contárselo a un amigo, sin duda compañero de sindicato. Creería que yo ese día —domingo de visita— estaría ayudando a mi madre a fregar y secar los platos en el extremo opuesto de la cocina que también servía de comedor. Y así era, salvo que volví a la mesa para recoger los últimos platos. Mi padre y el compañero tomaban una copa y fumaban puros en la sala. Reían en ese momento algún chiste, que mi padre remató con otro: «En Canarias, decían en la cárcel los compañeros isleños que el mayor error histórico de Canarias fue ¡no dejar entrar a Nelson y dejar salir a Franco!».

No se extrañaron los grises ese día de ver a una monja. Debían saber que mi padre tenía una hija monja, si no por los propios informes de la policía, por lo que se comentaba en el barrio. Todo se sabía, todo se comentaba. A *sotto voce* siempre, a veces con sólo una mirada, o una sonrisa o mueca, pero todo terminaba por saberse de una forma u otra. Bueno, casi todo.

A lo que nunca te acostumbrabas es a no preocuparte por si volvería o no mi padre. Siempre decían lo mismo —«no se preocupe, es rutina»— y siempre volvía. Pero no te acostumbrabas. «Hay quien sí se acostumbraba», me dijo mi madre un día. La viuda de Eleuterio, por ejemplo, que ahora tenía a uno de sus hijos decían que perdido por los montes. Se llevaban a su hermano cada vez en cuando, como si él fuera culpable de algo, como si él, vigilado día y noche, fuera a llevarles a donde estuviera escondido su hermano Benigno (que para colmo era así de bueno como su mismo nombre). Le hacían las mismas preguntas, las misma promesas: «Si nos dices dónde está, se le conmutará la pena». «¿Qué pena? —respondía él—. ¿Qué ha hecho mi hermano?». «Tú lo sabrás —contestaban y amenazaban—: No te pongas chulo», y a veces le daban una bofetada. Y la viuda de Eleuterio decía que ya no se preocupaba. ¡Hasta bromeaba que la policía le daba a su hijo los azotes que a ella le faltaron de dar.

A mí me habían ocultado hasta ese día que la policía se llevaba periódicamente a mi padre para interrogarle, o simplemente para tenerlo encarcelado por si surgía algún levantamiento. Perdimos el apetito. El almuerzo despedía progresivamente menos humo mientras mi madre y yo rezábamos el rosario arrodilladas al lado de la mesa.

Fue en mayo. Quedaba un mes para los exámenes, pero ese año parecía como que no fuera a ver exámenes ni fin de curso. Todo iba a quedar interrumpido por la invasión de los aliados. Los pasillos de la facultad eran un hervidero, a pesar de que circularon más que nunca rumores respecto a chivatos y policía secreta por doquier. Por mi hábito, a mí no me incluían a la hora de propagar rumores los que estaban convencidos que Franco se exiliaría en cualquier momento. Algunos compañeros comenzaron a sonreírme con cierta insolencia, sin duda pensando que yo podría ser chivato de la policía, como se nos acusaba tanto a los religiosos. Pero siempre había un grupo que estaba a nuestro lado, que simpatizaba con nosotros, y eran los que nos contaban los rumores. Beatas (algunas, más que las que te encontrabas en los conventos), hijas de militares, falangistas, algunos que habían perdido a padres a manos de comunistas y anarquistas durante los años del asedio de Madrid. Nos advertían: «Cuidado con fulano, hermana, es de la cáscara amarga; zutano el día menos pensado levanta el puño». El propio capellán de la facultad entonces, después de la misa, cuando íbamos a desayunar juntos a la cafetería, advertía y amonestaba.

España estaba sola frente al mundo. España sola había derrotado el marxismo ateo. El propio Hitler, el potente Tercer Reich, había sucumbido. Y Hitler lo había pronosticado sin reservas: de perder la guerra Alemania, el futuro era de la Unión Soviética. Las democracias estaban decadentes. La única esperanza, los americanos, habían desaprovechado la oportunidad de dar rienda libre a Hitler para que acabara con el mal comunista. Eran demasiado ingenuos —tontos, decían a las claras algunos— como para darse cuenta de los designios de Stalin. Los franceses soñaban con una nueva oportunidad de invadirnos y cumplir por fin y definitivamente el sueño de Napoleón. A los ingleses sólo les preocupaba retener Gibraltar para seguir humillándonos a través de los siglos.

Yo iba de mis clases en el colegio a la facultad, de la facultad a la residencia, mis dedos acariciando el rosario en el tranvía, por las calles, en el autobús.

Por las tardes, en la oración del crepúsculo, cuando la madre superiora elevaba la plegaria por los descarriados en los montes, yo pensaba en ti, Benigno.

XV

Si os digo la verdad, más aburrido me iba pareciendo lo de ser tablilla que cuando trabajaba en la fotocopiadora, o de camarera. Porque lo que os conté el otro día de aquel canario que mataron, no vayáis a creer que era el pan nuestro. Ya os lo dije: la vieja con alzheimer que no sabía cómo llegar a su casa, el niño que había salido en busca de su perro perdido, y se habían perdido los dos, el tráfico por Cuatro Caminos, el partido del Bernabeu. Vamos, ¡como para aburrir a la burra de la noria! En la fotocopiadora, o en el restaurante, ahí al menos te entretenías hablando con los clientes. Y hasta agradecías que te palmearan el culo de vez en cuando, con tal de desfogarte mandándolos a tomar morcilla, que también es verdad que a la hora de servir las comidas te agarrotabas toda de los nervios de tener que correr de la cocina al comedor y del comedor a la cocina sin parar. Y en la fotocopiadora, charlando de lo que se terciara mientras colocabas una tras una las hojas, que todavía no existían esas máquinas que hay hoy, que pones un montón de hojas juntas, y a coser y cantar. En cualquier caso, tías, al menos oías conversaciones más interesantes que las del Ramírez, a quien —no os lo tengo que decir— no podía mandar a tomar por culo, so pena que me expedientaran, tías. También, de vez en cuando, y si sabías juzgar con tino, te salía algún ligue que te invitaba al cine, o a alguna discoteca, aunque la mayoría —¡ya se sabe que hombres rima con cabrones!— resultaban ser casados. Los había tan gilipollas, que a veces te lo admitían sin más. Uno, a punto de caer en la cama, me espeta: «Primero mi mujer, niña, pero antes que cualquier otra, ¡tú!». ¡Hay que joderse!

Yo no sé si es verdad que fuera de España los hombres son mejores. La propia Puri, que no os tengo que decir que de esto sabe montón y mogollón, os lo aseguraría. Para ella, los guarros vienen de todos colores, razas y nacionalidades. El otro día me contó de uno —alemán, sueco, o algo así— que quería hacerlo con su sobaco. Como lo estoy contando y lo estáis oyendo, tías: ¡por el sobaco! Y que ella se supone que estuviera aleteando con el brazo y cacareando como una gallina mientras él hacía esa guarrada. ¿Qué os parece? ¿Qué, me vais a decir que también vuestros maridos y churris son *sobaqueros*? ¿No? Pero, ¿a que alguna vez os han propuesto algo diferente? Oye, que yo no me meto en la cama de nadie, Mari, no me mires así. Pero, ¿de veras no las han propuesto alguna vez entrar por la puerta de atrás? Que yo he tenido en la patrulla a tías que ni se podían sentar, tías, de cómo algún cabrón la había partido el culo. Rotura de ano, lo llaman en los partes, como que cambiarle el nombre a las cosas las cambia también. Y el cinturón, ¿sabéis cuántas veces hemos tenido que atender una llamada de una tía a la que la dejaron la espalda como un arco iris? O que el tío la amarró y la estuvo meando encima toda la noche... Vale, vale, lo dejo ya.

¿Sabéis lo que os digo? ¡Que a veces me da porque las monjitas tenían razón! La tenían, ¡joer! El sexo debe ser para el amor, y ¡punto! Si os contara lo que he visto, vosotras estaríais de acuerdo conmigo. ¿El Gerónimo abusando de niñas de catorce años? ¡Un niño de teta al lado de lo que os puedo contar! Nosotras nos quejamos de los chavales que nos tocaron. No, no lo digo así, Trini, pero ya que lo tomas a cachondeo, lo único que nos tocaron fueron las tetas. ¿A ti no, Mari? Sería porque te crecieron tarde, niña, porque... Vale, vale, no te enfades, ¡joer! Vale, perdona, tronca, no es para tanto. No te vayas, coño, Mari, ya sabes que vengo *virá*, como dicen los dominicanos. Perdona...

Joer, Trini, es que la Mari me pone a cien con sus mariconerías de niña buena. ¿Se fue de veras, o sólo al váter? Bueno, ya la pediré disculpas mañana. Sí, el curro me trae tarumba, tronca. Entre el asco y el aburrimiento, te dan ganas de… ¡qué sé yo! A veces pienso que el cabrón de Ramírez tiene razón cuando me llama Sor Patrulla. No que yo sea monja, joer, pero sí que una se mete en esto por ayudar a la humanidad, y de lo que te dan ganas es de apearte del tren, Trini, créeme. Todos los días la misma mierda: el cabrón —me es igual que sea polaco, ucraniano, búlgaro, rumano o español— que está traficando con chavalas que ayer dejaron las muñecas. El ecuatoriano que no tiene papeles y te lo llevas a comisaría para acojonarlo nada más. Porque hay que fingir que estamos controlando, cuando no controlamos nada. Vete al Bernabeu y ¡ojo con los del ultrasur! Pero eso sí, no te pases, aguanta toda la mierda que te echen encima para que no te acusen de abuso, brutalidad y lo que se les antoje.

¿Sabes lo que te digo, Trini? Que a veces pienso que la Puri es la más feliz de todas. No te lo tomes personal, tía, no, ¡Dios me libre y guarde de insinuar que tú y el Javi llevan mal rollo! Lo que quiero decir es que como sea, tú tienes que estar ahí para tu marido, y ahí para tus hijos. Que hasta para ir al váter tienes que estar pendiente de todos. Y yo, ¿qué quieres que te diga, Trini? Veo tanta mierda cada día que no hay perfume que me quite el olor que llevo encima. Pero la Puri, ¿qué problemas tiene la Puri? ¿Que un tío la va a machacar el día menos pensado? ¡Buena es la Puri para que se metan con ella! Además, ella no es de las que patean la calle. Tiene su clientela fija, y son gente de bien. Sí, sí, ya sé: vosotras creéis que si yo tuviera novio, todo se arreglaría. Que estoy amargada aún por lo de Manolo. Tenéis razón, supongo. Al menos en parte. Que no le he olvidado, pues, no. Pero Dios sabe lo que hace: igual si hubiéramos seguido adelante, todo hubiera terminado igual tarde o temprano. Porque si te digo, Trini, que le he cogido un odio a los hombres, ¡que te cagas, tía! Y si te digo, y sólo a ti te lo diría, y ahora porque se fue la Mari y estamos solas, y si te digo, Trini, que ya no me dan tanto asco las tortilleras. ¡Más asco me dan los hombres! No tu Javi, claro, no todos, joer. Pero los hombres en general. ¿Ramírez? Tampoco él. Me da demasiada risa. Lo tuve que parar una vez, y desde entonces acá, ¡ni mú! Además, con risa y todo, sigo creyendo que es el mejor maestro que he podido tener. El otro día, justo después de llevar a comisaría a un tío que había violado a una, le digo: «Ramírez, ¿sabe lo que le digo? Que si le cortaran el pito a la mayoría de los hombres, se acabarían la mayoría de los arrestos». ¿Sabes lo que me contestó?: «tienes razón, Sor Patrulla, pero ¡¿quién le quita el pito al sereno, niña?!». Ya no hay serenos, Ramírez, pensé decirle, pero lo pensé mejor, porque sabía que me contestaría que los pitos han sobrevivido a los serenos.

¿Que si me creo de verdad lo que dije de la Puri? Supongo que no. ¿A qué mujer la mola sobar al primero que te paga? Viejos babosos, pijos de mierda: lo que entre por la puerta y pague. ¿A quién la mola eso? A veces se habla por hablar, no me tomes en serio, tía. Aunque a veces también pienso que si la Puri, que era el cráneo más bombi entre nosotras, se metió a puta, pues, ¿qué quieres que te diga, tronca? Te lo piensas, ¿no? ¿Tú no, tía? Pues yo sí. Aunque cuando lo pienso más, ¿si te digo que hasta me da asco de mí misma, tía?

Nunca te lo he preguntado, Trini, y tú sí que te habrás preguntado que por qué nunca te pregunto por el Manolo. Porque se seguirá viendo con Javi, y acaso aún pase por tu casa de vez en cuando pasa por Madrid. Pues dímelo ahora, y dime la verdad: ¿tiene otra? ¿De veras que no lo sabes, Trini? Mira que es peor si lo sabes y no me lo dices. ¿Lo prometes?, preguntarle al Javi si sabe algo. ¿Qué? ¿Que me quedé otra vez sin terminar? Que, ¿qué hizo la Puri con el *sobaquero*? Ya sabéis como las gasta: ¡mandó al tío al sobaco de su madre!

XVI

... bendecid al Señor.
Señor, qué fácil parece y qué difícil es en verdad tu mandamiento de querer al prójimo.
Ángeles del Señor, bendecid al Señor, ensalzadlo por siempre con cánticos.
Qué difícil entender a veces que amar empieza por comprender. Y comprender significa no juzgar.
Aguas del Cielo, bendecid al Señor, ensalzadlo...
No perdonar, Señor, que eso no nos toca a nosotros, sino a ti. Y cuando nosotros decimos que perdonamos...
Sol y Luna, bendecid al Señor...
... lo que en el fondo estamos diciendo es que comprendemos, no que juzgamos. Comprender, ¿no es identificarte...
Lluvias y rocío...
... con el prójimo, asumir su condición, su pena, su sufrimiento como si fuera tuyo? Tuyo, y mío, Señor, que de la misma manera que tú dijiste: si lo hiciste...
Rocíos y escarchas, bendecid al Señor, ensalzadlo por siempre con cánticos.
... por uno de los míos, lo hiciste por mí. Así que la sed, el hambre, la tristeza de los demás, es también tuya. Y por tanto, es mía también,

Señor. Porque el amor es eso, Señor, cargarte de los cuidados del prójimo para entre todos cargar la cruz de todos que tú...
    Que la tierra bendiga al Señor, ensálcelo por siempre con cánticos.
    ... por todos cargaste cuesta arriba Monte Calvario. Caridad, Señor, caridad y comprensión, dámelas (aunque hoy ya nadie habla de caridad, sino de solidaridad, como tampoco hablan de sacrificio, supongo que porque...
    Mares y ríos, bendecid al Señor, ensalzadlo...
    ... la solidaridad implica ya el sacrificio).
    Aves todas del Cielo, bendecid al Señor, ensalzadlo por siempre con cánticos.
    Bestias y ganados, bendecid al Señor, ensalzadlo por siempre con cánticos
    Hijos de los hombres, ensalzad al Señor, ensalzadlo por siempre con cánticos.
    Por eso te pido, ayúdame a comprender a la novicia, a amarla, Señor, a no juzgar, como aquella vez hace tanto tiempo con aquel gitano en forma de ángel o ángel disfrazado de gitano que me enviaste, siendo yo la novicia entonces, hace tanto tiempo, y todavía no acabo de comprender lo que es comprender, de veras, comprender, que sólo comprendiendo amamos. ¿Es que cuesta tanto aprender a comprender? ¿Es que porque me llama tía (¡y hasta abuela el otro día!) basta para que dude de su vocación? En vez de...
    Ananías, Azarías y Misael...
    ... comprender que lo dice con cariño, que quizá le recuerdo a la abuela que no ha tenido, o que perdió. Porque tú anduviste entre gente del pueblo, como ella. Como yo, Señor, aunque en mis tiempos la juventud hablaba de otra manera, o quizá que mis padres me dieron otra educación, o tal vez que a otros en aquel entonces, también como hablábamos los jóvenes de entonces les parecía poco decoroso, y acaso tú mismo, hombre del pueblo...
    ... ensalzadlo con cánticos, porque es eterno su amor.

XVII

—*Ja, ja, ja, ji, ji, ji.*
—Joer, tía, deja de reír y contéstame: ¿tiene o no otra? Dime la verdad, que lo peor no es eso. Incluso llegué a pensar que tener otra novia era mejor que haber destinado a Manolo al País Vasco. Una —no sé por qué— siempre se imagina lo peor. Yo al menos. ¿La tiene? ¿De veras que Javi no lo sabe? No me jodas, Trini, dime lo que hay. Vale, vale, tía, te creo.

¿Sabes lo que más me tralla, Trini? ¿Lo que más me puede de la Puri? Esa desfachatez y desparpajo con que anda por el mundo. Como que no me lo creo. O no lo puedo creer. O no me lo quiero creer. La oyes hablar, y es como que aquí no ha pasado nada. Yo puta, tú policía, ¡y viva la Pepa! Hoy monja, mañana meretriz, ¡y que no falte! ¿Tú lo entiendes? Ligues y líos he tenido muchos. Pero aguantar que me toque las tetas un tío por su tela, ¡ni de coña, vamos! «Y, ¿qué más da —me dice ella—: ¿Qué más da entre que te den billetes en mano o te inviten a una cena, un cine o un fin de semana todo pago, tronca?». No es lo mismo, Puri: si me acuesto con un tío, es porque siento algo por él. Y ella: «Ya, ya: ya sé yo lo que tú sientes. ¡Lo mismo que yo y en el mismo sitio, tía!». Que es lo que no puedo entender de la Puri: que con esa visión tan jodida de las cosas, todavía tenga esa alegría, ese desparpajo y desfachatez. Y encima, ¡que te invite a misa el domingo!

Tía, yo entiendo que una forzada a prostituirse por las mafias rece como una santa para salir de la mierda. El otro día recogimos a una más por caridad que por otra cosa. Fíjate cómo debió ser, que hasta al Ramírez le dio pena. Ni las gafas de sol, ni los kilos de maquillaje, ni nada podía tapar los moratones y magullones que llevaba. La habían machacado como fruta en batidora. No hablaba español. Cuando sus compañeras vieron que los chulos se piraron al vernos, una se ofreció voluntaria a acompañarnos a comisaría y traducir. La dije que no la llevaríamos a comisaría —ni siquiera consulté al Ramírez— sino directamente al Clínico. Entonces nos contó la batalla de la pobra gachí, ahí mismo en la calle, mientras otras vigilaban para estar seguras que los chulos no andaban espiando. La tía acababa de llegar a España, creyendo, como todas, que iba a trabajar de camarera en un hotel. Dos días la habían estado violando y pegando —domando, como dicen ellos— hasta que por fin cedió. Lo peor fue que no quería venirse con nosotros. Tendríamos que arrestarla, formularle cargos, expediente, Ley de extranjería, en fin... Ahí la dejamos. Y que venga la Puri y me cuente lo que me cuenta.

Lo que la debió pasar a Puri es que la metieron la religión al revés. Pasó de un extremo al otro. Se lo dije así mismo un día, tratando de convencerla de que tenía que estar muy jodida para pensar y vivir como vivía y pensaba. Y, ¿sabes lo que me contestó? Me contestó: «Mira, tía, si yo pasé de prender velitas a prender puros, es asunto mío, y de nadie más».

Si hubiera terminado la cosa ahí, vale. Soy la primera en reconocer que me metí en donde no me llamaban, que también soy la primera en resentir que se metan en mi vida. Pero lo que me dejó de una pieza fue cuando la Puri añade: «Asunto mío, y de nadie más, menos de Dios, ¿te enteras? Porque, ¿quién te dice a ti que no se puede ser puta y religiosa? ¿Qué pasa? A mí me habrán metido la religión al revés, pero tú ni te enteraste de la misa la media. O, ¿es que no has oído hablar de la Magdalena? Y de María la Egipciaca, ¿qué? Putas y santas, ¿te enteras? Y ahora tú ¡empieza a nombrarme policías y santas! ¿Te enteras, tía? ¿Te enteras de lo que te estoy diciendo?: ¡que es más fácil una Sor Puta que una Sor Patrulla! Y si a eso vamos, ahí está Dimas, que hasta los ladrones tienen su santo. Pero vosotros, los polis, a ver, nómbrame vuestro santo, majeta. Que sí, que lo debéis tener, por algún lado andará, que en este país hay un santo para todo. Pero lo habrán inventado, lo habrán nombrado a dedo, tía, porque a ver: ¿tú te acuerdas del nombre del santo de los polis, tía? A ver. ¿Te enteras? ¿O no te enteras?».

Tiene razón, ¿qué quieres que te diga? El caso es que no me entero. Sí, lo sé, debemos tener un santo patrón. Pero ahora no recuerdo su nombre.

XVIII

La loca de la casa. Es como los sueños, Señor: no hay culpa ni pecado, como cuando en un sueño te asalta un mal pensamiento, o peor. (¿Eras tú, Benigno?).

Y a veces pienso que tú permites que nos distraigamos adrede. Que es parte de la oración, acaso la respuesta a ella: te distraes y en esa distracción, tú te nos revelas, Señor, nos dices lo que quieres de nosotros.

He vuelto a soñar ese sueño, Señor, y sé que de alguna manera tiene que ver con la novicia. Todavía no lo tengo claro. Debe ser que sospecho que, como todas las chicas hoy, también ella ha tenido muchos chicos, muchos de esos que llaman ligues hoy día. (¿Cómo los llamábamos entonces?). Pero yo, ¿qué ligues tuve yo? Porque lo de Benigno fue uno de esas tonterías de los quince años que se olvidan a los dieciséis.

Recuerdo que me sentía rara de novicia. Sólo la superiora sabía lo de mi padre. La mayoría además, tanto hermanas como novicias, eran, si no exactamente de familias ricas, al menos de la clase media. Tampoco se podía esperar otra cosa tras los años de la República y la Guerra. Rara y sucia me sentía, sucia cuando en la mesa (terminadas las lecturas sagradas, que solían durar hasta el café) se hablaba de los comunistas y los anarquistas, y todas las tropelías que habían hecho. A veces me daban ganas de gritar: «¡pero mi padre no!». Mi padre es un buen hombre, con su propia cruz y calvario, aunque no sean los nuestros. Y tampoco son tan diferentes, también él, como tú, Señor (me decía a mí misma, ¡y nunca he tenido el coraje de gritarlo a los cuatro vientos!), luchaba por los pobres, los miserables, los humildes. ¿No se podía decir también de él: Bienaventurados los perseguidos por hacer la voluntad de Dios? ¿No era tu voluntad acabar con la injusticia, repartir tu reino, que es también el del bienestar? Pero, ¿cómo yo, pobre novicia entonces, podía defender a un militante comunista, y para colmo, anarquista después, en aquella España donde obispos y sacerdotes levantaban el brazo en alto al paso del Caudillo? ¿Cómo siquiera cuestionar que Franco era el nuevo y último defensor de la fe? ¿Qué salida me quedaba sino sentirme sola, sucia?

Y gritar: «si mi padre perdió la fe, como tantos, ¿no sería culpa de todos?». Eso sí me atreví a preguntar durante el café un día (aunque sin mencionar a mi padre, y sólo lo pregunté a las novicias como yo). Una (que después, por cierto, dejó la orden para hacerse teresiana y trabajar en un barrio obrero), una me contestó: «Se puede perder la fe sin odiar a Dios y su Iglesia». Y fue otra, mirándome fija, como si me hablara sólo a mí, la que contestó (porque yo no me atrevía a hacerlo): «Quizá lo que quiere decir Patrocinia es que también la Iglesia ha tenido algún fallo». (Aun así, evitó la palabra culpa).

Sucedió el silencio.

Algo debió trascender a la hermana superiora, pues durante días a esa novicia y a mí se nos asignó la labor de camarera, y cuando no, la de la lectura sagrada, en vez de repartirse entre todas, como era costumbre. No fue eso, sin embargo, lo que me quitaba las ganas de gritar. Era más bien el temor a la vanidad: ¿quién era una pobre novicia para cuestionar las decisiones de los que Dios había elegido como pastores principales de su Iglesia?

La obediencia, Señor, también tiene su misterio. Obedecí, sí, lo sabes bien, pero en esas distracciones que te vienen como los sueños, no pensaba siquiera en Galileo o en Servet o en Giordano Bruno. No, Señor, sino que pensaba en la Santa, y cómo ella también había tenido sus dificultades con el clero (al igual que San Juan de la Cruz, sin ir más lejos, Señor). Pero obedecí, y cuando despertaba de la distracción, te pedía perdón, suplicaba humildad. Y sabes que te sigo obedeciendo hoy, cuando el Papa advierte contra la Teología de la Liberación, donde, sin embargo, no puedo evitar ver tu presencia. O en cuanto al papel nuestro y el de las mujeres dentro de tu Iglesia. Tiene mucha razón, Señor, esa teóloga norteamericana, Elizabeth Jonson, ¿no es así como se llama? Mucha. Porque la verdad, Señor, es que si lo miras bien, hemos sido nosotras las que más peso hemos llevado de tu Cruz. Modestia aparte, sin miedo a faltar a la humildad, Señor. ¿Qué escándalo y qué mal ejemplo hemos dado las monjas, como tantos sacerdotes? Como ahora esos irlandeses de Boston, ¿quién se lo iba siquiera a imaginar? Come como un cura. Vive como un cura. ¡Pero nadie nunca ha dicho vive y come como una monja! Y, sin embargo, para ellos el privilegio de convertir el pan y el vino en tu cuerpo. Para ellos, los sacramentos, para ellos, ¡todo! Y sólo me cabe pensar que así lo quieres, que esa es la máxima lección, el mayor misterio de la obediencia, acaso para hacernos a las mujeres más humildes, y por tanto, más pilares para sostener tu Iglesia, Señor, no lo sé, la verdad, no lo sé. Sólo nos queda esperar que algún día nos revelarás tu intención, y ese día comprenderemos todo, como cuando un niño por fin descubre que lo que él quería y sus padres no le daban era para su propio bien. O como aquel señor, padre de una de nuestras hermanas, que cayó en una profunda depresión cuando le forzaron a jubilarse, para unos meses (y muchas oraciones nuestras) después, comprender que se trataba de eso mismo, de un verdadero júbilo, pues podía dedicarse a hacer lo que toda la vida había anhelado, vivir con menos, sí, pero en el fondo con más, sin las preocupaciones del trabajo que le esclavizaban cuerpo y alma, día y noche, sin él mismo darse cuenta de esa servidumbre que los años le habían impuesto como lo normal, y hasta como lo necesario para una felicidad que, no obstante, nunca acaba de alcanzar. Así debe ser también la muerte que tantos temen, lo desconocido que nos hace temblar, para encontrarnos con la felicidad eterna de tu amor infinito. Así debe ser, lo mismo debe ser con el misterio en que estamos sumergidas las mujeres que algún día se nos revelará, ¿no será así, Señor?

En verdad, Señor, y perdóname, pero debe ser algo terrible ser hombre. Cuando por fin pude leer *La casa de Bernarda Alba*, tuve que darle la razón a esa pobre mujer que actuaba como una bruja: los hombres mandan e imponen sus caprichos, y a nosotras nos toca callar y resignarnos. Es verdad que las cosas han cambiado desde entonces, y siguen cambiando, gracias a Dios, a ti, Señor. ¡Pero todavía falta tanto! No que yo me crea eso de que si las mujeres mandaran, se acabarían las guerras. Si mandáramos, probablemente nos volveríamos como ellos. Tú viniste a redimir a la humanidad, porque todos —hombres y mujeres— necesitamos igual ser redimidos. Pero tienes que admitir que la concupiscencia pesa más en ellos. ¿Te acuerdas de aquella vez en el tranvía que cogía para ir a la facultad? Siempre iba repleto, y más de una vez vi cómo algún chico se pegaba a una chica, no ya obvia, sino descaradamente. Y lo único que le quedaba a la chica era apartarse, denunciarlo con una mirada de desprecio, o a lo sumo, darle un buen pisotón. Que fue lo que hice yo cuando ya no me cupo duda de que a mí también, a pesar del hábito, me consideraban blanco de su lujuria.

Tardé en creérmelo. Primero pensé que me lo estaba imaginando. Después, que se trataba de un insolente anticlerical, como aquellos que contaban chistes vulgares en voz alta para que una se escandalizara, o que gritaban entre risas, mirándote de reojo: «Ese come (¡y peor!) como un cura». Pensé bajarme del tranvía antes de la última parada, que era la de la facultad. La cofia no me dejaba sentir su respiración, pero se oía claramente por encima del traqueteo de los raíles y las conversaciones. Me alejé de él. Con el mismo desparpajo se volvió a arrimar. Di media vuelta: su cara se desfiguró del dolor cuando mi tacón se clavó hundiendo su zapato. Pero no se atrevió a gritar. Ni siquiera a devolverme la mirada.

Quedé acongojada tanto por el suceso como por la posibilidad de que yo hubiera de alguna manera favorecido la tentación de aquel chico. *Cherchez la femme* dicen los franceses. ¿No nos han inculcado a las mujeres que somos las responsables si un hombre se propasa? La famosa honra del Siglo de Oro, ¿qué era sino cargar la culpa a la mujer por cualquier desliz de los hombres? En fin, que heredamos la manzana de Eva y la culpa de todo, Señor, aunque sé que tú no lo crees así. También me abrumaba la idea de que mi reacción había sido excesiva. Porque la verdad, Señor, es que disfrutaba recordando la cara torcida de aquel chico al clavarle mi tacón. No obstante, al confesarme, el padre Raimundo no hizo más que reír levemente y asegurarme que no tenía nada que reprocharme.

Salvo no haber rezado por ese chico descarriado, me reproché, no obstante.

XIX

«Pare, Ramírez, que tengo que comprar tabaco», le dije casual. Era mentira. Llevaba un paquete sin abrir en el bolsillo. Era que pasábamos frente a la bodega dominicana, y creí verla entrar. Si Ramírez la ve, no para ni de coña. Total, que me equivoqué. Dicen que si todos los negros se te parecen, es que eres racista. ¿Qué quieres que te diga? Que yo confundo un negro con otro más pronto que dos blancos. Lo mismo me pasa con los chinos. Pues seré racista, ¿qué le vamos a hacer? También los negros lo son: háblale a un nigeriano de uno de Guinea. Por no hablar de los tutsis y los hutus esos que se estaban matando todos los días en la tele hasta no hace mucho.

La cajera se puso nerviosa cuando me vio entrar (seguro que no tenían licencia de apertura, o que la faltaba algún papel). Debió hacerle alguna señal al dueño a mis espaldas, porque nada más dar un par de pasos adentro, salió un hombre de detrás de unas estanterías llenas de latas. «Dígame, ¿en qué puedo servirle?», me pregunta cortés; demasiado, tías, seguro porque no tenían algo en regla: licencia de apertura, el alta en Hacienda, algo. Que esa es otra que no te cuentan en las pelis de polis: que te pasas pidiendo papeles y escribiendo multas. ¡Como para no aburrirse! Ya para ese entonces había visto a la mujer y me había dado cuenta que no era la misma. Tenía que inventarme algo, y, claro, lo más fácil y a mano era la mentira que le había tirado a Ramírez. No me preguntéis por qué, pero en vez de pedir tabaco, le dije al hombre de la bodega que estaba buscando una estampita de la Virgen de Alta Gracia para una amiga. Yo no creo en todo lo que nos dijeron las monjas, pero sigo creyendo en Dios y en la Virgen, al menos la del Pilar, que nunca me ha fallado. Porque la verdad es que la recé a la Pilarica para que Manolo no saliera como los demás. ¿Me contestó o no me contestó, tías? Pasa que tenía que haber rezado también para que lo nuestro saliera, punto.

Pero en los milagros no creo. Si mañana me dicen, por ejemplo, que la Puri pasó de puta a monja después de todo, le busco una explicación psicológica. Como que se le cayeron las tetas, y antes de dejar su piso de lujo y caminar la calle, prefirió el convento con el que soñaba de niña. A mí los milagros no me molan, tía. Ni mogollón ni mazo. Que, ¿por qué me salió lo de la estampita en vez de tabaco? Pues debe ser que la vista de esa dominicana que se parecía a la otra me revolvió por dentro, y en el subconsciente se me disparó aquella frase suya de que rezaba a la Virgen de Alta Gracia por aquel canario muerto. La hermana aquella, la hermana Clemencia, la que la metió el convento en la cabeza a Puri, diría que Dios, o la propia Virgen, puso en mis labios lo de la estampita. Me convence más lo que dicen los cura-cráneos: el recuerdo subconsciente de la cara angustiada de aquella dominicana fue lo que me llevó, no ya a pedir la estampita, sino incluso a entrar en la tienda en primer lugar. Que algo de psicología tuvimos que empollar en la academia. Nos decían: «hay que estar siempre alerta a lo que dice y hace la gente sin querer como queriendo». Aquello de que el criminal siempre vuelve a la escena del crimen. ¡Para que lo pillen! Aunque, a decir verdad, tampoco me lo creo mucho, que si yo os contara la cantidad de chorizos que nunca pillamos, os convenceríais de que estamos en Iraq en vez de Madrid. Aquel cabeza rapada, sin ir más lejos, que volvió a aparecer como mi padre.

Total, que el menda me dice: «Tengo algo mejor que una estampita, señorita policía». Con lo que ya no cabía duda que algo me quería ocultar. «Le voy a regalar —¿qué duda podía caber?, joer— ¡una estatua de la patrona de la República Dominicana!». Y así fue: una imagen, de esas de plástico. Y añadió: «póngala usted en el salpicadero de la patrulla para que la Virgen de Alta Gracia la proteja siempre, ¡usted que nos protege tanto y todos los días a nosotros!».

¡Toma ya! No saben ná estos dominicanos. Y después dicen que España es la patria de la picaresca. ¡Disneylandia es lo que somos al lado de ellos! Claro que ellos te dicen que lo aprendieron de nosotros. Todos los guiris te lo dicen: «en mi país, yo era agua clara nomás, y aquí me enturbiaron las malas compañías». Igual que los gitanos, que nunca robaron ná hasta el día que los pillas. ¡Todos! ¡Toma ya!

(¡Joer con la Pili! ¿Es que no se da cuenta, ¡gilipollas!, que en la mesa de al lado hay uno, que si no es sudaca, moro será por las pintas, ¡y cuidao si no gitano también! ¡Joer! Lo que me faltaba ahora: una trifulca con una tribu de gitanos o con los pocos guiris que aún me frecuentan. Aunque más parece otro de esos que a la Pancra se le antojan camellos, y que debe creerse el Antonio Gala, o el Goya, con su libretita dale que te pego a dibujar, pintar, o lo que cojones hacen ellos. Menos mal: la Pili lleva uniforme y el gachó no se atreverá ni a mirar en su dirección, menos mal).

«Dame un pitillo», me pide Ramírez al volver al coche. Porque esa es otra: el Ramírez había dejado de fumar. Los suyos, que los míos se los chupaba como caramelo. Y para colmo, se me cachondeaba diciendo que lo hacía por mi bien, para que no fumara tanto. Que Dios y la Virgen me perdonen, pero más de una vez me dije: «Fuma, cabrón, a ver si te jodes de una vez y te tienes que jubilar». No os tengo que repetir que ya para ese entonces estaba del Ramírez hasta la propia punta de los pezones.

Pero no para ahí la cosa, troncas. Cuando meto la mano en el bolsillo para sacar el tabaco, ¡junto con la cajetilla saco la imagen de la Virgen! Menos mal que Ramírez ya había arrancado calle abajo y miraba hacia delante. Que si la ve, la imagen, ¡venga a joder la marrana otra vez con lo de Sor Patrulla! Que me tenía hasta la coronilla con que terminaría de monja tarde o temprano. Supongo que sólo así se podía explicar que yo haya resistido su braguetazo. Porque, a decir verdad, tías, ¿me veis a mí pinta de monja?

Pero, ¡aguanta! Todavía no he terminado. Doblamos la esquina, y ¿quién está saliendo de un zaguán? ¡Pasmaos: la dominicana! La verdadera, la primera, la del estanco y el canario.

No, tía, Yoli, ¡qué cojones! Entonces sí que habría que creer en los milagros, si os dijera que Ramírez paró la patrulla para que yo la entregara la imagen, como mandado por la propia Virgen. A tanto no llega la cosa. Pero sí que me enteré de su dirección. Y esa misma tarde al terminar la jornada, allí fui con la imagen. Claro que podía ser que no viviera ahí, que estuviera visitando a alguien. Tampoco recordaba su nombre, pero de haberlo visto otra vez, lo reconocería como el del parte, que tenía uno de esos nombres raros que se ponen ellos: Yojaida, Yohaida, o algo así. Y así fue: en un buzón del portal, lo reconocí en seguida, que eso también tiene su misterio, llamarse la tía tal que yo reconocería su nombre en un santiamén. Como mandado por Dios, que diría la hermana Clemencia, a que sí. Subí. Toqué el timbre. No hubo respuesta. Así que dejé la imagen frente a la puerta.

Pensé dejarla una nota. Pero después pensé que la daría más alegría pensar que la Virgen había aparecido ahí misteriosamente. Milagrosamente, digo.

XX

«Tienes que llorar ahora, Patri. ¡Llora!», me pedía, más que mandaba, siempre con dulzura. Yo era Jimena, y él el Cid. Vale que yo era fulano y tú zutano. Y así, dependiendo del cómic de la semana. Porque la verdad, Señor, que me jubilé de la enseñanza a tiempo. Y por lo que dicen las hermanas más jóvenes, es aún peor hoy. La República sería lo que fuera, pero los niños empezábamos a leer desde jóvenes, siquiera cómics. Aquellos cómics basados en los clásicos, que después te entraban ganas de leer los libros. Hoy, entre la televisión, los vídeos y los ordenadores, no son capaces de leer ni un telegrama. El otro día una hermana comentó que les puso una película (porque hoy hasta en el aula hay que poner películas) con subtítulos, y los alumnos se quejaron porque tenían que leer. ¡Me jubilaste a tiempo, Señor!

What's in a name? Fue Shakespeare quien me impulsó a aprender inglés, sólo para poder leerlo, que hablarlo, llegué a chapucearlo con alguna hermana que nos visitaba de nuestra comunidad en Irlanda, pero nada más. Noche tras noche, peleando con el diccionario, en vez de dedicarme más al latín que ya tenía bastante avanzado, sin embargo, pero que bastaba el que tenía para el que tenía que enseñar en el colegio. Y hasta me apunté a un curso de inglés en la facultad, cuando todos en aquel entonces estudiaban alemán, la lengua del futuro, decían, convencidos que Alemania ganaría la guerra e impondría su lengua por toda Europa, y hasta por todo el mundo, decían. Si el profesor hasta llegó a decir que Shakespeare era más alemán que inglés, por no sé qué influencias de los sajones que era más fuerte que la de los anglos. También decían que los españoles nos parecíamos más a los alemanes que a los franceses. Que Calderón, por ejemplo se había adelantado al imperativo kantiano en sus dramas de honor. Por eso, cuando los franceses menospreciaban nuestro teatro del Siglo de Oro, Goethe y todos los románticos alemanes descubrieron en nuestros autores del dieciséis y diecisiete los verdaderos valores que su propia literatura encumbraría después. Algo de verdad había en ello. Pero es que ¡se decían tantas cosas!

También por eso me sentía rara. No que yo despreciara a los alemanes, pero Stendhal, Balzac y Flaubert (cuando podía conseguir algunas de sus obras que no estaban en el *Índice* —que pocas eran—, o cuando el *Índice* desapareció) tampoco me parecían moco de pavo, como se decía en aquel entonces. Pero Shakespeare era como Cervantes: siempre volvía a releerlos en mi tiempo libre, que era bastante escaso, por cierto, entre la facultad, las clases en el colegio y los deberes de la residencia. (También Cervantes se enseñaba desde la óptica del Movimiento. José Antonio era el nuevo Quijote, ¡y el pobre Sancho representaba el materialismo marxista!) Y recuerdo como hoy que cuando leí esa frase —«¿Qué hay en un nombre?»— (aunque hoy no recuerdo en cuál obra) pensé automáticamente en ti, Benigno.

Tendríamos nueve o diez años. Yo era Jimena. A la hora de besarnos, el Cid lo hacía respetuosamente, en el carrillo, claro está. El Campeador con Tizona (una rama) en el cinto, Jimena con dos muñecas de trapo o de paja (la mía, y otra que me prestaba una amiguita) por hijas. El Cid con su capa (una vieja sábana), Jimena con un ramo de flores que recogía en el descampado de la calle Tiziano. Y Babieca, un viejo madero al que Benigno le había atado una cuerda por riendas.

Era como un cuento de hadas. Hoy dirían —la novicia sin duda lo diría— que era cursi (hortera, cutre, diría ella). Pero fuera lo que fuera, yo siempre lo recuerdo como esos cuentos de hadas que hacen que la infancia sea lo que se vive, y lo demás se sobrevive. Como uno de esos sueños de los que nunca quieres despertar.

Benigno era bueno, Señor, como su propio nombre. Como mi padre. Tan bueno, Señor, que contrario a tantos, mi padre se hizo anarquista cuando se enteró de las purgas en Rusia que otros negaban, o aminoraban. Sus antiguos compañeros comunistas le difamaron, le acusaron de traidor, vendido, a sueldo clandestino de las derechas. Pero él no se inmutaba. Y en nuestro barrio, nadie se atrevió a dudar de él. Tampoco estaba del todo de acuerdo con los anarquistas. Pero había que trabajar con los demás, con otros, con un colectivo, no solo ni independiente. Creo recordar incluso, así entre sueños, que una de las pocas diferencias que llegó a tener con sus nuevos compañeros se debía a que estos criticaron indebidamente a los comunistas. Lo que se dice un hombre cabal, mi padre. ¿Por qué perdió la fe, Señor? ¿Por qué pasó lo que pasó? Todavía te lo pregunto. Tu voluntad se hizo contra la mía, Señor.

Tú me comprendías, Señor, pero nadie más. Quedé sola, navegando un mar liso y tranquilo en la superficie, pero que a veces se me antojaba de fondo lóbrego y turbulento. Creo que no me daba cuenta, o no acababa de comprender entonces lo que sentía y no lograba captar del todo. Acaso lo ahogaba. Sólo años después me aclaré.

Ni siquiera me atrevía a decírselo al padre Raimundo, a pesar de que sospechaba que a él tampoco le convencían del todo las cosas que estaban pasando. Ellacuría, Casaldádiga, el padre Llanos, y tantos otros: acaso ellos sentían lo mismo. O no se atrevían, o no entendían todavía lo que años después surgiría del fondo de ese mar aparentemente tranquilo, aún sin las olas que levantaría el viento que venía. ¡Qué cosas tienes, Señor! Mira que haber elegido a Juan XXIII a la chita callando, cuando todos pensaban que ya era tan viejo que duraría poco su papado. «Papa de transición», le llamaban, ya buscando otro para sustituirle. La política, Señor, y perdona si falto, pero la política, fuera o dentro de tu Iglesia, es cutre, que diría la novicia. ¡Menuda transición! Pero yo, en aquellos años después de nuestra Guerra, yo, novicia primero, y después, monja de votos recién pronunciados, hija de anarquista, primero encarcelado, y después periódicamente requisado, era sólo lógico que yo pensara que el problema era yo. Si sabes, Señor, que hasta durante un tiempo llegué a convencerme que me pedías que mediante mi soledad y mi angustia redimiera los pecados de mi padre y de Benigno. Era el castigo por quererlos. «Reza por tu padre —me recordaba siempre mi madre—, y por sus amigos (y por Benigno, añadía yo para mí)». Y ninguna de las dos jamás nos preguntábamos qué pecado habían cometido.

Claro que sí me he preguntado, en cambio, si mi vocación ha sido verdadera. Claro que se me ha ocurrido que me metí a monja para salvar a mi padre y a Benigno. Claro que he pensado que de haber sido diferentes nuestras vidas, que de no haber sucedido la Guerra y lo demás, hoy sería esposa, viuda y abuela. Pero sabes, Señor, que tú siempre has sido primero. No sería la primera —¡muchas he conocido!— que amando a un hombre, te eligieron por esposo. Nunca lo he dudado. Recuerdo que al leer las memorias del novelista Antonio Ferres, cuando cuenta cómo conoció —creo que en Estados Unidos— a una monja que no creía, pero que seguía siendo monja, porque con el apoyo de la Iglesia podía hacer el bien que quería, recuerdo que en lo más mínimo me identifiqué con ella. Es más, llegué a pensar que como el San Manuel de Unamuno, o como el Monseñor Quijote de Graham Greene, ella también creía, y quería seguir siendo monja, porque en el fondo tenía vocación. Misteriosos son tus senderos, Señor. Oblicuo hablas.

Dicen que se acaba la Iglesia, que no hay vocaciones, que la juventud nos abandona, se suceden los escándalos entre el clero. Pero torcido es siempre tu sendero, Señor: ya nos darás la respuesta. Y quizá me la estés dando a mí con esta novicia que nos ha tocado y que yo no acabo de entender, pero tú sí. Dame comprensión. Dame humildad.

A propósito, las novicias de hoy, ¿a qué jugaban de niñas?, cuando yo era Jimena y Benigno el Cid.

XXI

Veo, veo.
¿Qué es lo que ves?
Una cosita.
¿Qué cosita es?
Empieza con pe.
¡Parque!
No es.
¡Pino!
Tampoco es.
No sé. ¿Qué cosita es?
¡Miren lo que es!

Y saltaba aquel viejo guarro, dándose la vuelta en el aire, los brazos abiertos, babeando la sonrisa, mirando hacia abajo, y gritando: «¡a ver quién coge el pajarito, a ver!». Y nosotras gritando, tapándonos la cara, pero —¡qué cojones!— mirando también entre los dedos, sí, no me lo vais a negar, tías, sí, sí, sí, tú también, Mari, no me vengas con tus finolerías, que no digo que te ponía cachonda el viejo con su pirulí, sino que a esas edades, la curiosidad te puede, y aunque vosotras habéis tenido hermanos y primos y ya habrían visto algún que otro pitito, no era lo mismo, no me lo vais negar, que no fui yo, tías, la que dijo el próximo día al salir del cole: «vamos al parque a jugar al "veo, veo" con el viejo», y la Puri, que no había ido el día anterior, no se lo creía; creía que estábamos de cachondeo, y que nos reíamos, como para hacer creer que era una broma. Pero allí fuimos. ¿Que no? ¿Que tú no fuiste, Loli?, pues entonces tampoco fui yo, tronca, que se te pusieron los ojos más grandes que las pelotas del viejo, tía, no me jodas. Y ¿os recordáis quién fue la única que se enfrentó con el viejo, y hasta lo corrió detrás con un palo, una rama gruesa que había arrancado de un árbol mientras el resto nos reíamos, pero mirando, tías, ¡mirando! ¿No os recordáis? Sí, señor, la Puri, que entonces iba para monja, que puta o monja, siempre fue de armas tomar, y la sobraba lo que a nosotras nos faltaba, corriendo al viejo del parque, gritando: «Viejo maricón, agarren al viejo maricón», armando tal escándalo que el viejo tuvo que parar para subirse la braqueta, porque ya la gente miraba, y entonces fue que la Puri lo alcanzó y lo entró a ramazos, que le partió la rama por la cabeza, y vino una mujer y empezó a gritar: «¡policía, policía!», porque la muy gilipollas creía que Puri estaba abusando del viejo, ¡no te jode!, y el próximo día en el cole, viene la hermana superiora y nos dice a nuestra clase que chicas de nuestra edad y con nuestro uniforme habíamos desprestigiado al colegio entero, y que si se enteraba de quiénes habían sido, ya nos enteraríamos nosotras, y esa tarde —¿no os recordáis?— ahí estaba la superiora con la mujer en la puerta del cole, por donde teníamos que pasar, pero no tuvo que señalar a nadie, porque la Puri se adelantó y dijo: «Fui yo», y contó lo que pasó de verdad, pero la mujer decía que ella no había visto que el viejo mostrara sus vergüenzas, pero la hermana Clemencia, que quería mucho a Puri y estaba convencida que Puri sería religiosa, dijo que si Puri lo decía, era verdad, y durante unos días, un coche patrulla de la poli aparcaba al lado del parque, pero el viejo no volvió a aparecer ni de coña. Que la Puri —¡quién te vio y quién te viera!— decía que a la próxima, ni palo ni pollas: ¡una navaja tenía preparada para desplumar al viejo guarro!

XXII

¡*Pssst*! Aquí, hermana, aquí. Daba miedo aquel hombre. Voz bronca. Tenía barba de tres o cuatro días. No vestía como obrero, pero lo parecía. Traje estrujado, camisa blanca, sin corbata. Zapatos sucios, cuarteados. No sería el primero que me dijera alguna obscenidad, alguna ofensa contra la Iglesia. Temblaba toda, como cuando temía lo peor de aquel gitano-ángel. Entonces, temiendo que yo huiría, el hombre atropelló las palabras: «Vengo de parte de Benigno. Benigno viene pronto a Madrid. Acérquese, hermana, que nos pueden ver».

Era crepúsculo de domingo, día en que visitaba a mis padres. Regresaba a la residencia. La calle Tiziano en aquel entonces, si tenía luz (que no lo recuerdo), no se encendía hasta bien entrada la noche, que eran los tiempos de las vacas flacas y había que ahorrar. (Todavía cuando veo un palillo de dientes, recuerdo cómo mi padre lo hincaba en el pitillo para poder chuparlo hasta lo último de la colilla, así eran los tiempos aquellos). Tuve que forzar la vista y esperar una fracción de segundo para ver bien su fisonomía, que tanto miedo me infundía. Estábamos a media manzana, y tampoco había mucha luz en Bravo Murillo. Estábamos solos. No se veía a nadie. Dios me tuvo que dar una corazonada, porque confié en aquella voz, y crucé la calle hacia el descampado donde me esperaba el hombre.

149

Toda la semana dudé si cumplir o no la cita para el próximo domingo. Yo saldría más temprano de casa de mis padres. Benigno me esperaría en el descampado, bien adentro, debajo del plátano al lado de la valla de un chalet que había entonces, de esos que se construyeron a principios de siglo como casa de campo a las afueras de Madrid, y que después, durante la República, se vendieron para residencias de dos o tres familias para obreros. Toda la semana, Señor, toda la semana, soñaba contigo, Benigno.

Soñaba. Eran otra vez los treinta. El treinta y cuatro debió ser, porque mi padre y el de Benigno discutían acaloradamente en la cocina, mientras mi madre y la de él cosían en la sala, meciendo la cabeza mientras cuchicheaban en voz baja para que no las oyéramos Benigno y yo. En mi falda, un *comics*, de esos de entonces, y tú, Benigno, te encargabas de doblar las páginas, tu mano rozando la mía. Algo había pasado en el norte, en Asturias. Algo que tenía que ver con los anarquistas o los comunistas. El año anterior, había sido en el sur. Pero esto parecía más grave, porque lo de antes había involucrado a la Guardia Civil, pero lo de ahora tenía que ver con el ejército y un militar llamado Franco. Así me lo explicaste, cuando terminamos el *comics*, y nos miramos largo rato, hasta que por fin nos dimos cuenta que los dos sentíamos que había que decir algo, no por nosotros, que así éramos felices del todo, porque cuando dos almas se aman, el silencio es como un suave sueño de alba al que no hiere la luz ni la vida. Y fue que nos dimos cuenta de repente que las madres nos habían estado mirando, primero extrañadas, después sonriendo pícaramente.

(Pero después mi madre no sonreía. Se mostraba preocupada, e incluso antes de oír a mis padres discutiendo esa noche, yo ya sabía que le preocupaba que los padres de Benigno, Eleuterio y Macarena, no eran religiosos. Porque ella entonces jamás imaginaba que su hija elegiría la vida religiosa, pensaba, soñaba, con nietos que acabaran de compensar por los hijos que no pudo tener tras mi nacimiento. Pensaba, soñaba con un chico para mí como había sido mi padre cuando le conoció, allá en Jaén, en un olivar, antes de venir a Madrid y trocar religión por política. Siguieron cuchicheando, ella y la madre de Benigno esa tarde, pero yo miraba de reojo, y veía que mi madre intentaba seguir las palabras que tú me decías: de cómo tu padre y el mío tenían razón; de cómo la República había traicionado a la clase obrera, los obreros tenían que defenderse, armarse; de cómo Durruti (Buenaventura: ¡otra vez: que hay en un nombre!) era la esperanza, los comunistas no acababan de convencerse del peligro de los militares y de la derecha, pero era tu voz, Benigno, más que tus palabras, lo que yo escuchaba, como cuando mi padre hablaba y todos callaban y escuchaban, su voz resonando por el bar y llenándome de orgullo, mirando también de reojo a mis amiguitas mientras vestíamos y desvestíamos nuestras muñecas de trapo o de paja cuando llovía o hacía frío afuera y los mayores nos dejaban una mesa en un rincón para jugar, la voz de mi padre, como la tuya ahora, tú con tus dieciséis, o diecisiete, yo con mis catorce, o quince, que era lo que siempre le decía mi padre para tranquilizar a mi madre: «Son críos, ni que fueran novios a punto de matrimoniar, Vicenta, son críos»).

Soñaba. Entonces me besaste, Benigno. Entonces nos quedamos solos, y nos besamos. Ya no estábamos en la sala. Era primavera, o tal vez verano. Andábamos por un sendero sombreado (que después se me antojó el descampado), tu brazo rodeando suave mi cintura. Lejana, pero clara, las cuerdas de una guitarra venían con la brisa. Traían una canción, que después al despertar se me antojó «La Adelita». Aquella canción mexicana que aquel hombre que volvió de México trajo al barrio, diciendo que había ido allá de emigrante, donde le pilló una revolución que terminó en nada. Así que había vuelto a España tras el triunfo del treinta y uno, porque aquí estaba ahora la esperanza para que nadie tuviera que volver a emigrar, decía.

XXIII

Si os digo que a veces pienso que la Puri está pallá. Perdió un tornillo en algún momento que quizá ni ella misma sabe cuándo. Un día, cuando me tocó turno de noche, estoy llegando a casa a la madrugada, cuando me la encuentro otra vez. Aquí, aquí en el barrio. ¿Qué hace una puta de lujo a las siete de la mañana en un barrio pobre? Bueno, tampoco es un misterio si tienes en cuenta que era lunes de madrugada, y que los domingos la Puri va a misa de una, y después algunos domingos se viene a ver a su madre, y algún domingo también se queda a dormir. Dice que el domingo es para descansar. Entonces caigo: la Puri no la va a decir a su madre lo que hace y lo que es, así que cuando duerme aquí con su madre, hace como que va a trabajar temprano el lunes. La dirá que va alguna oficina, o lo que se la ocurra, que con la ropa que se gasta, nadie va a creer que friega pisos o platos. Que la madre se lo crea o no, eso es otra cosa, ahí no entro. Allá ella. Igual no quiere volver a tener otro disgusto, como cuando la Puri la dijo que no iba a ser como ella, como su madre, recogiendo y limpiando la mierda de otros. Fue cuando su madre ya no pudo trabajar más en la casa donde había trabajado cuarenta años. La dio un pasmo, o algo así. Total, que el médico la consiguió la baja, y la madre metió a Puri en la casa de sus señores.

«Te invito a un café», me dice casual la Puri esa madrugada, como si nada, porque la última vez que nos habíamos visto habíamos tenido, no exactamente una bronca, pero sí palabras. Fue cuando me salió con aquello de que había más santas que habían sido putas que policías. Y que ella sería monja antes que yo. ¡Como que a mí me tira el voto de castidad más que a ella!, que nunca he negado que me va el sexo, pero del bueno, del sentimiento y cariño, y si puede ser, ¡amor!, y no con el primer... Bueno, vamos a no faltar a la caridad, que dirían las hermanitas. Lucio acababa de abrir, así que la máquina no estaba lista para disparar café todavía. Tampoco habían llegado los churros, y mientras esperábamos, prendimos pitillos, y venga con las tonterías de siempre: «¿Qué tal el curro, Pili, cómo lo llevas, tía?, ¿has vuelto a saber del Manolo?, cuánto lo siento, tronca, pero así son los hombres, nunca sabes por dónde te van a salir, ¿te acuerdas del Gerónimo?, pues creo que es el mismo que dicen está chuleando por Montera, por lo que me cuenta una callejera a la que tengo que prestarla de vez en cuando, porque el jodido del alcalde, y perdona, Pili, que ya sé que es tu jefe, al fin y al cabo —¡como que el alcalde me pone tiesas las tetas, tías!— tu alcalde, me dice, las está machacando, pero pasará, que por algo somos la profesión más vieja del mundo, tía, y cuando pase, mejor que el Gerónimo se compre bragas de hierro para taparse los *testis*, tía, que los rumanos andan diciendo que la Montera entera, hasta la mismísima Puerta del Sol, es territorio de ellos, y el Gerónimo, que siempre tuvo huevos de gallina, ahora se aprovecha, no sé —tú sabrás— cómo lo hace, a quién engrasa, pero cuando todo pase, que pasará, y vuelvan los rumanos, a ver quién los raja, a menos que seáis vosotros, y tú perdona, Pili, pero la mitad de los polis cobran a las putas —tú sabrás cómo, tía— y la otra mitad, mira al otro lado, tú perdona, y no es que yo os culpe, tía, que no lo tenéis fácil, porque somos y no somos legales, que la ley os pide algo así como que le pongáis un condón a un impotente, tú me dirás...».

O sea, que la Puri venía *virá*. Pero yo no me dejé picar. Hice como que no iba conmigo la cosa, aunque no sé cuánto más hubiera aguantado si Lucio no grita: «Dos cafés con leche marchando, que ya la máquina va que chuta, chicas», porque yo podría contarle a ella, y a vosotras, la de compañeros y compañeras que he conocido, con más dedicación que el que más, jugándose la vida día a día para que venga

un político de pacotilla o un juez de juerga y los dé la razón a los cacos. Que esto no es como las pelis americanas, con esos jueces que parecen de verdad: canas, togas, carita de abuelito simpático y a la vez serio, y no los de aquí, chavales melenudos, patillas de torero, o la jueza con minifalda y pelo frito. Y cuando me levanto a buscar los cafés, el Lucio, que se está volviendo finolis con la vejez...
(¡Lo que hay que oír!).
... grita: «No te molestes, Pili, que yo os llevo los cafés», y yo, sentándome, aprovecho para cortarle el rollo a Puri, cambio de tercio preguntando que qué hace ella todo el día cuando se despierta: «tendrás bastante tiempo libre, Puri», preguntando por preguntar, para que no volviera ella a la película de putas y polis, nada más.
(¡Finolis con la vejez! Si no la hubiera visto nacer, ¡ya vería ella lo viejo que estoy!).
«Mira, tía, los que creéis que las putas no trabajamos, estáis pero que muy equivocados. A veces, casi ni duermo. Los ejecutivos se van a dormir a casita con sus mujeres y sus hijitos, pero lo siesta la duermen conmigo. Y, ¿qué del tío que para enfrentarse a la oficina tiene que echar un polvo antes de entrar? ¡Mis arreos son las armas, tía, mi descanso el pelear! Y cuando por fin estás cogiendo el sueño a media mañana, viene el pijo que no ha ido a la universidad, o el jubilado preocupado por si se le empina. ¡Mi dormir siempre velar!».
Entonces me dice que cuando tiene un tiempito libre, pues venga a leer. ¿Tú te lo crees? ¿Te parece normal, tía? También es verdad que a la Puri siempre la flipaban los libros, desde que la hermana Clemencia, convencida la pobre que Puri iba tras sus huellas derechita al convento, la daba a leer vidas de santos. Cuidado que no me mareaba contándome de Santa Teresa, y San Francisco, el que le hablaba a los pajaritos y llamaba a las hormiguitas hermana, y no sé qué rollos, ¡ah, sí!, y San Agustín, que era moro y le iban las mujeres, hasta que su madre —Santa Mónica, o Santa Margarita, no recuerdo cuál de las dos, aunque creo que había otra Santa Margarita que no es la misma, que esta otra cuidaba a leprosos, allá por Hungría o Rumanía— pues hasta que su madre, llamárase Mónica o Margarita, lo convirtió, al Agustín, y el hombre terminó obispo, o Papa, tampoco recuerdo ahora. Vale. Pasa. Todas estábamos en aquel entonces de coco comido

por las monjas, y que una gachí a los catorce, quince, la mole Teresita de Ávila, vale. Pero cuando la Puri, dándose aires, me viene con que entre cliente y cliente se lee la *Suma ideológica* esa que las monjas siempre estaban citando en clase de religión, que debe ser —la *Suma* esa— algo así como el Ronaldo y el Ronaldinho en uno, tía, y, por si fuera poca trola, te tira, como quien no quiere la cosa, que lo próximo que va a leer es —¡pásmate!— un tratado de teología, pues, una de dos: o la mandas a tomar por saco, o haces como que te lo tragas. ¡Una y no más, Santo Tomás! Porque te da pena. Por eso te aguantas las ganas de decirla: «mira, majeta, ¡se lo cuentas a tu abuela la tuerta!». Pero en ese momento te da pena, recuerdas cómo era Puri hace años, y en lo que ha caído. Dándose aires, hinchándose de humos, y en ese momento te dan ganas de gritarla: «mira, Puri, eres lo que eres, y ¡*sanseacabó*! Tú puta, yo policía, Mari maruja, y ¡viva la Pepa! ¿Vale?».

Porque si vas a trolar, Puri —te dan ganas de gritarla— si me vas a vacilar, tía, por lo menos hazlo con garbo, gachí. Que si de algo sabemos los guindilllas es de guasa trolera, tía. Y si te inventas que vas a leer a un teólogo, no me digas que es brasileño y se llama Hoff, o Boff, o Poff, o como coño lo quieras llamar: dale un nombre que pegue con la peli, ¡¡joer!!

XXIV

Sabes, Señor, yo me conformaría con que tu Paraíso fuera como Andalucía en primavera. Jaén en mayo. Amapolas entre olivos. Y los toros paciendo alegremente. Abril tardío. Mayo. Olivares de Jaén. Por los campos, el trigo encañando verde más que verde. Y los toros paciendo alegremente.

Como cuando mis padres me llevaban, por Semana Santa. En aquellos vagones de tercera, con aquellos duros bancos de madera, y aquella carbonilla que entraba con la brisa ennegreciendo todo. Siempre alguien rasgando alegre una guitarra. Y todos a lo largo del vagón palmeando. ¡Qué felices éramos y no lo sabíamos! Éramos pobres, pero nadie pasaba hambre en ese vagón de tercera. Ni aun en los años del hambre, porque todos compartíamos todo. La bota de mi padre recorría el vagón entero. Volvía vacía, pero otra la sustituía. Mi madre siempre hacía dos o tres tortillas, al igual que otras mujeres, a sabiendas que los que iban y venían de la mili, por ejemplo, nada tendrían para llevarse a la boca. Los que seguían la siembra acaso guardaban algún chorizo que les habían regalado con la paga, troceándolo cuidadosamente para que alcanzara a todos. Quizá éramos felices por no saber que lo éramos. Porque cuando los hombres se ponen a pensar en lo que no tienen, olvidan lo que les has dado, Señor. Ahora que tenemos de todo, ¿somos más felices? No quisiera sonar como un sacerdote sermonero, agorero, apocalíptico de aquellos tiempos (y de los que todavía queda alguno por ahí) de arrepiéntete, pecador, que la justicia divina está preparando la balanza implacable. Pero tampoco hay que ser sacerdote. ¿No era eso lo que venía a decir, sin ir más lejos, el pobre loco de Nietzsche, Señor, cuando advertía que la ciencia y el progreso no garantizan una humanidad más realizada?

Te equivocabas, Benigno. Cuando me decías que la religión cristiana cultivaba la tristeza y la tragedia con las imágenes de Cristo crucificado y la Dolorosa paseándose por las calles, te equivocabas. Al menos aquí en España, la Semana Santa nunca ha sido triste. Una mujer que le lanza una flor a la Virgen desde su balcón, llora de emoción, no de tristeza. La saeta espontánea de un gitano traerá dolor, pero un dolor compartido entre todos que ahoga la tristeza. Y, ¿no terminan todos los fieles tras la procesión en el bar del barrio? Las torrijas, los pestiños: ¡si hasta la comida de esos días es sabrosísima! ¿Es que alguien se puede imaginar a España —incluso esta España— sin procesión en Semana Santa?

Tu Marx y tu Bakunin, y todos tus profetas se equivocaron también en esto, Benigno. Ya lo decía mi padre: «si Marx no hubiera negado a Dios, hoy seríamos todos marxistas». El ser humano no es sólo materia. Creas o no creas en Dios, Dios nos ha dado una dimensión espiritual que no podemos ignorar, Benigno. El materialismo dialéctico, del que hablabas tanto, no basta. Años después leí esos libros que tú me citabas (no sé si de oídas, o de las lecturas de las Juventudes Anarquistas, aunque resumidas por alguien en gran parte, pues me parece difícil que a tu edad entonces hubieras leído tanto). Y claro que vuestra justicia social es la de Cristo, como me decías. Pero también Nuestro Señor dijo claramente que no sólo de pan vive el hombre, Benigno. Pero eso nunca te entró en la cabeza. Sonreías (quizá para no reírte abiertamente y herirme) y cambiabas de tema.

¿Por qué será, Señor, que los pueblos más bellos, más ricos de naturaleza, son siempre los que emigran? Porque tú me dirás si hay algo más bello que Andalucía en primavera. Hoy ya no, quizá no tantos tienen que emigrar como antes. Pero en la juventud de mis padres, habría más andaluces en Madrid, Barcelona y Bilbao que en toda Andalucía. Y no me digas cómo debe ser la República Dominicana, con esas palmas y playas que se ven en los anuncios (y que siempre tienen que estropear todo las agencias de viaje colocando una pobre mulata en bikini). Y tiene que venir aquí esa pobra gente a pasar frío y fatigas. Que de Madrid al Cielo —ya lo sabes— cada día menos, Señor. Las cosas por las que tiene que pasar esa pobre gente que llega hoy, vamos, más bien son de infierno. Lo tienen peor que lo que lo tuvieron mis padres. Ellos al menos podían decir que eran españoles con los mismos derechos de todos. Y yo, como hija de ellos, pues, sí, me llamaban andaluza de eme, gitana y lo demás, pero al cabo, terminé siendo madrileña hasta en el habla. Ellos en cambio pueden hablar todo lo castizo que se les dé, pero la piel y las facciones indias o negras les siguen señalando como extranjeros. Y eso de que los españoles no somos racistas, Señor, pasó a la historia. A la historia que nos contaron, no la que fue de verdad. Nos decían que los españoles nos habíamos mezclado, habíamos creado una raza nueva, habíamos mestizado a América Latina. Si hasta se decía —¡lo decían los libros de historia!— que habíamos pacificado a toda América, pues impusimos la paz a pueblos indígenas que luchaban entre sí. Yo misma enseñaba esa patraña en el colegio, y, lo que es peor, ¡me lo creía! ¡Menudo mestizaje, Señor! Como si dormir con una mujer de otra raza te librara de racismo, aun cuando no fuera esa pobre mujer forzada explícitamente (que de alguna manera, lo sería, de todos modos).

También es verdad que a pesar de todo tuvimos buenos hombres. No voy a repetir aquello de que no fuimos tan malos como los otros: ante el mal, no vale mejor ni peor, sino el rechazo y amén. Que los ingleses no tuvieron un padre Las Casas, que nuestros jesuitas defendieron a los indios hasta la muerte en las misiones del Paraguay, que si... En fin, Señor, que en vez de luchar contra este insomnio esta noche rezando, aquí me tienes elucubrando cosas que me complican más el sueño.

Padre nuestro, que estás en el cielo, santificado sea...
Amapolas entre trigo y olivos. Brisa besando suavemente campos y colinas. Palmas coronadas de cantos al crepúsculo, cuajadas de rocío al alba...
... tu nombre...

XXV

(Pobre la Puri, digo la Pili, qué triste parece sentadita ahí solita, que la han dejado solita, las muy cabronas, no han venido, ninguna, ni una ha venido, ni siquiera la Trini, que ya las convenció de seguir viniendo una vez, aquella vez que la Mari se fue cabreada, y Trini llama a la Pili y la dice: «Tía te pasaste, tienes que llamar a Mari y pedirla perdón, que te pasaste», y menos mal, porque ya para ese entonces —que aquí uno se entera de todo— ya para entonces, menos mal, la Mari había llamado a la Loli y a la Yoli, que esas, las dos, son dos pedazos de carne con ojos, que no tienen ni puta de lo que es pensar por cuenta propia, las llamó, la muy... y las citó aquí una tarde que no tocaba tertulia de ellas, las citó y las invitó —la muy...—, ella que no invita ni a la madre que la parió, pues las invitó a lo que quisieran, pero eso sí, sin olvidar de sugerir, con esa vocecita modosita, gilipollitas que ella tiene, las dijo: «¿Qué queréis, guapis? ¿Un cafecito? Una Coca-Colita?», y por poco me meo cuando la Yoli la contesta: «Tía, he tenido bronca con el jefe, necesito algo más relajante», y sin más, me grita: «Lucio, un cubatita de ginebrita, fuerte con la ginebra», a lo que la Loli la duplica: «A mí, Lucio, de roncito, fuerte también, que a mi jefe también se le reventó la hemorroide hoy», y la Mari muequea sin querer, no pudo evitarlo, su cara se torció como churro, traga y gime tan bajito que casi no se la oye: «A mí, por favor, Lucio, un café solo», y ni espera a que las traiga lo que han pedido, se compone la jeta y se inclina hacia la Loli y la Yoli, con sus tetonas aterrizando sobre la mesa como dos globos que se desinflan, así de flojas las debe tener, y ya está cuchicheando tal que parece una celestina camelando a una muchacha, sólo la faltaba blanquear los ojos y babear de boca, que parecía mismamente que se la iba a desbordar la cantimplora, en vez de llamarla y decirla: «Mira, Pili, tenemos esto y lo otro contigo», mariconas todas, la Puri, con todo y ser lo que es, menos puta que cualquiera de ellas, aunque la Trini por lo menos no estaba ese día, pero tampoco hoy, se conoce que la Mari también la comió el coco a ella, pobre la Pili, será bocona y bullanguera, pero buen corazón, no se lo quita nadie, ganas me dan de contárselo, pero yo no me meto en la mierda de nadie, aunque por poco no me aguanto cuando, haciendo como que estoy pasando paño a la mesa de al lado, la oigo encima a la Mari decirlas que hay que ayudar a la Pili, hay que pararla por su propio bien, y mira por dónde, no sé si porque se la subió el cubata o la bajó la mala leche, la Yoli salta con: «Oye, tía, ¿tú qué pasa, que te has metido en el Opus ese?», y la Loli, que también debió estar flotando para ese entonces, sale con, «¿Quién se metió en el *papus* de quién?», y las dos se destornillan de risa, pero la Mari pone cara de oposición, y ya no pude oír más, porque tampoco iba a gastar la mesa de tanto limpiarla, y tuve que volver tras el mostrador, joer, que ahí sólo se oye la voz de Pili, la pobre, solita hoy, ni siquiera la Trini, pero mira, ¡hablando del rey de Roma, por ahí asoma!).

XXVI

¡Qué cosas tiene la vida, Señor! De todas las semanas, las cincuenta y dos semanas que hay en el año, precisamente esa fue la que tuvo que coger de vacaciones el padre Raimundo. Quizá lo que me estabas diciendo es que yo era mayorcita, que no necesitaba consultar a ningún sacerdote. Porque con los años, Señor, eso es lo que he llegado a barruntar: que los protestantes, con todo y ser demasiados individualistas e indisciplinados, tienen algo de razón al considerar que la Iglesia está demasiado estructurada, es demasiado jerárquica. ¿No te dicen algunos teólogos, por ejemplo —seguramente que Kung, Boff, Tamayo— que basta con la confesión general de la misa, sin tener que ir al confesionario? Pues, eso.

Pero, claro, en aquel entonces te confesabas de todo y todo el tiempo. Yo —¡qué joven era! (¡si todavía no había hecho los votos mayores!)—, ¿cómo esperabas, Señor, que yo podía pensar por mi cuenta? Si no nos dejaban pensar, Señor. Ni la Iglesia ni el Régimen. Todo te lo daban triturado. Como la papilla a los niños. La papilla del Papa, pensaba después, con los años, cuando ya soplaban aires nuevos, aun antes de morir Pío XII. Y sabes, Señor, que siempre obedecí, me callé, luché contra las ganas de gritar tantas veces: «¡no!, mi Iglesia se equivoca», como se equivocó con Galileo, porque mi Iglesia es divina, pero también humana, como tú, Señor, cuando en las Bodas de Caná le contestaste a tu Madre que no era asunto tuyo que se acabara el vino. O cuando le contestaste de esa manera tan fuerte, Señor, a aquella mujer cananea, la pobre, Señor, si prácticamente la llamaste perra, Señor, aunque, menos mal, terminaste curando a su hija, y quizá todo fue una prueba de fe, pero ¡qué duro fuiste, Señor! O cuando clamaste en la cruz al Padre que no te abandonara, tú que dijiste y siempre supiste que el Padre nunca nos abandona, qué misterio más oscuro, Señor, leer, por ejemplo, el *Diario de Ana Frank*, y seguir creyendo que tú rondabas ese ático, estabas con ella y con todos tras las alambradas, en las cámaras, compartiendo el tifus, sufriendo las humillaciones, negando eso de que la poesía es ya imposible tras los campos de muerte. Si hasta este Papa nuevo, que sabes que es de la vieja guardia, Señor, hasta él se ha preguntado dónde estabas, Señor. Y la tentación, Señor, de seguir creando creencia sólo porque no nos queda otra cosa, dejarte hundir en el pozo de la desesperación, ahogando el grito al cielo: Padre, ¡danos una prueba! ¡Revélate de una vez! El Señor es misericordioso, el Señor es mi pastor, nada temeré, habitaré en la casa del Señor para siempre.

Padre, tengo un problema de conciencia… Sí, padre, debe ser los que llaman huidos, alzados… Padre, ¿cómo voy a entregar al que fue amigo de infancia, de quien nunca conocí maldad, sino sólo bondad? Podrá estar equivocado, padre, pero, ¿quién soy yo para juzgarle? No, padre, no me rebelo. Sí, padre, comprendo.

Pero no te delaté, Benigno. El secreto de confesión te protegía (aunque a decir verdad, Señor, temores tuve que ese sacerdote tan intransigente avisara a la policía, que no sería el primero ni el único de aquel entonces dispuesto a colaborar hasta el fin con las autoridades, y hasta temí que una llamada anónima de su parte a cualquier comisaría no sería violar dicho secreto, que la imagen de sacerdotes, y hasta obispos, con el brazo en alto junto a falangistas y nacionales aún entonces me causaba confusión y una ira que tardaría años en surgir como tal. La ahogaba en un mar de culpa y confusión).

Permanecí en la duda, a veces convencida que era mi deber denunciarte, Benigno, que pecaría mortalmente de no hacerlo, consolada, no obstante, por el catecismo que yo enseñaba en mis clases de religión y que nos dice que el pecado mortal es tan feo, que se reconoce en seguida y sin duda, y que sin intención, no hay pecado. Aun así, al recibirte en la Sagrada Forma, Señor, temía que cometía un sacrilegio (y años después, hoy, entiendo la angustia de los divorciados que quieren comulgar, los gays, los novios sin medios económicos que no pueden esperar para casarse, los padres que por los mismos motivos no pueden seguir procreando, aunque el aborto, Señor, el aborto, incluso en el caso de violación, eso sí que no lo puedo comprender, que sabes que cuando me enteré de aquella hermana nuestra que fue violada en una de nuestras misiones, que hasta sentí envidia de ella, no pude evitar pensar que había alcanzado el estado para mí más deseado: ser monja y madre, como me han dicho que ocurre con nuestras hermanas africanas, para quienes no hay incompatibilidad entre maternidad y vocación, será otro de tus misterios, Señor, pero te mentiría si te digo lo contrario; perdóname, sabes que jamás lo diría en voz alta, que sé que ser hijo de una monja debe ser un problema mayor para todos, no menos para él, ¿quién lo criaría?, ¿dónde terminaría?, aunque la verdad, Señor, ¿cuántos hijos de sacerdote no ha habido?, sin ir más lejos, el propio César Vallejo, aunque no hijo, sí tuvo dos sacerdotes por abuelos, que cuando lo estudiamos en la facultad, yo me ruborizaba y bajaba la cabeza con la excusa de tomar notas cuando el profesor —aquel socarrón anticlerical— se regodeaba contando la biografía de él, socarrón que era, pero no me volvió a preguntar nada, como en el caso de Antonio Machado, porque sabía, el muy zorro cazurro, (¡ay!, perdóname, Señor, que él debió creer que hacía el bien), sabía que también de Vallejo se podía extraer un mensaje sumamente religioso, pese al odio que le atribuyó a Dios, él que no obstante conocía tan bien las caídas de los cristos del alma, que hasta estaba deseando que el profesor me volviera a preguntar, a intentar ponerme en ridículo otra vez, pero el muy socarrón seguía regando su mirada sobre todos, sin atreverse a detenerla en mí, al menos cuando le reté levantando la vista de la libreta en el momento en que estaba convencida por su tono cortante que se dirigía directamente a la novicia jovencita que él había bautizado «Sor Juana segunda»).

¿Por dónde iba, Señor?, que la loca de la casa se ha vuelto a apoderar de mí. Yo iba de duda en duda (como tantos hoy, que fue lo que me despistó). Comulgaba confusa, temiendo incluso que iba a tu encuentro por simple temor a que las hermanas no me vieran comulgar. Por fin, decidí tomar la decisión de la no decisión: llamé a mis padres y les dije que no podría ir el domingo a almorzar y pasar la tarde con ellos, como todos los domingos.

Te abandoné, Benigno. De haber habido algún pecado, sería ese.

XXVII

—Puri, ¿eres tú?

—No, soy la casta Susana.

Mira, tía, ya te dije que yo no hago tortilla. ¿Cómo quieres que te lo diga? Que no...

—Puri, que soy yo, Pili.

—¿Pili? Joer, tía, es que creía que era una guarra que me viene proponiendo cachapa desde que encontró mi tarjeta en el bolsillo de un traje de su marido.

—No, soy yo. Sabes lo que te digo, Puri? ¿Oyes? ¿Me oyes? ¿Estás ahí, tía? ¿Que suena el telefonillo? Joer, Puri, son las cuatro de la mañana, no me digas... Sí, ya sé, tu dormir siempre velar. Vale, ¿cuánto va a durar? ¿Depende de qué? Vale, vale, no me cuentes el menú. ¿Qué? Y, ¿qué pasa si no contestas? Ah, claro, se cree que estás con otro y se va. Vale, vale. ¿Y si te llamo en una hora? Vale: si no contestas en hora y media, vale.

...

—Hola otra vez. Pues como te iba a contar, ya sabes que de un tiempo acá nos reunimos unas cuantas en *El Lucerito*... ¿Qué no te lo había contado? Pues te lo estoy contando ahora: la Trini, la Loli, la Yoli y la Mari... ¡Yo qué sé por qué también la Mari! Tampoco es cuestión de mandarla a la cocina a pelar patatas con la Pancra. Se habrá apuntado ella sola. Yo al menos no la di ningún invite. ¡Cuidao que no la he mandado a tomar morcilla más de una vez! No con esas palabras, pero ya sabes que a buen entendedor... Y ahí sigue.

Pues, tía, ayer hablé con la Trini y resulta que me han puesto a parir. No, no la Trini. Mayormente la Mari. Aunque Trini la dio la razón a veces. Porque ya sabes cómo me tralla la Mari, y en una ocasión se fue toda cabreada, y Trini me pidió que la llamara y la pidiera perdón, pero se me pasó, tía, qué quieres que te diga. Y como ella siguió viniendo al palique, pues ¿qué iba a pensar, sino que se había arreglado todo entre nosotras? Pero la muy cabrona se lo tenía guardado. Y, ¿sabes con lo que me sale la Trini? Con que la Mari tenía razón por como yo la trato a veces. ¿Qué te parece? Y ayer, cuando voy a *Lucio*, sólo se aparece la Trini y me lo cuenta todo. Que si soy una amargá, que si me he vuelta agriá, que si ellas no tienen la culpa de que Manolo me haya tirado. ¿Qué te parece? ¡Ah, y no te lo pierdas!: que si yo hasta me había metido en la vida privada de ellas, en sus intimidades. Y todo porque una vez las pregunté si sus chorbos no las proponían jugar al trencito marcha atrás. No, no te rías, tía, que es muy fuerte. Que lo estoy pasando mal, Puri, y lo menos que una puede esperar es que las amigas te echen un cable, joer. Y que si tampoco tenían la culpa que yo me hubiera metido a muni. Que lo deje si me machaca tanto. Y lo que más me flageló fue cuando me dice la Trini que yo me creía la única que lo había pasado putas de niña. Y, sí, qué quieres que te diga, que digan lo que digan, ninguna estuvo tan sola como yo. Mala o buena, todas tuvisteis familia, hermanos, hermanas, primos, padres, ¡coño, joer! Yo sé lo que es la soledad como ninguna, me crié prácticamente sola, no por culpa de mi madre, que la pobre tenía que currar día y noche para que saliéramos adelante. Y yo sola, en casa, de casa al colegio, del colegio a casa. Sola. Bueno, amigas tenía, como todas, especialmente tú, Puri. Pero mi madre estaba siempre al loro: «¿Dónde has estado, chiquilla?, no has hecho la cena, ¡joer! Te vienes a casa rapidito después del cole, ¿estamos, niña? A hacer los deberes, coño, que no vas a terminar fregando pisos como yo, que ni sé leer y no me quedan más ovarios que limpiar la mierda de los demás. Y que no me entere que andas por ahí con algún tipejo macarra. Tú a lo tuyo, que son los deberes, estudiar y hacer lo que las monjas mandan, que la Sor Clemencia dice que tienes posibles si te aplicas. Igual te metes a monja, como dicen de la Puri, y resolvemos la papeleta. Que en este país no hay nada mejor que topar con la Iglesia, niña». Eso me decía, día y noche, noche y día.

No te vayas a creer que me estoy flagelando para que me cojas pena, tía. Que eso también dijeron las cabronas esas. No te vayas a pensar que me las estoy dando de víctima. No te equivoques, tronca, no te confundas. Que ya sé que no eres como las otras. Pero que lo pasé putas y canutas de niña, pues ¿qué quieres que te diga? ¡Sí! Y para colmo, me meto en un oficio que me remueve toda la mierda que tuve que oler de niña. Y cuando trato de ayudar a los demás, resulta que soy una gilipollas, una puñetera Sor Patrulla que no sabe distinguir entre el culo y el codo. La mayoría de la gente que recogemos está acojonada. Te dan más pena que un día sin pan. Y si las penas con pan son menos, pues yo las hablo, comento cualquier cosa. ¿A ti te gustaría que te metieran en un coche patrulla y te llevaran calle tras calle sin dirigirte una palabra? O peor, hablando los patrulleros como si tú no existieras. Sin saber a veces siquiera qué has hecho, ni qué te van a hacer. Como si fueras un bulto, una cosa, ahí tirada como un fardo. Pues yo me pongo en su lugar, y si eso es ser monja beata, ¡que vivan las hermanitas de la caridad!

Quizá lo que pasa es que últimamente estoy más agria. En eso llevan razón. No sé si fue lo de Manolo. Tal vez lo de ser guindilla no me va, me amarga, no tengo el aguante de otros. Aunque a veces me pongo a hablar con compañeras y compañeros, y sienten lo mismo. Y más de uno también piensa como yo que esto no nos va. Y no porque, como dicen algunos, una se siente impotente viendo tanta mierda y sin poder barrerla. Eso también, porque es humano tener los huevos revueltos siempre porque algún leguleyo echa abajo en un segundo lo que te tomó tanto trabajo. Vigilar durante días a un camello a la puerta de un colegio, pillarlo por fin con las manos en la masa, y verlo unas horas después sonriéndote y diciéndote adiós en la calle. Te jode la impotencia, sí, pero más te jode pensar que terminarás resignándote a la mierda.

Por eso entiendo mejor ahora a Ramírez. Será un carca nostálgico de la Dictadura y mano dura, pero, a decir verdad, Ramírez no se ha resignado. No se le conoce ningún trapicheo. Otros con menos años se han vuelto cínicos. Es más, Ramírez, una vez que le conoces, no resulta tan borde, fíjate lo que te digo. Te digo más, te digo que... ¿Qué? ¿Otra vez el telefonillo? Joer, si sólo han pasado unos minutos. ¿Que puede ser algún ministro, que hoy hubo sesión de largo y tendido? Vale, vale, tía, nos llamamos, vale, adiós, gracias, me siento mejor con sólo hablar contigo, Puri, joer, gracias, tronca, ¡qué amiga eres!, gracias.

XXVIII

Sabes, Señor, que lo tuve claro desde siempre. Puede que a ratos me inclinara más hacia un lado que hacia el otro. Pero que nunca dudé de ninguna de las dos opciones, también lo sabes: quería ser monja, y quería a Benigno. ¿Por qué ha de haber conflicto entre amores? Incluso, jamás se me ocurrió pensar que si elegía matrimonio con Benigno, te traicionaba a ti. Y viceversa, Señor, ya lo sabes.

Por lo mismo, siempre supe que me tendría que arrepentir de una de las opciones. Tú, Señor, luchaste y triunfaste contra dos: Benigno, y el hijo que quería tener desde siempre. Más que dos, Señor, pues sabes que nunca puse límite alguno a los hijos con que soñé. ¿No te acuerdas que, a falta de aquellas muñecas de trapo o de paja (que con todo y ser baratísimas, sólo llegué a tener dos) yo dibujaba a mis hijos y mis hijas, y hasta les ponía nombres? Margarita, Laura, Miguel, Jaime, María Eugenia, Diego. Le pedía a mi madre que me enseñara a coser ropas para ellos; a tejer para ellos. Todavía me pregunto, Señor, si querías que fuera tu sierva, ¿por qué me inculcaste tan adentro ese instinto de madre? ¡Qué cosas tienes, Señor! Das al que no necesita: ¿cuántas hoy quedan embarazadas sin querer, y se pasan la vida quejándose de los hijos? Que las he oído yo al pasar por el parque, Señor, que sabes que no me invento nada. A veces me siento a leer y las oigo hablando. Quejándose más bien de la suerte que les ha tocado con sus hijos. Y eso, cuando se ven madres en el parque, que hoy por hoy, lo que se ven son chicas sudamericanas, o rumanas o polacas, o de donde sea, porque las madres españolas están demasiado ocupadas para cuidar a los hijos que les diste. ¡Qué cosas!

También por eso envidio a los protestantes. Como a esa pastora protestante (la que vino un día a la residencia diciendo que todos creemos en el mismo Dios, y que por qué no trabajamos juntos e impulsamos el movimiento ecuménico. Compartimos con su iglesia nuestro comedor para los pobres, nuestras campañas de ropa usada, y hasta ha venido a misa de vez en cuando). Ella es madre de cuatro. Y para colmo, ¡ha adoptado a dos! Dicen que si nos casáramos los sacerdotes y las monjas no podríamos dedicarnos plenamente a ti. Pero quizá sí entenderíamos mejor al prójimo, que es quererte más a ti, Señor. Y los imames, o imanes (que no sé cómo se llaman de verdad, que de ambas maneras los llama la prensa), creo que hasta pueden tener más de una esposa. ¿Por qué ellos sí, y nosotros no, Señor? No lo de tener más de una, pero sí lo de tener marido, esposa, hijos, y seguir siendo tus siervos, Señor. Tu madre, ¿no fue esposa también? ¿Y acaso tú no tuviste hermanos, y quizá también hermanas, según conjeturan algunos teólogos bíblicos? En todo caso, tus discípulos sí que estaban casados, algunos al menos. ¿Dejaron por eso de quererte menos? Y al principio, cuando tu Iglesia era joven, el celibato no existía, o era sólo una opción. ¿Y no dicen ahora algunas teólogas que hubo también un apostolado femenino, quizá la propia María de Magdala entre ellas?

De nuevo desvarío, lo sé, Señor. Pero, ¡tantas veces que he pensado qué hubiera sido de mi vida con Benigno! Porque yo le quería, Señor, tú lo sabes. No era una infatuación de adolescentes, como me quería convencer mi madre, y tal vez como yo misma llegué a convencerme. Sin necesidad de ello, que sabes hasta la saciedad que tu llamada siempre vino primero. Quizá de haber nacido hombre, no hubiera sido así. Por alguna razón que sólo tú sabes, tú nos pides más a las mujeres, Señor. Sólo hay que ver los que vienen a misa. Siempre somos más las mujeres. Dicen que las mujeres somos más dependientes, necesitamos más tenerte a ti. Pero, ¿no dicen también que las mujeres somos más fuertes, al fin y al cabo? Eso del sexo débil es otro mito que se han inventado ellos. En eso tienen razón las feministas cuando dicen que quisieran ver a los hombres dar a luz (ellas dicen parir, porque son así de brutas, ¡como si fuéramos animales!). Y si me apuras, Señor, hasta los comunistas tuvieron su Santa Teresa, que aunque no precisamente santa, a La Pasionaria no le pueden quitar lo de mujer de armas tomar.

En fin, Señor, Mambrú se fue a la guerra, y Benigno también. Y tampoco puedo evitar pensar qué hubiera sido de nosotros si en este dichoso país hubiéramos aprendido antes a solucionar nuestras diferencias sin la dialéctica de las bofetadas, Señor.

Estábamos solos. Mi padre en una reunión de los anarquistas, mi madre en la iglesia rezando (todavía no sé si para que los militares arreglaran la República, como decían entonces, o para evitar la Guerra, quizá ambas cosas. O, en el mejor de los casos, para que se hiciera tu voluntad). Era la primera vez que estábamos solos. Benigno ya se había alistado a las milicias. Saldría en la madrugada a un lugar desconocido, supuestamente para que le dieran algún entrenamiento militar. Nunca habíamos estado solos. El sólo encontrarnos solos en casa hubiera sido un gran disgusto, incluso para mi padre, que en aquellos tiempos, ya se sabe. Por primera vez, nos besábamos como si fuera la cosa más natural, en vez de los piquitos que nos dábamos a escondidas y deprisa al despedirnos si nadie estaba a la vista. Nos abrazábamos como si lo hubiésemos hecho desde siempre. Yo temblaba toda. Arrepentirme, sabía que me arrepentiría, pasara lo que pasara. Si no pasaba de ahí, de besos y de abrazos, y si pasaba, sabía que algún arrepentimiento me aguardaba.

Era ya de noche cuando mi madre volvió y nos encontró esperándola a ella y mi padre en la calle para despedirse Benigno de ellos.

XXIX

—Puri, al colgar contigo la otra noche, ¿sabes qué? Que se me prendió la bombilla, tía. Que caí en la cuenta de por qué me tritura tanto lo de ser mal hablada. Sí, ¿no te lo conté? Esa es otra: la Mari las metió en la cabeza que yo tengo lengua de trapo. Como que ellas —la Mari no, que esa se cree de la Real Academia— pero como que las otras no sueltan sus coños y sus carajos cuando las viene en gana. Porque la verdad, en España somos muy mal hablados. Pasa que no te das cuenta hasta que comparas con otros países, o viene alguien y te lo apunta, tía. Como me pasó a mí, que en este oficio aprendes hasta chino. Una noche, que nos fuimos de putas, como chistea siempre Ramírez queriendo decir que hicimos una redada de meretrices en la Casa de Campo, sólo pudimos pillar a una, despistada, ecuatoriana o peruana, que con ellas el acento se parece. Y yo, que como te dije, creo que hay que tratar a todo el mundo con humanidad, que eso no se me ha olvidado de todo lo que nos decían las monjas, pues yo, venga a hablar con la pobre mujer. Pues estábamos hablando de todo y de nada, que había un atasco esa noche que ni con la burbuja relampagueando avanzábamos un paso. Y fue que a la sudamericana se la soltó una palabrota —«joer», sólo eso— y en seguida pidió perdón. Yo la dije que esa palabra se nos salía a todos sin querer, era casi como decir agua o cualquier cosa sin mayor importancia. Y el Ramírez, meneando la cabeza, mirando de reojo, como que no se lo podía creer, como que era una vergüenza al Cuerpo que yo fuera humana con una detenida, joer. Entonces, tímida, cautelosa, inclinándose hacia delante y bajando la voz —para que no la oyera Ramírez, claro— me dice que a ella siempre la extrañó desde que llegó a España cómo hasta las mujeres y los críos dicen palabrotas que en su país sólo se oyen en ciertos sitios: «No se ofenda usted, que mi abuelo era gallego, de Pontevedra era, y él también lo decía, perdone que se lo diga, pero hasta en el transporte público, hasta las ancianas, que el otro día oí a una decirle al conductor que se fuera a hacer puñetas, usted perdone, que en mi país por menos se monta una bronca, pero aquí, menos mal, no pasa nada, que cuando primero llegué y me llevaron a un bar a buscar clientes, dos hombres empezaron a insultarse, llamándose, usted perdone, maricón y peor, porque el otro le contestó: "El maricón chupapollas —perdone usted, se lo cuento como lo oí— eres tú", y no pasó nada, y todo porque los dos querían irse conmigo, así que echaron una moneda al aire, y cuando volví me estaba esperando el segundo con una copa para mí y otra para el otro, usted perdone, pero después de lo que se habían dicho una al otro yo temblaba como chupe de camarones al fuego, pero una compañera me dijo: "No te asustes, *chola*, que aquí hablan así no más"».

 Debe ser así. Yo he vivido sólo en Madrid y la primera vez que me di cuenta que tenía que cuidar la lengua fue cuando fui a las monjas. Porque lo que es mi madre, te da los buenos días con el joer o el coño colgao. Y un día se me salió un joer en el patio del cole, y tuve que pasar la tarde entera escribiendo hora tras hora, «No debo decir palabras irrespetuosas o indecentes». Y que yo sepa, así ha sido con todas nosotras, que esto no se lo puedo achacar a la falta de padre o hermano. Al contrario, las que tienen varones en casa, peor hablarán. ¿De dónde las viene ahora a esas que yo soy más mal hablada que otras? Porque exceptuando la Mari, que siempre se las está dando de finolis, las demás no hablan precisamente como si fueran de la *jet* de Marbella. Aunque vete a saber cómo chismean en Marbella. Ya lo dijo la puta sudamericana: aquí somos muy mal hablados. Que vengan ahora a decir que yo tengo más boca de alcantarilla que ninguna, pues me machaca mogollón, ¿qué quieres que te diga, Puri? Pero sabes por qué me tralla tanto, que es lo que te empecé a decir cuando te dije que me habías prendido la bombilla: porque recordé que el primer pollo que tuve con Manolo fue ese mismo, cuando un día me viaja con que a veces me paso con las palabras: «Que no pega contigo, Pili, ese lenguaje, que...».

—Pili, tía, ¿qué quieres que te diga? ¡Ni que tú fueras la Santa María de la Cabeza y el Manolo el San Isidro, tía! ¿A quién no se le suelta un coño o un carajo de cuando en vez, ¡joer?!

—Ya, Puri, pero es que Manolo viene de una familia...

—Perdona que te lo diga así de claro, pero... ¿te lo digo total?

—Sí, tía, ya sabes que entre nosotras nunca ha habido lengua mordida...

—Pues, te digo que tu Manolo, una de dos: o va para cura, o no tiene cura, a ver si me entiendes. Que no sería el primero, majeta, en convencerse que el problema no es él, sino que no encuentra la mujer soñada. ¿Me calas, tronca? Y, claro, como esa mujer no existe, el tío se... Espera, espera, Pili, que está sonando el telefonillo.

—¡Joer, Puri, no cuelgues, no cuelgues!

—No, si sólo voy a contestar...

—Antes dime, Puri, ¿te vendrías conmigo al País Vasco? ¡Tengo que hablar con Manolo de una puta vez!, y no quiero ir sola, tía, no me apetece...

—Dime cuando, Pili, y dame cuerda para poder cancelar citas, que no hay nada peor que dejar a un cliente con calentura. Y el que está tocando debe tener mucha, que el telefonillo está a punto de saltar de la pared. Llámame con lo que haya. Cuenta conmigo, adiós.

XL

(Menos mal: ahí vienen las titis. Porque ha sido un día de esos que te quieres morir, con el televisor roto y la Pancra traca que te traca que te traca. Hablando boberías, que, vamos, debió meterse a la política. La va la bronca a la Pancra. Debe ser que a mí también, porque la sigo la matraca. «No digas boberías», la espeto cuando ya no puedo más esta mañana tras dos horas sin parar de palique y poniéndome a parir a los míos. «¿Boberías? —me salta—. ¿Boberías yo? El único bobo aquí, además de ti, para que te enteres, es el ZP que tanto te gusta. ¡Zapatero a tus zapatos! Que sois tal para cual: ya lo dijo el Rajoy, el tío es bobo, y tú tanto como él que lo sigues». «Mira, Pancra —no puedo aguantarme—, si el Zapatero es bobo, el Rajoy es retrasado. Porque ¡cuidado que no le ha metido goles! Primero le gana las elecciones, después lo saca de Iraq y le mete el Estatut, y de paso, casa a los gays. Vamos, ¡que el día menos pensado va a poner al Rajoy a bailar la sardana con el Aznar!». «¡Que te den butifarra —me suelta la muy grosera—, si tanto te van los catalanuchos!». Y como no había nadie en el bar, que así fue toda la mañana, me largó a un paseo largo. Pero con la Pancra, es como con la gente marinera, no hay quien pueda: nada más volver, vuelve a la batalla: que si Gallardón, que si gallardín, y para colmo, me mete a la Esperancita Aguirre en la misma ensalada. Que no te has enterado,

Pancra, que la Esperancita le avinagra la vida y el aceite al alcaldito, ¡ni te has enterado! Que el día menos pensado, ¡el Albertito salta la valla! Y ahora, cierra el pico que viene clientela, y no estamos como para espantar a nadie.

Menos mal: ahí vienen las titis. Joer, si es sólo la Pili. Viene sola. Seguirán cabreadas las demás con ella).

—Márchame una caña, Lucio, por favor. ¿No ha estado aquí la Trini? Debe ser que alguno de los gemelos anda mal, porque quedamos aquí y yo llego tarde. Tenía que haber estado aquí hace media hora. La voy a llamar. ¡Jodido móvil! Si no lo tienes encendido, tarda mogollón... Ya, ya suena.

¿Trini? ¿Qué pasó, tía, no quedamos aquí en *Lucio*? Vale, vale. ¿Ya está mejor? Es un virus que anda por ahí. Mañana estará bien, ya verás.

Pues, deja que te cuente. ¡Pásmate, Trini, tía! Te lo cuento y todavía no me lo creo. Que a la Puri de vez en vez la sale lo andaluza que la viene por su padre, no es ningún misterio. Porque eso de que se tira a todos los tíos del *Hola*, se lo cuenta a otra. Máxime que cuando se es municipal, te conviertes en experto en mentirosos. ¡Como que el Marqués de Marbella se va a ir de putas en Madrid, teniendo las que tiene en la *jet* con sólo chasquear sus deditos!

Que tiene su pisito de lujo, con su jacuzzi y sus sábanas de seda, pasa. Que se gasta una pasta en una semana que otras no ganan en meses, pasa. Pero que la chichi de Madrid y del mundo entero está encoñada con ella, ¡por ahí no paso, tronca!

Perdona, tía, que hice enmienda de limpiar el labio desde que me contaste aquello de que soy mal hablada, aunque sigo sin creérmelo. Pero por si aca. Perdona, pero es que es muy fuerte lo que te tengo que contar. Sólo lo sabe Ramírez. Que, ¿por qué se lo conté? Bueno, quizá no debí hacerlo, pero es que no me pude aguantar. Además, cuando trabajas con un tío día y noche, pues terminas por... por hablar de todo bajo el cielo y la tierra. Para pasar el tiempo. Matar el aburrimiento de esos días que te pasas horas enteras dando vueltas en la patrulla. Los domingos, por ejemplo, especialmente los domingos por la mañana, cuando todos la están durmiendo o recuperándose de la... Iba a decir una palabrota, pero tú me entiendes.

Total, para hacerte el cuento corto: que anoche recibimos una llamada y salimos deprisa y corriendo adivina a dónde... No, al piso de Puri, no. Eso sería el pan nuestro, pero la Puri, que yo sepa, y aunque nunca se sabe, no es de las que tiene que llamarnos. Que tenga una clientela selecta que no trae problemas, y que de todos modos, tiene un portero karateka que le resolvería cualquier problema, no lo dudo. No es eso, tía. ¡Pásmate! ¿Estás sentada? ¡Aquí va!:

Anoche nos llaman, salimos pisando a toda prisa y pastilla a la dirección que nos dan, la burbuja y la sirena relampagueando y chillando a morir, y cuando llegamos vemos que ya están ahí dos coches patrulla más. Y, ¿sabes dónde era? ¡Un puticlub, majeta, un puticlub de mala muerte! Y nada más entrar para empezar la reyerta, ¡la Puri! La Puri, con toda esa chulería que trajo al mundo, gritando como una loca, que ni cuando me vio, se mostró sorprendida, sino que, mirándome a la cara, como si no fuera yo sino una poli más, siguió gritando, lanzándose hacia delante, que si los dos guardias que la sujetaban la sueltan, acaba allí con todo quisque la Puri.

¡Como te lo cuento y lo estamos oyendo, tronca!

XLI

(Hoy llegó la Trini la última, ella que convenció a todas a que volvieran a los paliques, llegó la postrera y entrando por la puerta, corriendo el cortinaje de un violento manotazo, grita a todo pulmón: «¡Hoy me toca a mí! ¿Entendido?». ¡Como para no entenderla!, que todas las titis, acojonadas, hasta la propia Pili, la dicen que sí con la cabeza, porque no se atreven a decir ni mú, y grita más: «Las cañas corren por mi cuenta, Lucio, ¡y cuidao con la espuma, joer!, que últimamente te están saliendo como meao de toro», y no la contesto nada, no por acojonarme yo, que si hace falta la largo un azote, como que la vi con el chupete, no te jode, sino porque tengo que admitir que lleva razón, que a veces abro el grifo a toda prisa con tal de no perderme palabra, que esto para mí es como la telenovela para la Pancra, la cual, por cierto, salió disparada de la cocina y de su sesteo, tal era la bulla que traía la Trini, y me susurra: «¿Qué cojones pasa ahora, Lucio?», y sólo la respondo: «Ayúdame con las cañas, mujer», y ya la Pili se ha envalentonado lo bastante como para preguntarla suave: «Tía, ¿qué te ha pasao, bonita?», y las demás la siguen en coro: «Tía, tranqui, Trini, que no será para tanto, tía. Cuenta, cariño, ¿qué ha sido? Joer, Trini, ¿otra bronquita con el Javi, tía?», a lo que grita todavía con más fuerza la Trini: «¡A ese cabrón no lo mente nadie!», «Pero, tía, si hasta la más santa tiene sus problemitas de matrimonio, ¿verdad que sí, Mari?», pero la Mari se queda con la boca abierta sin palabra que la salga, porque la Trini tira un bufido, la arranca la caña de la mano a la Pancra, se la traga de un tirón y grita: «Otra», tal que la Pancra sale disparada otra vez, y la Trini entonces truena: «A la Puri la voy a arrancar los pelos uno a uno. ¡Y no los de la cabeza!».

Avino un silencio que hasta la tele en ese momento se calló. La Pili la saca una silla para que se siente la Trini y la pone enfrente la nueva caña que la Pancra la trae deprisa y corriendo. Y empieza, no sé si más tranquila, pero quizá más sosegada, su voz ahora quebrándose cada otra palabra:

«La Puri se está follando al Javi». Y no pudo más. Arrancó a llorar y la Pili se la tuvo que llevar, temblando la pobre Trini como la última hoja de noviembre).

XLII

Ahora me toca a mí. A mí, sí, a Puri la puta. ¿Pasa algo?

Ya sé que andan por ahí poniéndome a parir quíntuples, la Trini, la Mari, y hasta la Yoli y la Loli se meten en la mierda de vez en cuando. Pero lo que más me duele, es que la Pili también está mierdándome. Pasa que no tienen las trompas para cantarme a la cara la copla. Pero yo, con todo y habérmelas ligado, sí que las tengo. Y cuando yo canto, se me ven las amígdalas colgando como las gracias del Babieca. ¿Te enteras?

Que sí, que de un tiempo acá me paso por el puticlub ese. ¿Qué pasa?

De monjita a putita, eso dicen de mí, ¿verdad? Pues sabes lo que te digo: ¡antes puta y muerta que policía y municipal! Y te digo más, y te digo lo que le digo a los clientes que vienen a probar su hombría y a mitad de camino se me amariconan: si vas a meter, acaba de meter y ¡mete hasta el mango, joer! Si te vas a meter a poli, métete, ¡joer!, a guardia civil. ¿O no te enteras?

Ese ha sido siempre tu problema, Pili. Se lo dije así mismo un día, ese día volviendo de Bilbao se lo dije: «que te quedas a medias, macha, que te falta fanfarria, que te fallan los falopios, ¿te enteras?», la dije. Es que manda huevos: cancelo citas, pierdo polvos, la llevo en mi Mercedes descapotable, la invito a comer al restaurante más *jai* y más guay, que me lo recomendó un cliente vasco de la *pofpof* bilbaína. Y, ¿sabes por dónde me sale la tía cuando la pregunto que dónde había quedado con el Manolito de los cojones? ¡Que no había quedado! ¡Que ni lo había llamado! ¿Te lo puedes creer? ¡Que no se había atrevido! La Trini le había sacado al Javi, como quien no quiere la cosa, el cuartel donde estaba el Manolo: «¿Qué es del Manolo, Javi cariño? ¿Hace tiempo que no sabemos ná de ná de él?», y así, hasta que fue tirando del hilo y llegó al ovillo: «¿En Bilbao? Joer, ¡qué fuerte! ¿Y en un cuartel, cariño? ¿En el propio Bilbao?, con los petardos que están reventando por allá». Lo que no le pudo sacar —porque eso no lo sabe ni el ZP— es qué turno le toca, máxime que están siempre rotando, claro. Así que cuando me lo dijo, llegando a Bilbao, casi me cago a ciento cincuenta por hora. «Tía Pili, ¿que tú no has quedado con el Manolo? ¿Que ni sabes qué turno le toca hoy?». Y, ¿sabes con lo que me sale entonces? «No importa, Puri, he cambiado de planes, tía, comemos y nos regresamos a Madrid, yo invito, Puri». «Mira, chata —la dije— si quiero comer vasco, no tengo que tirarme cuatrocientos kilómetros. Que Madrid sigue siendo la capital de España todavía, niña, ¿te enteras? Que los vascos cuando quieren comer vasco de verdad, van a por pilpil a Madrid. Y en lo del invite, el convite corre por mi cuenta, ¡entérate también!».

Pero no queda ahí la cosa. Cabreada y todo como estaba, freno tranqui, paro en el arcén y la propongo una movida mejor, asumiendo que el Manolito de las mandangas saldría del turno de día. Que era lo que yo había asumido siempre cuando me dijo de venirnos tempranito por la mañana, almorzar y entonces ir a encontrarle. «Déjamelo a mí —la dije—. Tú me lo señalas (aunque de oírla hablar, no haría falta: sería más guapo que el Tony y el Tirone, el Banderas y el Power juntos), me lo señalas, y te quedas en el coche, ¿entendido? Yo le sigo y a la vuelta de la esquina, le llamo, y le digo que tú estás en Bilbao, a ver por dónde sale el gachó. ¿Que me dice que ya no tiene nada contigo? Pues, ¿qué quieres que te diga, Pili? Que no te queda otra que aguantarte. Pero por lo menos no te llevas la bofetá en la cara, tía, que es lo que más duele».

¡Ni por esas!: «Que no, Puri, que igual sale acompañado. ¿Y si ya tiene novia y lo está esperando a la puerta?». «Pues, hija mía

—la contesto— entonces por lo menos te vuelves a los madriles jodida, pero tranquila, ¿qué quieres que te diga?». Pero no había manera. La tía empezó a chorrear lágrimas y mocos, que aquello parecía un tsunami. Que si llego a propinarla el soplamocos que tenía ganas de darla, vamos, ¡es que nos ahogamos las dos!, con todo y tener la capota abajo. Metí la primera y a la primera salida, tocando ya Bilbao, meto el morro hacia la dirección contraria y hacia Madrid. Ni cuando paramos para el café la dije palabra. Y ella: «lo siento, Puri, de veras que lo siento, tía, créeme que me tralla todo, actuando así como cuando éramos pavas y no sabíamos qué hacer cuando nos gustaba un chico, ¿te crees que me lubrica haberte hecho venir para nada, Puri?, joer, tía, ¿cómo quieres que te lo diga?, Puri, joer». Pero yo, ni mú. Ni mú, hasta que llegamos horas después al Puerto de Somosierra, que ya para ese entonces se me había pasado mayormente el cabreo. Pero además el llanto de Pili me tenía lo que se dice desagarrao el corazón. Y me meto en el arcén, y la abrazo largo y fuerte, y la Pili temblando mismamente como un pajarito, y pronto las dos estamos llorando como cuando niñas llorábamos por cualquier tontería y nos consolábamos una a otra.

Lo que vino fue peor aún. ¿Te lo puedes creer? Porque la Pili pasó de telenovela a tragedia. ¿Cuánto hay de Somosierra a Madrid a ciento cincuenta? Pues todo ese tiempo estuvo dale que te pego con que si lo de ella a la hora de los postres no era meterse a monja. «Oye, Pili —la dije— o yo no te he oído, o tú estás turulata, tronca. ¡Que yo he visto ese misma película y me sé el final, monina!». Y ella: «¿te acuerdas que la hermana Clemencia nos decía que Dios nos habla con renglones torcidos? Como el título de esa novela de un tal Lucas que se puso de moda. Pues a mí se me ha dado por pensar que me va tan mal con los hombres porque es la manera que Dios tiene de decirme que me quiere monja».

«¿Es que te lo puedes creer? No te pongas dramática, Pili, no te pongas trágica —la pido— que a todas nos da por ahí tarde o temprano. Normal cuando vas a colegio de monjas. Máxime cuando te topas con una santa como la hermana Clemencia. Pero de ahí al voto de castidad, pobreza y todo lo demás, ¡tía! Tú, ¿qué te crees? ¿Te crees que se entra en un convento como el Zaplana en Terra Mítica, tía?».

Siempre fue igual la Pili: mucho palique y mucha petenera, y después, ¿qué? Ella, que iba a ser otra Sarita Montiel; ella, que la estaban esperando en Hollywood; ella, que se iba a merendar al mundo entero. Y ahora, ¡que va para monja! Menuda monjita, poniéndome a parir con las demás, yo que he sido... No me tires, no me tires de la lengua. Que si hablo... Que si yo... ¡Que no quiero hablar!, ¡joer! Que sería faltar a la caridad, ¿no te enteras? Puta y todo, pero no me olvidado de mis principios cristianos. Sí, como lo oyes. Ríete si quieres. Que santas ha habido putas, ya lo sabes. Y lo que me enseñó la hermana Clemencia y las demás hermanitas cuando yo era niña, eso no lo he olvidado. Sí, ríete. Pero acuérdate del primer y segundo mandamiento que resumen todos los demás. Ahí Jesús no habló de sexo. Habló de amar. De amor. Y si alguien sabe de amor, somos las putas, ¿te enteras? Será porque nos falta tanto. Pero puede que nos sobre también. Puede que en esos momentos en que un tío como una catedral arranca a llorar como un niño, puede que a eso llamen pena, o caridad, pero también es amor. Ya lo dijo San Pablo. Y eso que no es santo de mi devoción, machista que era, con aquello de: «mujeres obedeced a vuestros maridos». Pero cuando habla de amor y de caridad, como en esa epístola que siempre leen en las bodas, ¡ahí se volvió a caer del caballo! Hoy le cambian el nombre a todo. Ahora les ha dado por llamarnos meretrices. ¡Putas, coño!, y a mucha honra.

Pues como iba diciendo, o mejor, no diciendo, porque como dice Kung... Kung, ¡coño! Hans Kung, carajo, Kung, ¿quién va a ser?, el que dice verdades como puños, y por eso el Vaticano lo mandó a hacer puñetas, porque el Kung, como el Boff y como son todos los que están en donde hay que estar, —¡entérate!— Cristo es amor, y lo demás es mierda. Y lo dice también San Juan, en una epístola también, que aquella costumbre de leer a los santos y todo lo demás que me inculcó la hermana Clemencia no la he olvidado, ¿te enteras? Ya sé que la muy gilipollas (y que Dios me perdone si falto a la caridad en este momento, pero es que se me calientan los cascos, joer), que la muy tonta de la Pili no me cree cuando la digo que entre cliente y cliente, me la paso leyendo. La vi la cara de tú-a-mí-no-me-la-metes-maja, y lo dejé ahí. Porque pensaba decirle más. Pensé para mí: ¿escandalizada estás, Pili mi *arma*? Pues te vas a cagar espalda arriba cuando diga lo que te voy a decir: que a veces, también entre cliente y cliente, me rezo mi rosarito, ¡entérate! Pero no se lo dije, que ya la vi por la jeta que me creía bulera.

A ver: en todas las pinturas del mundo entero, a ver, ¿quién está al pie de la cruz con la Virgen y San Juan? ¡La Magdalena! ¿O no te has enterado? Y ahí está también —¡entérate de una puñetera vez!— en el entierro, con Nicodemo y los demás fieles.

¿Qué pasa? ¿Que para Cristo somos decentes pero para los demás no?

Y te cuento más. Te cuento que la otra noche habló en un centro de Madrid la madre de todas las putas, una que venía de Francia, o de Italia, o de donde fuera, que machacaba el castellano como si estuviera partiendo turrón con los dientes. Que no me lo contó nadie: que lo leí en el periódico y después la oí en la radio en uno de esos programas entre el comienzo de la jornada laboral y la siesta, cuando escasean clientes, salvo por algún jubilado o universitario, que ese día no tocó ninguno. La tronca tiroteó a todos allí. Puso el patio patas arriba, que no veas. Una enciclopedia, la tía. Manejaba cifras, que ni Hacienda. Total, que lo que vino a largar allí, para resumir, es que la diferencia entre una gachí que se mete de joven a puta y otra que se casa, incluso cuando la casada trabaja, pues la diferencia es que a los cincuenta nosotras, si lo llevamos bien, tenemos pasta, y ellas, las que la sociedad llama decentes, están jodidas y sometidas al hijo de puta con quien se casaron, o peor, de quien se separaron. ¡Toma ya! ¿O es que no te has enterado que la mayoría de los separados no le pasan la pensión a las separadas, sino que se la pasan por las pelotas? Entérate: esta es la única profesión donde las mujeres ponen el precio, y ganan igual, o más, que los hombres que se dedican a chapear. Y cuando desde el público, una tía histérica la acusó de hacer apología de las esclavas sexuales, la contesta que «Yo no soy esclava de nadie. Pero ya que hablamos de esclava sexuales, léete *Las Natashas tristes*», la dice —que yo me apunté ese título y el subtítulo también: *Esclavas sexuales del siglo XXI*—. «Léetelo, y te enterarás de lo que son capaces los hombres y la sociedad toda, desde la policía hasta los jueces que por un puñado de perras se pasan tapando la mierda de las mafias. Yo no fuerzo a nadie, ni nadie me fuerza a mí. Dicen que nos metemos en esto por las circunstancias, y ahora les ha dado a todos por decir que es que de niña abusaron de nosotras, y no sé qué más. Yo me metí, nadie me metió, porque quería ser libre de una puta vez. Aguanto sudor y semen, y otras hacen lo mismo, sin sueldo y porque sí». ¡Qué tía! Y en ese momento, se me vino a la mente la Trini, que tiene que estar hasta la punta del pezón con su guardita.

¿Trabajo digno? ¿Oficio decente? ¡Cuéntamelo a mí!

Sí, yo iba para monja. La hermana Clemencia era como mi madre. Mi madre era como la de todas: limpiando la mierda de los demás. La chacha. La chica. Dicen —lo dice la Pili siempre— que tuve la suerte de tener un padre. La regalo la suerte. A mi madre la veía muerta cuando llegaba a las diez, o las once, que tuvo que conseguirse otro trabajo después del trabajo limpiando más mierda en unas oficinas. Salía a las seis, dejaba almuerzo preparado (de la cena nos ocupábamos mi hermana y yo, que mi hermano era muy machote para las labores de la casa), y regresaba, eso: a las diez o las once. ¡Y encima, una tenía que oír que España va bien!

¿Mi padre? A ese lo veía menos: sólo cuando mi madre me mandaba al bar a arrastrarlo a casa. Porque aunque mi hermano, siendo mayor y varón, le tocaba a él, no volvió a buscarlo desde que una vez regresó del bar más colocao que el viejo, que el pobre Lucio tuvo que hacer dos viajes para traer a cada uno.

Pues, éramos pocos y parió la abuela. Quiero decir que bien vengas mal si vienes solo, que estando así la familia, como quien dice, en la cumbre de toda fortuna, va y se cae mi madre un día en el trabajo. En la empresa para limpiar oficinas donde trabajaba mi pobre madre después de currar las ocho horas en una casa, me negaron la suplencia de mi madre, dijeron que yo no tenía edad (acababa de cumplir los diecisiete, joer, pero parece que no se fiaban de las jóvenes desde que pillaron a una montándose al novio en la taza del váter). Pero la señora de la familia donde trabajaba mi madre era buena gente, me mandó a buscar y hasta dijo que me enseñaría lo que yo no sabía (mi madre la dijo que yo sabía de todo, lo cual era verdad, pues guisaba y limpiaba, aunque en casa no teníamos aspiradora, que es lo único que tuve que aprender). De modo que me despedí del cole y de la hermana Clemencia, prometiendo que volvería tan pronto se arreglaran las cosas. Total, que la buena señora en seguida se dio cuenta que conmigo no tendría problemas. Tanto la caí en gracia, que hasta empecé a preocuparme que me dijera que me quedara, que no volviera mi madre cuando se recuperara de la caída (que iba para largo, porque se la había fracturado una cadera). Además, también la caí en gracia a la buena mujer, porque ella era muy religiosa, y cuando vio mi escapulario y mis medallas y una estampita de la Virgen de la Purificación que yo coloqué en el espejo del baño que yo usaba, pues quedó encantada conmigo. Y así fuimos tirando al principio, máxime que aunque perdimos el sueldo de las oficinas, la señora me pagaba lo mismo que a mi madre. Pero mira por dónde que la mujer propone y el hombre dispone, digan lo que digan. Y el hombrecito de la casa, un niñato de mierda, no era exactamente un angelito de la guarda.

Nadie me lo tuvo que decir. Desde el primer día, me miraba de reojo cuando creía que yo no lo veía. Y con el tiempo, ni disimulaba (a menos que papá y mamá estuvieran cerca, y menos mal que el viejo estaba medio jubilado y pasaba mucho tiempo en la casa, porque la señora, cuando no estaba en la iglesia rezando, o ayudando en la parroquia con alguna actividad, estaba en El Corte Inglés con sus amigas, o merendando con las marujas del barrio, o jugando a las cartas, como hacen las mujeres de parné). Así que el niñito —universitario él— no hacía más que comerme con los ojos y con esa chulería del que se cree la picha que más ficha. Yo, la verdad, no sé qué estudian los universitarios, a menos que no sea anatomía femenina. A mí me visitan cuatro o cinco, o más, a la semana y a todas horas del día y de la noche. Además, como son jóvenes, muchas veces en vez de hacer novillos, hacen más bien miuras. Aguantan hasta tres varas las más de las veces.

Pues, a eso de las dos semanas de estar ahí, fregando los platos del almuerzo un día, echándose la siesta la buena señora y el viejo, el niñato se me acerca por detrás tan callandico que lo sentí antes de oírle. En ese momento, una se las tiene que pensar: un mal paso, y pierdes el pan de la familia. Acostumbrada a los chavales del barrio, lo primero que se te ocurre es echar el culo atrás, y cuando creen que estás cachonda, le metes un codazo sin ni siquiera virarte ni mirarles, que es lo que más los jode. Pero cuando está el pan por medio, digo, te lo piensas. Así que me eché a temblar, como que tenía miedo, y empecé a jirimiquear, cada vez más alto, tal que se creyó, como yo quería, que iba a empezar a gritar y despertar a mamá y a papá. «Perdón, perdón —me susurra al oído—, perdón, es que se te olvidó de recoger mi taza de café y aquí te la traigo». Encima, la tira en el fregadero y la rompe, el muy gilipollas.

Cambió de táctica, el muy cabrón. Porque hay hombres —la mayoría, que de eso sé yo— que creen que cualquier y toda mujer tiene que caer (y más temprano que tarde, además). Me vigilaba, me sonreía, doblaba una esquina de la casa, o salía de algún cuarto que acaba de limpiar, y ¡*tracatá*!: tropezaba con él, pecho con pecho encima (que ya sabes que tiran más dos tetas que cuatro carretas, y, no por nada, pero naturaleza me dotó tal, que no hay carretero que no me quiera yuntar los bueyes). Estaba pelando patatas, y se sentaba a estudiar en la cocina (pero lo que más estudiaba era mis piernas), alegando que había demasiado ruido en su cuarto. Y si tenía que agacharme para limpiar el horno, o para sacar algo de la despensa, me quemaba el culo con su mirada, el muy guarro.

¿Qué quieres que te diga? Lo pensé todo: decírselo a la señora, a mi madre, hasta a mi hermano, que eso hubiera sido Troya; capaz era de personarse en la casa, o esperarle en la esquina y romperle la cara, que los hombres abusan de todas, pero que no le toquen a su hermanita. Me iba a confesar, y el cura me decía que hablara con él, que le dijera que yo era decente, y sobre todo —¡hombre al fin!— que no le diera ocasión de pensar mal de mí, que me cuidara de darle cualquier tentación, que si yo estaba segura que no le había animado a morder la manzana. ¡Manda cojones!

Para colmo, pasaban las semanas y mi madre todavía tumbada en la cama, que el médico la decía que a su edad los huesos sanan a paso de tortuga. Un solo sueldo no bastaba. El cabrón de mi hermano había preñado a su novia, se fue a vivir con ella, y si te vi, no me acuerdo. Hacía chapuzas por el barrio —pintaba, fontanería, mudanzas— y si algo le sobraba, lo dejaba en el bar de Lucio. Mi hermana menor, que contaba catorce entonces, se ofreció a dejar el cole, que tampoco la iba muy bien que digamos, y buscar algún trabajito de recadera o de lo que fuera, pero mi madre puso el grito en el cielo: que la escuela era la única manera de salir de pobres, y si me tocaba a mí como la mayor sacrificarme ahora, ya le llegaría su turno de echarme una mano cuando ella terminara los estudios. ¡Ya, ya! Recurrí a Lucio, le pregunté si necesitaba a alguien por las noches, para fregar, limpiar, lo que se terciara, pero el Lucio y su mujer siempre se han apañado solos. Y de paso me suelta que mi padre tenía una cuenta y que ya no podía seguir fiándole. Le dije que no le fiara más, que a fin de mes le daría algo, pero que me dejara colgar un anuncio en un tablón que tenía para cuidar mayores por las noches, pero ni por esas: en un barrio pobre, los viejos se cuidan solos cuando no tienen familia, así que puse el anuncio en una cafetería cerca de la casa donde trabajaba. Me salieron un par de ofertas, pero me querían interna, y disponible día y noche, y para lo que pagaban, mejor malo conocido. Por fin, pasando por Lucio una tarde rumbo a casa, me dice que en un restaurante un barrio más allá buscaban para fregar platos y recoger la cocina de noche. Salía de casa de los señores a las seis, entraba en el restaurante a las ocho, salía a las dos de la madrugada, y al cabo de un mes, el hijo de puta me paga la mitad de lo acordado porque decía que estaba flojo el negocio, así que le amenacé con un sartenazo y me soltó lo que me debía. Pero, claro, me dijo que si volvía por ahí, llamaría al 091 y estaría fregando platos en Carabanchel.

¿Qué quieres que te diga?

Una es de carne y hueso, y yo, más de lo primero, no me importa admitirlo. También los apóstoles, en Getsamení, cuando se quedaron dormidos, ¿no les dijo el Señor: «el espíritu está dispuesto, pero la carne es débil»? ¿Qué quieres que te diga? ¿Mi vocación de monja? ¿Es que pasando lo que estaba pasando, me iba a meter yo en un convento y dejar a madre y hermana abandonadas? (el viejo, por mí, ¡se podía ir a tomar por culo!). ¿Qué quieres que te diga? No daba abasto. Vivíamos de fiado: fiado en la carnicería, fiado en la frutería, fiado hasta el papel de váter, ¿qué quieres que te diga? Fin y principio de mes era lo mismo: lo que me entraba, salía en un *plis plás*. Dejamos de comer carne, pollo, pescado, salvo cuando podía pillar algo sin que se diera cuenta la señora donde trabajaba. Que un día mi madre hasta comentó que era como volver a los años de infancia durante la posguerra. Hasta que un día, tomé la decisión: si el gilipollitas quería cachondeo, le iba a costar caro. Pero, ¡cuidado!: de manoseo no pasaría la cosa. Y, ¿quién sabe?: tampoco sería yo la primera ni la última chica de servicio en enganchar un ricachón y resolver la papeleta.

Y así un buen día, empecé a devolverle las miraditas y las sonrisitas. Se me quedaba mirando, como que no se lo creía. Ni siquiera me devolvía la mirada, por no decir nada de la sonrisa. Estaba como acojonado. Y yo preguntándome si no sería uno de esos machitos de boca pa fuera y sin nada adentro. Piropero con plumero, a ver si me entiendes. Para despistar, que los hay que quieren despistarse a sí mismos, convencerse, vamos, que tienen lo que no tienen y que hay donde no hay. Maricón camuflao, en una palabra. Pero también podía ser que estaba acojonado porque no estaba seguro de mi intención. Incluso, podía pensar que lo estaba tendiendo una trampa, y que cuando me metiera mano, me pondría a gritar esta vez como loca para que mamá y papá me oyeran. Porque, no creas, después de la primera intentona, durante semanas, cuando le miraba, que ni le miraba al pasar las más de las veces, pues cuando le miraba, le fulminaba. Y ahora, de golpe, le ponía ojos de carnero. Era para pensárselo el gachó.

Tenía que tener paciencia, que era lo que no tenía, porque las cosas y las cuentas en casa iban de culo cuando no de cráneo. Pero el que la persigue la consigue. Y un día, al ir al servicio, me arrodillé frente a al estampita de la Purificación, la pedí perdón (de veras y de verdad, lo juro por mis muertos), me quité el escapulario y la medalla, después el sostén, y dejé suelto un par de botones para que se me viera bien el canalillo (que en mi caso, la verdad, es más que el Canal de Isabel II).

Esta vez oí los pasitos acercándose por detrás, mientras yo llenaba el lavavajillas, pero, claro, hice como que no oí nada. Debajo del delantal y el uniforme que me tenía que poner, en mi pecho reventó un terremoto. Tampoco te voy a decir que, a pesar de los consejos de la hermana Clemencia, no había yo una que otra vez coqueteado con alguno. ¡Pero ni el Gerónimo había pasado de un besito y un toquecito! Y aunque no me creas, lo hice para estar segura que lo mío de meterme a monja iba de veras, cuando la Pili me dice un día que cómo estaba yo tan segura que no me gustaban los gachós y que no me arrepentiría. Mentiría si te dijera que no le cogí el gustito durante un tiempo, pero siempre me arrepentía después y me iba a confesar.

Hasta que un buen día, después de confesarme, me dije a mí misma: «Tía, que ya está bien, que te estás engañando a ti misma, pero a Dios no le engañas». Y de ahí en adelante, ¡ni el mismísimo Tony ni el Tirone me podían!

Sentí todo a la vez: el pistolón apuntándome por detrás, la respiración jadeante en el cuello, unos labios magullando mi oreja, y unas garras aplastándome el pecho. Respiré hondo, tragando aire y orgullo, cerré los ojos, me di la vuelta, y sólo pensaba: esto te va a costar por lo menos cinco billetes verdes, cabrón. Al abrir los ojos para buscar su boca, ¿qué crees tú que vi? Lo adivinaste: ¡el viejo!, llevándose el dedo a los labios para que no gritara, asegurándome que la señora y el chaval dormían, susurrando: «No puedo más, Puri, desde que te vi, no puedo más», arrastrándome hacia el cuarto de servicio, yo —¿qué cojones iba a hacer?, ¡si estaba si creérmelo o no!— me dejé llevar hasta la cama, pero antes de que pude acostarme, el viejo se arrodilla, me levanta la falda, y se baja al pozo sin más.

La próxima mañana, cuando la señora me da el dinero para la compra, el viejo me estaba esperando en la puerta de servicio, me mete un billete entre las tetas y me dice que me compre algo para mí (con eso me puse casi al día con Lucio). Saqué cuentas: con dos o tres golpes a la semana, iría saldando bien lo fiado. No me preocupó el que se echara la siesta esa tarde, porque el viejo se había quedado temblando y medio muerto el día anterior, que ya tenía añitos el buen señor. Por demás, tenía que tener cuidado, no fuera que la señora sospechara algo. Ya volvería.

Lo esperaba dos días después. Tan segura estaba, que me lavé bien, pero mira por dónde, el muy guarro me dice: «Puri, no huele hoy, ¿te lo lavaste, niña? No te laves, ¡la almeja al natural!». Y la próxima mañana, otro billete (saldé lo que quedaba con Lucio, adelanté algo en la carnicería, y me dejaron fiar unos filetes, la primera carne decente que comimos en semanas).

Estaba yo tan tranquila fregando esa tarde, pensando hoy no toca, cuando ¡zas!, el nabo navegando por atrás. Forcé la sonrisa, me doy la vuelta para echarle los brazos, y ¡pásmate!: ¡era el niñato!

«¡Estás loco! —le susurré—, ahora no, joer, que si se despiertan tus padres, ¡la hemos liado!». «Entonces, Puri, ¿ya quieres? ¿Cuándo,

Puri mía, cuándo?», me suplica. «¿Cuándo va a ser, joer?», le espeto nerviosa, porque con los hombres nunca se sabe, y si el viejo se despierta cachondo de la siesta antes que la señora, ¿quién sabe si le entran ganas de oler aunque hoy no le toque? «¿Cuándo va a ser? Cuando no estén aquí tus padres, cuando tu padre salga a pasear y tu madre a la iglesia, joer. ¡Y no olvides el condón!» (porque este no tenía pinta de pocero).

Y así fue cómo conseguí tres trabajos y sueldos en uno. ¿Qué quieres que te diga? ¿Que me sentí bien? Que, ya que no podía ser monja, lo que debí guardar para el hombre de mi vida (ese que no existe, pero que no dejas de soñarlo), se lo tuve que entregar a un mamón de mierda. Y, ¿cómo crees que me sentía en cuanto a la señora, que era más buena que el pan, y yo follándome al hijo y dejando que el marido me mariscara la almeja? La pobre mujer estaba convencida que su hijito por fin se había decidido a estudiar, porque ya no salía casi los fines de semana. ¿Cómo iba a salir?, si el viernes le entregaban el semanal, y nunca mejor dicho, le duraba para tres polvos semanales. ¿Qué quieres que te diga?

Pero lo que más me dolió, no te lo podrás imaginar.

En dos meses, saldé todas las deudas. Ese día, cuando alegre fui y se lo dije a mi madre, para que no se preocupara más, para que por una puta vez en la vida estuviera tranquila, vi cómo se la aguaron los ojos. En ningún momento se me ocurrió siquiera pensar que era por la emoción, por el alivio, por gratitud, porque si su marido, y su hijo, nunca la habían mostrado cariño, ahora sabía que al menos una de sus hijas sí la quería. Como nos pasa a todos alguna vez, que te pones a llorar cuando te dan una buena noticia, y todo porque nunca nadie te dice nada bueno, nunca que te quieren, nunca te lo demuestran, y cuando sí ocurre, pues te pones a moco tendido por todas las veces que te quedaste esperando una caricia, un cariño, siquiera un cariñito. Desde siempre, desde aún antes de terminar de decírselo, decirle: «Mamá, ya no debemos nada», ya sabía yo por qué ella luchaba contra lágrimas. Ahí mismo, me juré que mi madre no volvería a pisar esa casa, aun cuando la operación de cadera (que los médicos ahora decían era la única solución) la permitiera trabajar.

¿Trabajo digno? ¿Oficio decente? ¡Cuéntamelo a mí!

Mil veces más decente es lo que decidí: aguantar hasta ahorrar y poder irme por mi cuenta. Y así fue. Aguanté un año, resistiendo la tentación cada vez de darle un rodillazo al viejo en la cara y al niñato una patada en los huevos. Y un día me inventé un trabajo de noche limpiando oficinas en un turno de doce a siete. Pero no creas que me fui a la calle, ni a cualquier puticlub. Ya tenía visto una de esas salas que frecuentan gachós de pasta al salir del trabajo. Para despistar a mi madre, salía vestida regular, pero al llegar a la sala me cambiaba en el aseo. Compré el mejor perfume, ropa de marca, con un escote que me llegaba al ombligo y unas faldas que cuando me sentaba, parecía toda yo un embutido dabuten. ¡Pero todo de calidad, eh! Que a los señoritos y los señorones les gusta la carne como al que más, pero con gusto. Si te pasas, se piensan que eres una puta cualquiera que se ha colao en un club exclusivo, y el mismo club te pide que te pires. Con clase es que hay que hacerlo. Chanel número 5; Gucci; y para la cuevita del conejito, ¡La Perla!

Ahora le toca a Pili:

—Pues, te cuento: ahí estaba la Puri, como loca, energúmena que se dice, gritando, y hay que quitarse el sombrero, ¡ni la Sarita Montiel en sus mejores momentos! Sólo faltaba que la aplaudieran. ¡Cómo rompía la tía! Todavía no sé si se soltó ella de los guardias que la sujetaban, o si los tíos, acojonados, la soltaron, como si fuera mismamente un cable de alto voltaje, que así mismo —acalambrados— saltaron de su lado. Imponiéndose como leona protegiendo sus cachorros. «¡Atrás! —gritaba—:¡atrás!», sacando la barbilla hacia nosotros, y girando la cabeza hacia todas las putas para que se quedaran quietas. «¡Atrás! ¡Aquí no se mueve nadie!». Que ni unos ni otros, ni putas ni polis, nos atrevíamos ni siquiera a respirar. Con decirte que paró la redada. ¡Como lo estáis oyendo y os lo estoy contando! El propio Ramírez se quedó tieso. Me miraba con ojos como lunas que me decían: ¿tú te lo crees? Todos y todas paralizados, petrificados, pasmados, de piedra, ¿cómo quieres que te lo diga? Con ese vozarrón que le truena cuando se tralla, con ese tetamen, que cuando lo echa palante, parece que una montaña se te viene encima. Y entonces —¡prepárate!— cuando todo es silencio, hace así la Puri, se pone de rodillas, junta las manos frente al pecho, ¡y empieza a rezar un Ave María! Y una a una, las putas la imitan, algunas rezando en rumano, o en alguna lengua de esas. ¡Como te lo estoy contando y los estás oyendo!, créetelo o no, que no te culpo, que ni yo misma me lo creía

—¡Joer con la Puri! Si la que quería ser actriz era yo, ¡joer!

—Le toca a Trini.

—¡A mí ya no me toca ni mi marido!

—Es el turno ahora de Mari.

—Sin comentario.

—¿Loli?

—Que la Puri es puro paquete patrañero. Que yo tampoco me lo creo. Bueno, pero termina, Pili. Porque lo que me falta por oír es que la policía también se echó de rodillas y rezaron el rosario entero con las putas en el puticlub.

—Primero Yoli, que le toca ahora.

—Pues sí que me lo creo. ¿Cómo no me lo voy a creer, si está hasta en la prensa? Ya me sorprendía que nadie hubiera mentado nada. ¿Qué pasa, que no os informáis de lo que pasa? ¿O es que no habéis leído la prensa hoy? Ahora estoy de telefonista y recepcionista en una oficina, y cuando la cosa está lenta y me aburro, entro en la web y me leo las noticias. Y cuando abro la web esta mañana, ¿qué me encuentro de susto y sopetón en la pantalla? ¡La Puri! Como lo estáis oyendo: una foto de la Puri, dirigiendo una marcha de meretrices, que así llaman a las putas ahora en la prensa, Gran Vía arriba, con pancartas que decían cosas como: *Somos seres humanos como tú*, y *Estamos de puta madre*, *Exigimos los mismos derechos de todo trabajador* y *Estamos aquí abajo, porque tú estás allá arriba*, y la más flipante: *¡Putas al poder! Mafias a la mierda!*

—Hermana Patrocinia, ¿quiere usted decir algo?

(¿Qué pudiera yo decirles, Señor? Debo estar soñando otra vez. La verdad, Señor, que creaste los sueños para aliviarnos, liberarnos de nuestros demonios, señalarnos senderos. Pero, la verdad también que los pudiste haber hecho más... más, ¿cómo te diría? Menos ridículos, Señor. Mira que colocarme aquí en un bar de mala muerte a mis ochenta y cinco años rodeados de estas mujeres —¡qué lengua tienen, Señor!— que, con todo y ser también tus siervas como lo somos todas,

Señor, bueno, la verdad es que no parecen ni ellas ni el lugar el sitio más apropiado para una religiosa. Aunque, ¿por qué no? Se podría pensar que yo estaba aquí haciendo misión. ¿Por qué no? Mejor aún, Señor, que me has mandado aquí a que me enterara de la miseria… Bueno, la verdad es que demasiado pobres no parecen. No como cuando los años del hambre. Especialmente aquella que llaman Puri, que si no abriera la boca, y se quitara algunos kilos de maquillaje, Señor, pues hasta santita podría parecer. Y la que lleva uniforme de policía tiene carita de ángel. Trini la tiene de mártir, y las otras dos, también tienen algo dulce en la mirada. Aunque todas disfrazan esa dulzura con una dureza, Señor, ¿por qué será? Bueno, la verdad es que si entrara por la puerta la hermana superiora y me viera aquí en este ambiente, cualquiera le convence que estoy donde tú quieres que esté, Señor. Volverían las habladurías de que si estoy ya demasiado vieja y chocha, que ni sé lo que hago.

Pero, ¿qué podría yo decirles? Si tú sabes, Señor, que incluso hoy, tocando los ochenta y cinco, mi inclinación sería unirme a esa marcha. ¡Y con mi hábito! No que yo esté de acuerdo con la prostitución, lo sabes también. Pero sí que hay que llamar la atención a las condiciones que la hacen, si no inevitable, entonces al menos… No sé cómo llamarle, Señor, porque aunque sabes que hay cosas de la Iglesia que no me acaban de entrar en la cabeza —aunque también sabes que no las contradigo— en el libre albedrío siempre he creído. ¿Qué seríamos si no nos hubieras dado libertad? Muñecos, y tú, Señor, serías un Dios de privilegiados que se salvan, y no un Dios que salva a todos. Pero tienes que reconocer que para muchas de estas mujeres la tentación fue tremenda, y que se resignaron, acaso para salvar a sus seres queridos de una pobreza indignante. ¿Cómo condenarlas, Señor? Yo misma, sin jamás sentir otra tentación que la… Tampoco sé si llamarla de la carne, Señor, que sabes que lo que sentí por Benigno trascendía cualquier instinto pecaminoso.

¿Qué será de ti, Benigno? ¡Qué pena!: a cuántas de estas pobres mujeres no hubieras hecho feliz, ¡y mira que venir a enamorarte de una monja! Hoy, aquel torbellino de confusión que me turbaba toda día y noche, hoy me parece tan sencillo. Tan sencillo como estar enamorada simultáneamente de dos personas, cosa que pasa con frecuencia, y no sólo en novelas, sino en la vida. Pero tu rival era Dios. Sí, a veces, cuando pienso en cómo sería la mujer con que acaso te casaste, cómo serían los hijos que con ella quizá has tenido, ¿para qué negarlo, Benigno?: siento una tristeza por lo que no fue y pudo haber sido. Pero sé que, al contrario, de haberte elegido, mi tristeza sería mayor. Tal vez incluso se hubiera convertido en amargura con el tiempo. Dios no me ha podido quitar esa tristeza que aún me viene a ratos cuando te veo en mi pensamiento rodeado de los hijos que pudieron ser nuestros. Amargura, sin embargo, ninguna. Y cuando me doy cuenta de que estoy divagando, que mi mente se extravía hacia lo imposible y lo insensato, puedo llegar a sentir hasta alegría por ti.

¿Qué será de ti, Benigno? ¿Habrás vuelto a Francia? ¿Te quedaste en España tras la derrota del Valle de Arán, para caer en algún lugar desconocido donde te enterrarían tus compañeros? ¿Te quedaste en Francia, o fuiste de los que pasaron a América? México, Cuba, Argentina: ¿dónde estarás?

En el fondo, y aunque no me lo admitiera, durante años esperé carta tuya. Esto también me turbaba, pero hoy también me parece sólo lógico y normal. En fin de cuentas, ya he dicho que te quería. Como una mujer quiere a un hombre, te quería. Aunque las monjas se suponen que no compartamos nuestro amor de mujer con otro que no seas tú, Señor, sabes que yo le quería, y sé que por quererle a él, mi amor por ti fue aún más grande, Señor. Y más grande todavía por saber que no sería la madre que desde niña quería ser. A ti, Señor, al entregarme, te entregué al hombre que más quise y los hijos que hubieran llenado el vacío maternal que no he podido evitar sentir tantas veces.

No me culpes por no aparecer ese día en el descampado. Hubiera sido peor. Verte perseguido, barbado y desaliñado, como aquel compañero tuyo que me trajo tu recado, eso no me hubiera perturbado. Al contrario, siempre admiré tu lealtad firme, no tanto a tu causa, sino a tu conciencia. Tu presencia hubiera reforzado mi admiración. Incluso, me dolía pensar que mi padre acaso no fue tan fiel y firme como tú. Al final, lo veía siempre triste, pequeño, y cada día achicándose más en su sillón, donde se pasaba horas en silencio los domingos mientras mi madre y yo estábamos en la larga sobremesa en la que hablábamos de todo, buscando temas que podrían involucrarle en nuestra conversación. Murió en ese sillón un domingo por la tarde, y no nos dimos cuenta hasta después de recoger la mesa, cuando fui a despedirme de él. ¡Qué llanto el de mi madre! ¡Qué llanto hondo, desgarrado!).

—Hermana Patri, ¿no nos dice nada?

(No me culpes. ¿Qué sentido hubiera tenido verte para decirte que no te podía ver? ¿Hubieras comprendido que te quería, y, sin embargo, que estaba decidida a tomar los últimos votos? A pesar de la confianza y la comprensión entre nosotros, ¿cómo podrías tú resistir la tentación de pensar que en el fondo no te quería, que mi vocación era una excusa para no herirte? Hubiera sido peor, Benigno. Sé que en el fondo tú pensabas —esperabas, más bien— que mi vocación fuera cosa pasajera. Al fin y al cabo, supongo que a un anarquista ateo no le entra en la cabeza que una mujer pueda amar a un hombre y, sin embargo, amar más a Dios. Pero, ¿no ha habido personas que han sacrificado un amor por una ideología? Tú mismo, de tener que elegir entre tu causa y mi amor, ¿qué hubieras hecho?

Tú siempre pensaste, lo sé, que con el tiempo yo aceptaría tus ideas, tan convencido estabas de tus razones. Lo entiendo. Eres hombre, y a pesar de que es verdad que durante la República las mujeres sí cobraron mayor relevancia en la política —recuerdo cómo hablabas de Federica Montseny, y hasta de La Pasionaria, con todo y ser los comunistas vuestros enemigos—, a pesar de ello, los hombres siempre pensáis que las mujeres terminamos siguiendo vuestras ideas. Yo misma te admití en una ocasión que lo que queríais los anarquistas y los comunistas en nada contradecía lo que quiere Cristo, si dejamos aparte la creencia en Dios. Tenías razón en muchas cosas, Benigno: con el tiempo, me acerqué cada vez más a la Iglesia de los que llaman curas comunistas. Tampoco es de extrañar. La huella de mi padre fue menos visible que la de mi madre, pero no por eso menos fuerte a la larga. Me veías ir a misa con ella, y no me veías en los mítines de las juventudes de izquierda. Mi padre jamás insinuó siquiera que debería asistir a ellos. Supongo que mi padre había llegado a un acuerdo con mi madre en este sentido. Pero yo admiraba a mi padre, no cabía en mí del orgullo de verle en el bar dirigiendo discusiones. Y con la admiración, vino la reflexión. Con la adolescencia, vinieron convicciones que más tarde surgirían sin conflicto con mi religiosidad. Muchas veces pensé cómo te hubieras alegrado de verme por fin cerca de los tuyos.

¡Cuántos años han pasado, Benigno! Y ya ves, no le olvido, Señor).

—No se preocupe, hermana, si no quiere decir nada. Lo entendemos. ¡Que no está usted precisamente en su ambiente! Te toca, Trini, a menos que quieras pasar otra vez.

—Perdone, Puri: creo que le toca a Pili.

—Y, ¿usted quién es, si se puede saber?

—No, no me conoce. Yo...

—¿Seguro que no hemos follado alguna vez? —hablándole bajito al oído para que no oiga la hermana Patri.

—No, qué va....

—Y entonces, ¿cómo es que sabe cómo me llamo?

—Bueno, es que...

—Oye, Puri, no sé si es cliente tuyo, pero de aquí de Lucio sí que lo es.

—Es verdad, Pili, que ahora que lo dices, yo a este tío le he visto aquí otras veces. —Afirma y confirma la Loli—. Y siempre está con una libreta y escribiendo como un loco.

—¿Pasa contigo, tío? —salta la Yoli.

—Yo...

—Tú, ¿qué? —la Puri, hincando puños en sus sustanciosas caderas—. Tienes cara de mirón, tío. ¿Qué?, ¿nos miras el culito, tu mente nos quita las braguitas y lo dibujas en la libretita, verdad? —asegurándose con una mirada que la hermana Patri sigue despistada como en un sueño y sin poder oír nada.

—No, mire usted...

—¡Dejadle, chicas! —grita Lucio desde la barra—, es un buen cliente, no molesta a nadie, tampoco dibuja nada, se pasa escribiendo cosas, es poeta.

—¿Qué cosas?, a ver... Con que poeta, ¿eh? Pues estos son los versos más prosaicos y noveleros que jamás he visto en mi vida, tronqui. Próximo me vas a decir que eres un sabio encantador y te llamas Cide Hamete Benengeli, ¿a que sí?

—¿¡Encima moro, Puri!? —truena turulata la Trini—. ¡Si lo coge mi marío!...

—Por favor, Puri, devuélvame usted mi cuaderno.

—Vaya, vaya, vaya. ¿Qué os parece, tías? ¿Qué os parece, que aquí aparecemos nosotras, ¡con lo que parece que somos las musas del poetita este de las pelotas!

—Son notas, si no le importa, que tomo para después escribir...

—¡El notas eres tú, payaso! Y, ¿qué hace esta pobre monjita metida aquí entre nosotras?, si se puede saber.

—¡Ya está bien, chicas, joer! ¿Os es que queréis que llame a la poli?

—No hace falta, Lucio, que aquí estoy yo, ¿o es que no ves el uniforme que me calzo?

—¡Cálzate los cojones!, pero fuera de mi bar, todas, ¡fuera!

—Vale, vale, Lucio. Y baja la voz, ¿o es que no ves a la monjita? No vamos a bronquear por este gilipollas, ¿eh, tías? Que ancha es Castilla, Lucio, ¿te enteras? Y tú, poeta, mirón, espía, o lo que seas, pásate por mi piso un día, que como sabio encantador que eres ni te tengo que dar las señas, pásate, ¡que te voy a entintar el boli, chaval!

—¡Joer con la Puri! ¡Hasta con los moros!

—¡*Jesúsmaríajosé*! —se persigna la Mari.

XLIII

¡Pobre Trini! ¡Ay!, si supiera! Con moros y gitanos, Trini mi *arma*. Con el que me pague, chatita. Y los jeques, majeta, ¡dan propinazas, que no veas! El Carlitos Marx tenía razón: ¡poderoso caballero!... Con el que pague, Trini, ¿te enteras? Como dice un cliente americano mío: el *money* mueve el mundo, *honey*. ¡Hasta con tricornios, Trini tronca! ¡Si yo te contara! Si las putas habláramos, Frankestein sería Blanca Nieves. Porque tu maridito, Trini querida, si no se pasa más a menudo por aquí es porque no le alcanza el sueldo. El muy cabrón, vino pidiéndome un descuento la primera vez por la amistad. Lo mandé a hacer puñetas. Entonces me dijo que conmigo, o con otra, pero que se iría de putas como fuera. Así son los hombres, Trini, ¿qué quieres que te diga? Yo no sé lo que pasa entre vosotros, aunque a decir verdad, tu Javi no es exactamente el macho ibérico. De tamaño no está mal, aunque tampoco te voy a decir que lo tiene como un cliente canario, que eso de que los canarios son aplatanaos debe ser verdad. No está mal tu Javi, pero tiene el gatillo flojo, chatita. ¡Si no lo sabrás tú! Eyaculación precoz, para decirlo en finolis. Claro, que no me lo reconoció al principio. Como todos los hombres, te echó el mochuelo a ti: que si eras frígida, que si con sólo pensar que podías quedar englobá de gemelos otra vez te ponías trinca y por ahí no entraba ni el aire, que si patatín, que si patatán, y que si yo le podía ayudar para que su matrimonio no se fuera al carajo. ¡Manda huevos!, la cantidad de hombres que para justificarse dicen que follan con putas para salvar su matrimonio. Antes, cuando las niñas bien se metían el dedito porque no las dejaban follar, decían que las putas salvábamos la honra de las mujeres decentes desfogando a sus hombres. Ahora que todas follan, todavía las tenemos que salvar. ¡Manda huevos!

«Pues ponte un condón, ¡joer! —le dije al Javi—, si tu pobre mujer se pone piedra porque no quiere quedar embarazada otra vez». Y ¿sabes lo que me contesta, el muy cabrón? Pues lo que todos: «¡que yo no follo con condón!». ¡Mentira podrida!, porque ni tu maridito ni nadie me entra al pelo, paguen lo que paguen. ¡Ay, si yo te contara, Trini mi *arma*! Eso sí: le hice prometer, uno, que lo que me daba a mí, no se lo quitaba ni a ti ni a los gemelos (que ya sé que os habéis comprado un coche, y habéis metido un aire acondicionado en vuestro pisito, así que mal no estáis). Y, dos, que jamás te diría nada. «¡Palabra de guardia civil!», me dice el muy gilipollas. ¡Y una mierda! No le dirá nunca nada, porque, como todos —si es que no son de los sádicos esos— es un cagao.

Pero, total, a lo que iba: ¿que si tu maridito se entera que follo con moros me mata? Te tengo una noticia, Trinita: lo sabe desde hace tiempo. Mi casa no es de esas de hacer cola, que aquí se viene con cita. Y un día, justo antes de que le tocara al Javi, le tocó a un jeque. No es que se encontraran aquí, que Vicente (Vicente de la Roca, el portero karateka, que se cambió el apellido de de la Rosa a de la Roca, porque dice que pega más con su talante marcial), pues el Vicente siempre tiene mucho cuidado de no dejar a uno subir antes de que baje el otro. Yo siempre dejo tiempo entre clientes, no sólo para que no se encuentren, que ya sabes que la discreción es muy importante, especialmente para los altos ejecutivos y los políticos, sino también para darme una ducha y refrescarme un poco, que después de la discreción, la higiene pesa mogollón para una clientela como la mía. Que con todo y ser de lo más chichi, no creas, de vez en cuando te viene un guarro oliendo peor que un pedo de Patillas. Pero debió llegar temprano el Javi ese día, y se cruzó con el jeque en el portal. Y el Javi —guardia civil al fin— se sospecha que el jeque venía de donde venía, y lo primero que me espeta es: «¿oye, tú no te tirarías a un moro, verdad?». «A uno no, a la tribu entera, y galopando en camello, si quieren y pagan», le contesto. Y, ¿sabes lo que te digo, Trinita bonita? Que de un tiempo acá, lo único que se le ocurre decir a tu maridito cuando está a punto de disparar (que ya te le he entrenado para que se aguante un poquito más, como supongo habrás notado), lo único que me dice, suplicándome (por no decir llorando, Trini) en el oído es: «dime, dime que lo hago mejor que el moro, ¡júramelo!».

¡Ay, Trinita guapita, si yo te contara! Si las putas habláramos todo lo que tenemos que hablar, aquí no quedaría polla con cabeza.

Pues un día, estando yo releyendo el *Ulises*, el de Joyce, no el de Homero, pues suena el telefonillo. Precisamente porque tenía unas tres horas por delante sin cita es que me había decidido por Joyce. Cuando tengo media hora, o una horita, cojo a uno de los que están de moda, de esos que los suplementos literarios ponen por las nubes —el premio no sé qué de no sé cuánto— y cuando los lees resultan estar a la altura de una suela de zapato que ha pisado mierda. Pero yo no aprendo, y hasta pienso será que la mierda soy yo, aunque tengo un cliente que es Catedrático de Literatura (y rico además, que los *profesorsitos* comunes y corrientes no pueden pagar lo que cobro) y casi siempre coincidimos en nuestros gustos literarios. Porque si otros, después del polvo, te cuentan su película personal mientras se fuman un pitillo o se beben una copa o un café para recuperarse —que yo no soy la de polvos con prisa, por eso también espacio las citas— este me habla de libros. Y como hace poco se cumplieron los cien años de *Bloomsday*, y dio la casualidad que le tocó venir un dieciséis de junio, pues el hombre empieza a hablar del *Ulises*. Como todo hombre, se cree que las mujeres nacimos para aprender de ellos, así que le dejé subirse a la cátedra. Y cuando llega a la pobre de Molly Bloom, y la llama fulana (él quería decir puta, pero para no ofenderme, la llamó así), lo paré. «Que la Molly —le digo—, era una pobre desgraciada, soñando como todas con su torero, buscando algo más que sexo», y el tío se queda tieso. «¿También te has leído el *Ulises*?», mi espeta incrédulo, probablemente pensando que yo me había leído alguna de esas critiquitas que salen en *Bobelia* (como él llama a *Babelia*). Le tiré el rollo entero, de cabo a rabo, que esa novela me la había leído con la lentitud que requiere, leyendo y releyendo capítulos enteros, que no es para menos el jodido de Joyce, y me la conozco como si la hubiera parido.

Pues a lo que iba: hacía tiempo que quería releer el *Ulises*, y cuando tenía bastante tiempo entre citas, le metía mano. Por eso me extrañó oír el telefonillo ese día, y lo primero que le digo a Vicente es: «¿Qué pasa, tío?, si faltan dos horas para la próxima cita» (a Vicente le entrego todos los días el horario de citas, con estricta prohibición de dejar a nadie pasar sin cita previa, que a mí el orden siempre me ha gustado). «Ya lo sé —me dice apologético (el muy cabrón, seguro que quién fuera le había pasado un billete)—, pero es que hay un tío aquí que insiste en verte, y pensé mejor llamarte, que parece capaz de montar un cisco aquí en portería. Dice que te diga que se llama Vich».

Mi clientela, si es que te da un nombre, suele ser falso. Pero con ese apellido, pensé que sólo podía ser un empresario catalán que me visita cuando viaja a Madrid, pasa a calentar la butifarra en el microhondas camino de Barajas, y sale siempre el hombre tan a gusto por la puerta bailando entre un chotis y una sardana al son de *Madrid, Madrid, Madrid*. Me resigné a dejar a Joyce, le dije a Vicente que le dijera que subiera en cinco minutos, para ponerme *sexy*, y cuando abrí la puerta, ¿a quién veo? No a Vich, ¡sino a Bic! ¡El poetita de los cojones! Me tomó la palabra de entintarle el boli, y el muy gracioso dijo que se llamaba Bic.

Mi primer impulso fue tirarle la puerta en los hocicos, agarrar el teléfono y llamar a la Pili, que segura estaba que había sido ella —¡la muy maricona!— quien le había dado mi dirección. ¿Quién más, si no? Y eso que acabábamos de hablar de corazón. Ella, incluso, me había pedido perdón: «Compréndelo, Puri, lo he pasado muy mal, primero con Manuel, después con este trabajo, que no sabes lo que es (¡como para hablarme a mí de curro cabrón!), aunque ahora me va mejor con Ramírez, que no es tan malo, puede ser hasta considerado, perdona si te he ofendido, si tú siempre has sido mi mejor amiga, no sé qué carajo pasó entre nosotras, tía, yo quiero pensar que es sólo que la vida separa cuando cada cual toma su rumbo, Puri, pero sé que no me he portado cabal contigo, y tú sí conmigo, que nunca has revelado de mí cosas que otra en un momento de cabreo, como sin duda habrás tenido conmigo, hubiese largado, como el aborto cuando aquel gilipollas de cuyo nombre no quiero ni siquiera acordarme me infló, siendo yo tan joven que todavía me creía que era sólo para mear, y sé que cumpliste, que no se lo dijiste a nadie, que en este barrio todo se sabe, que si alguien estornuda a las tres, a las tres menos cinco ya están gritando ¡salud! Puri, joer, siempre has sido pura de buena como tu nombre, voy a colgar, Puri, que tengo ganas de llorar —y yo también ya empezaba a moquear para este entonces—, perdóname, tía, te llamaré cuando suelte este llanto —su voz ya quebrada—» y colgó sollozando —y yo más que ella—, y me volvió a llamar, pero yo estaba con un cliente, y cuando escuché el contestador para anotar las citas, ahí estaba otra vez la voz de Pili, serena ahora, y la llamé, y quedamos en *Lucio* ella y yo solas, y hablamos largo y tendido, hasta que nos vio la gilipuertas de Mari y fue corriendo a buscar a la Trini, pero cuando entraron, junto con la Loli y la Yoli, ya Pili me había contado todo lo jodida que había estado, y otras cosas que jamás contaré, de íntimas y personales que son, y que Pili siempre sólo me ha contado a mí, que sabe que soy muro para esas cosas, ya había parado de llorar y sonarse las narices, así que las titis se quedaron con las ganas de chisme y bochinche, que tan pronto como las vio entrar por la puerta, Pili hace así y le grita a Lucio: «Lucio, otra ronda para todas, que estamos celebrando entre amigas», y el Lucio mira a su mujer con una mirada de aquí hay gato encerrado, y cuando empieza a tirar del barril de cañas, la Mari, como siempre, con esa voz de yo-no-fui: «A mí, por favor, Lucio, Coca-Cola Light».

Pero si de algo sabemos las putas es de la condición humana. Yo no dudé que la Pili se hubiera sincerado conmigo en ese momento, pero ¿cuántas veces no pasa que alguien te pide perdón y después vuelve a enmierdarte otro día? Como ocurrió, joer, sin ir más lejos después de llevarla yo a Bilbao. Porque la única que sabía mis señas era ella, la Pili, y sabía también que yo no quería que nadie en el barrio las tuviera. Aun así, decidí tranquilidad, y en vez de agarrar el teléfono, agarré a Bic por la camisa y lo arrastré adentro, le dije mi precio, segura que no podía pagarlo, y entonces le dije: «¿quién cojones te dio mis señas?». Sonriendo meloso y sacando un puñado de billetes me dice dulce: «Puri, tú sabes que los sabios encantadores tenemos medios de informarnos de todo».

La primera ley de mi profesión es que el que paga manda, y al que paga no se le puede mandar al carajo sin más. A lo más, le puedes pedir algún favor, como cuando aquella puta de *Leaving Las Vegas* le pide a Dustin Hoffman (¿o era Nicolas Cage?) que por favor le agradecería que no se corriera sobre su cabellera recién lavada. Y eso si el cliente quiere, que si no, tienes que tragar. Mira lo que le pasó a mi amiga Diotima, una austríaca que terminó pateando acera cuando se corrió que rechazaba a algunos, y a otros, los limitaba el servicio según se la antojaba (polvos sí, pajas no, y los gordos, nada de montaditos, que vuelvan cuando pierdan peso, y así). Porque si yo me pusiera melindrosa, vamos, ¡es que me arruinaría! Por mi puerta han entrado tíos más feos que culo cagando, ¡y te aguantas, Puri! No hay otra. ¡Ya me las entendería con la Pili después, después de encantar al sabio encantador!

La verdad también es que Bic estaba mejor que muchos, pero además me tenía intrigada el tío. Y hablando de *Leaving Las Vegas*, fue lo mismo: cuando conté la pasta y vi que estaba toda, y me empecé a quitar el transparente, Bic sólo sacó su boli y su libreta. Eso de que un cliente te paga por sólo hablar es cosa de cine. Sí, hay hombres que hablan más que follan, pero esto último nunca falta. Es casi como si tuvieran que follar para poder hablar. Pero sólo hablar, vamos, al menos aquí en España eso no pasa. Lo de sólo palique sin polvo, debe ser así allá en América, que en otra peli —*Paris, Texas*— los tíos pagan sólo para hablar, pero la tías están en una cabina, y los hablan a través de uno de esos espejos que son ventanas, así que ellas no les pueden ver, y por eso, sólo eso, ¡cobran! ¡Y después dicen que América ya no es la tierra de oportunidades!

Como en mi profesión nunca se sabe quién te va a besar y quién te va a morder, yo tengo un telefonillo debajo de la cama, y otro en el salón de recibimiento, debajo de una butaca en la que siempre me siento, que yo recibo formal a la clientela, los ofrezco un cafelito o un tececito (nada de alcohol, ¡ni cerveza sin!), y arreglamos cuentas (al contado o tarjeta de crédito, nada de taloncitos) antes de pasar al *boudoir*. Con sólo levantar el telefonillo debajo de la butaca, sin siquiera decir mú, Vicente de la Roca subiría como una pantera y empezaría a largar patadas y puñetazos sin más. Así que yo, tranquila, fresquita como una lechuga. «Pues, habla», le digo, haciendo como que me arreglaba el transparente, pero lo que realmente hice fue dejar la mano colgando cerca del telefonillo. «Cuéntame tus penas», que ya me las sé, pensé para mí: es gay, no se le empina, le gusta como no le gusta a su gachí y conmigo se cree que puede hacerlo como le gusta a él, o incluso, quiere saber si estoy dispuesta a enseñarle a su gachí cómo hacerlo, que no sería el primero ni el último. En estos casos, sin embargo, siempre hay que dejar que el tío arranque y ver por dónde va a salir.

«Penas no —me contesta— pero sí un problema. Aunque no eres tú mi problema: mi problema es Pili».

Yo, callada, aunque mordiéndome la lengua. Conque la Pili y este han estado jodiendo. Vaya, vaya, vaya, y ella que ahora dice que le ha dado por meterse a monja. Vaya, vaya, vaya. Me lo quedé mirando como si nada. Y él, esperando que yo reaccionara, que dijera algo, preguntara: ¿cuál es tu problema con la Pili? Pero yo, muro. O mora: ¡que me paseen el cadáver de mi enemigo!

Cuando no dije nada, el tío se repite: «tú no eres mi problema. Quizá no te guste lo que voy a hacer contigo». ¡Otro que quiere sobaco!, pensé, alargando la mano disimuladamente hasta tocar el telefonillo. «Pero Pili me trae de cabeza» (¡la cabeza de tu polla!, so pringao). Pensé todo. «¡Hasta pensé matarla, Puri!». ¡Joer, a ver si el cadáver va a ser el mío!, me tocó pensar a mí.

A punto estaba de levantar el telefonillo cuando dijo algo que me detuvo la mano. Dijo: «Pensé, ¿y si Pili y Ramírez tienen una bronca, y Ramírez le larga cinco o seis balazos?».

«—Eso ya no cuela, Bic, porque la Pili y el Ramírez ahora, y desde hace tiempo, son amigos.

—¡Precisamente! —salta, con los ojos bailando como canicas y brillando como soles—. ¡Justamente! Pero más que amigos, Puri. ¿Y si se enamoraran? Ya sabes que Pili toda su vida ha estado anhelando, ansiando, buscando desesperadamente un padre. ¿O si el Ramírez simplemente le jugara una mala jugada, la convenciera que está enamorado de ella, y cuando ella le pide que deje a su mujer, él rehusa hacerlo? O, incluso, se ríe, se burla, le dice: «¿Tú estás loca, niña?

¿Dejar a mi mujer de cuarenta años y madre de mis hijos? Vamos, ¡ni que fueras el coño de los *Risitos* de oro, niña!». Ya sabes lo grosero que puede ser Ramírez. Y tú, Puri, mejor que nadie también sabes que hay hombres así de crueles. Y en ese momento, Pili se le tira encima como gata en celo, arañándole la cara. Ramírez pisa el freno, esquiva el segundo arañazo, e incluso se ríe sádicamente, pero Pili le para la risa con una simple amenaza: «¡Hijo de puta, a tu mujer es a la que se le va a rizar el coño cuando yo le cuente lo nuestro!». Y él: «¡no tienes cojones!». Y ella: «¡tengo más ovarios que tú huevos, mariconazo!», sacando el móvil ahí mismo. Ramírez aún riendo, pensando es un *bluff*, ella no sabe mi número de teléfono, y así comprobando una vez más lo torpe que es, hasta que le oye dar su nombre y apellidos, y cae en la cuenta que Pili está hablando con Información. La risa de Ramírez se tuerce en mueca de rabia, le arrebata el móvil a Pili, Pili grita —se me olvidó decir que están en el turno de noche, son las dos, un silencio total que el grito de Pili raja como cristal—, Ramírez se acojona, Pili sigue gritando, su cabeza ahora fuera de la ventana, y entonces, ¡*pum, pum, pum, pum, pum*!

Ramírez abre la puerta y lanza fuera el cadáver de Pili. Luces se prenden por derredor cuando el coche patrulla arranca chillando neumático.

—¿Y? ¡No lo dejes ahí, joer!

—Hasta ahí había llegado, Puri.

—Déjamelo a mí: el Ramírez será tonto, pero no total. Pisa pedal, por poco se estrella contra un coche aparcado al doblar la esquina, da la vuelta a la manzana, respira con alivio al ver que nadie se ha atrevido a bajar a la calle —aunque seguro que más de uno ya habrá llamado al 092— enciende sirena y burbuja, frena, se inclina sobre el cadáver de Pili tal que nadie desde las ventanas lo ve cambiar su pistola por la de ella, para que piensen que a Pili la mató alguien a quien ella perseguía y que le arrebató la pistola, mientras él, Ramírez, perseguía a otro calle abajo en el coche.

—No casa, Puri, no casa. No lo sé seguro, pero supongo que las pistolas de los municipales tienen un número de registro. No casa. Y si me vas a decir que Ramírez simplemente ocultó la pistola de Pili, como que el asesino se la había quedado, tampoco convence. ¿Dónde estaba cuando Pili lo perseguía? ¿Cinco tiros y ni uno dio en el blanco? No casa.

—Entonces, ¿qué? ¿El Ramírez a la cárcel y Pili al hoyo?

—Ya te dije que Pili me traía de cráneo. Hay otra alternativa, pero tampoco sé si casa: Pili se arrepiente. Tiene, en efecto, relaciones con Ramírez, pero lo hace por despecho y desesperación: no ha superado lo de Manuel. En el fondo, sin embargo, Pili nunca amó ni a Manolo ni a ningún hombre. En el fondo, Pili, sin ella misma saberlo, es un espíritu religioso, un alma en busca de Dios, un...

—¿Pili?

—... ser casi divino que...

—¿Pili?

—Sí, Puri, Pili. El problema es que no he sabido verla bien. No se dejó llevar a donde pensé en un principio que ella iría. Cuando las amigas le dijeron aquel día en el *Bar Lucio* que se había vuelto agria, mal hablada, mal humorada, y ella empezó a reaccionar, poco a poco, empezó a reconocer quizá que no podía seguir culpando a su madre, su padre, los hermanos que nunca tuvo y todas las circunstancias de su vida, cobré esperanzas. Pero se quedó ahí, se estancó.

—Pero, bueno, ¿qué me estás diciendo? Pili religiosa, divina, alma perdida en busca de Dios. ¡Joer, ¡pues métela a monja de una puta vez!

—Tiene gracia que me digas eso, Puri, porque para monja vas tú.

—Pero, bueno, ¡¿es que eres gilipollas, o sólo lo pareces, niño?!

—Ya te dije que contigo no tenía problemas. Tu compromiso con tus compañeras de la calle menos afortunadas, tu labor con las meretrices de Madrid, yendo, sin necesidad de ello, a los tugurios donde ellas no tienen más remedio que trabajar, enfrentándote con los chulos y con la policía a la vez, ¿qué otra cosa es que la misma labor social que haría una monjita?

—¿Tú conoces —empecé tranquila, pero terminé trinca de ira— alguna monjita que le haya dado a alguien la patada en los huevos que te voy a dar?, ¡si no te largas de aquí ya! ¿Te enteras? ¡¿O no te enteras?!»

213

XLIV

Cuando dejó de sonar y oí la voz de Pili, aún no sabía si me iba poder controlar, si la iba a gritar, escupir en el auricular, o hablar como si no hubiera pasado nada, como si la estuviera llamando para charlar sin más hasta ver por dónde me salía. Pero al oír mi voz, ella no me dejó decir ni pío, pues empezó a hablar como un loro loco:

—¡Ay, Puri! No sabes la alegría que me da el que volvamos a ser amigas y te pueda contar todo. Tanto tiempo aguantando cosas, porque, ¿qué quieres que te diga, tía? Trini es muy buena, pero se va de boca y se lo pone en el pico a todo quisque antes de que termines de contarle algo. Pues, tía, no te lo quería contar hasta no estar segura del todo: Ramírez me ama, yo le amo, va a dejar a su mujer, y ¡nos vamos a casar!

Silencio.

—¿No dices nada, Puri? ¿Estás ahí?

—Aquí estoy. *Totus tuus*, titi. Repítelo para que me lo pueda creer.

—Sí, ya sé. ¿Quién lo iba a decir, verdad? Lo nuestro fue uno de esos amores que empiezan disfrazados de odio, Puri...

—Pili —no puedo más: la tengo que interrumpir—, ¿qué quieres que te diga? Pili: bájate de esa nube, niña, ¡que aquí el chaparrón que va a caer no es de azúcar y turrón!

—No digas eso, Puri. Tú estarás pensando que Eladio...

(con que se llama Eladio, ¡el muy cabrón!),

—... como tantos hombres casados, sólo me quiere a tiempo parcial. Pero te equivocas, créeme...

Pili siguió el rollo, pero yo no la seguí a ella. Estaba yo rompiéndome los cascos para encontrar cómo decirle que...

—... y ese fue nuestro primer beso, Puri...

¡Eso! Que besar a ese cabrón es como besar a un cocodrilo en la boca. Pero si se lo digo así, vamos a terminar bronqueando, y yo no quiero más pollos con Pili, ¡joer! Entonces recordé que la hermana Clemencia siempre decía que debíamos rezarle al Espíritu Santo para que nos iluminara antes de un examen, y le dije: «tú que eres la misma sabiduría, ilumíname, dime cómo entrarle a este cacao».

—... ya hace tiempo, ¡años!, que lleva encima el peso de un matrimonio mal llevado...

¡Eso! ¿No dijo Bic que Pili en el fondo podía ser una monjita más? Pues aquí va:

—Pili, perdona si me meto, pero lo que estáis haciendo es adulterio.

—Y tú, ¿qué, maja? Porque no me vas a decir, monina, que a tus clientes les haces jurar y firmar que no están casados, ¿verdad que no, cariño? ¡Joer!, Puri —empezó a subir el tono, pero lo bajó en seguida—, a veces parece que vas a volver a cuando querías ser monja tú, tía.

XLV

A ver si va a ser que el jodido de Bic conoce una gitana adivina de esas con naipes y abracadabra, que la puerta se abra. Porque de otra manera, no se explica esto. No tengo más cojones que decirle a Bic que deje de gilipollar con la pobre Pili. Llamar, él no me va a llamar, que le habrá costado la ayuda de Dios y de todos los santos reunir la pasta para una vez. Me tengo que tirar a donde *Lucio*, ¡joer! Deja ver: mañana estoy a tope. Pasado también. Y esto hay que arreglarlo ya. Me puedo fiar que Lucio no le dé mi teléfono a nadie, sólo a Bic y que me llame, que no quiero bochinche de barrio a mi costa. Ya está.

—Hola, Lucio, es Puri, ¿no estará por ahí el poeta ese?... ¿Cómo que qué poeta? Ni que tu *Lucerito* fuera el *Gijón*, ¡joer! ¿Cuántos poetas pasan por ahí?, ¡no me jodas!... Sí, el poetita aquel que pillamos el otro día tomando nota de nuestra conversación... No, ¡joer!, ¿qué conversación tenemos tú yo?: «Lucio, un cortao, la cuenta, Lucio». ¿Tú crees que eso es para anotar para la posteridad? La conversación que tuve yo con las titis de siempre, ¡joer!

«Eh, tú, poeta —oigo la voz de Lucio llamándole—, es para ti».

«Sí, ya sé: es Puri», contesta desde lejos con ese aire de sabio encantador sabidillo-sabelotodo, su voz subiendo a medida que se acerca al teléfono. Y antes de que siquiera le diga o él me diga hola, me espeta:

—Sin novedad, Puri, ya te dije que Pili me trae de cabeza. Ahora resulta que Diosdado...

—Y, ¿quién cojones es Diosdado?, si se puede saber.

—Diosdado Ramírez, ¿quién va a ser?

—¿No se llamaba Eladio?

—Cambió de nombre.

—¡Que me estás crispando el clítoris, chaval! Dile a la gitanita que corte el rollo o cambie la bola, porque...

—La gitana te la inventaste tú, Puri. ¡Pero viene bien, encaja de maravilla!

—¡La maravilla es el soplamocos que te voy a encajar si la pasa algo a Pili! Y a propósito, ¡mucho cuidado también con meter a tu monjita en el ajo este! Que ya sabes que no tolero que nadie se meta con las monjas, que la hermana Clemencia fue como mi madre, y el que se mete con una monja, se mete con ella, y el que se mete con la hermana Clemencia, ¡se mete conmigo! ¿Te enteras? ¿O no te enteras?

—Puri, la que no se entera eres tú. ¿Por qué capítulo vamos?

—¡Por el capítulo en el que te capo, cabrón!

—¿No te das cuenta que estamos en el capítulo treinta y tres? Y si no lo estamos, ya me las arreglaré yo para que lo estemos.

—¡Lo sabía! Treinta y tres en vez de sesenta y nueve: uno delante y otro detrás, ¿verdad? Dos treces con el culito bien redondito, ¿verdad? ¡Lo sabía!

—Puri, por favor, estás desbarrando. Y, por cierto, ¿qué tienes contra los gays y las lesbianas?, tú que siempre te la das de tan abierta...

—Mira, gachó, yo me abro a quien me sale, ¿te enteras? Que cada cual haga con su culo lo que quiera, ¿te enteras? Que el que puso malas intenciones en mis palabras fuiste tú, no yo. ¿Quién mentó la mariconada del treinta y tres, a ver? Y, ¡qué casualidad que de todos los números el que a ti te orgasma es el de dos culitos!

—La casualidad, Puri, fue otra que aunque no la vas a creer, te la voy a contar: anoche, al comenzar este capítulo, escribí XXXIII, y después, al darme cuenta, lo taché. Pero ahora estoy convencido que tengo que cambiar todo, agrupar capítulos y hacer que el texto entero culmine aquí con el capítulo treinta y tres. Porque hay más: al caer rendido, sin terminar esta misma frase, caí también en un profundo sueño, y ¿adivina qué soñé?

—¡Que te dieron treinta y tres morcillas!

—¡Debí suponer que saldrías con una de las tuyas! Pues mira por dónde que soñé con un billete de lotería ¡y era el treinta y tres! Pero, además, justo antes de despertar se me apareció la carita de la hermana Patri...

—¡Cuidao!

—... sonriendo, y me decía: «treinta y tres era la edad de Nuestro Señor cuando murió por nuestros pecados y nuestra redención». Y no que yo crea en supercherías, sino que me dio tanta alegría verla a ella tan contenta con esa coincidencia, que ella sin duda atribuía a un milagro, que fue como otra confirmación que mi subconsciente había acertado de alguna manera misteriosa, que en eso sí creo, en los misterios inexplicables, no en los milagros.

—Tú estás tarumba, chaval, loco puñetero. Mira, haz lo que te salga de las pelotas, pero ya te advertí: que no me entere que le ha pasado algo a Pili o que te has metido con las monjitas, ¿te enteras?

—Puri, capítulo treinta y tres: *consumatum est!* Esto se acabó, ¡se tiene que acabar en este capítulo, Puri!

—¡Pírate, payaso!

Hermana Patrocinia, ¿sigue usted sin decir nada? Mire que ya no sé por dónde tirar. Mire que si pasamos al capítulo treinta y cuatro, ¡sólo Dios sabe por dónde saldrá esto! Aunque me duela decirlo, hermana, esto es una lotería. No debería ser así. Debería estar mejor estructurado, tener algún plan más sólido, al menos hacer más creíble a Pili y su problema. A veces pienso, hermana, que es que estoy enamorado de ella sin saberlo yo mismo. Pensé casarla con Manolo, y si supiera, hermana Patri, que sentí un vuelco en el estómago y una punzada en el pecho. Por favor, hermana, diga algo. O, ¿será que está usted enfadada, y hasta escandalizada, por el lenguaje de estas chicas? Pero si usted mejor que nadie sabe cómo se las gasta la juventud hoy día, hermana. Y en cuanto a la conducta de estas muchachas, hermana, ya sabe usted que hay más alegría en el Cielo por una oveja descarriada y recuperada que por las noventa y nueve que se quedaron en el rebaño.

No que estas chicas sean precisamente ovejitas, pero si mal no recuerdo mi catecismo, el peor pecador es siempre redimible, ¿no es así? Al menos, eso siempre nos decían las hermanitas, que yo también fui a colegio de monjas. Y aunque salí chivo, más que oveja descarriada, y ya no creo (usted me perdonará, hermana, ¿qué le vamos a hacer?, ¿no dicen que la fe es un don?), pues, aunque la fe se me fue, no puedo evitar sentir consuelo al pensar que los seres humanos siempre pueden cambiar, salvar su situación triste, darle un vuelco total a sus vidas. En este sentido, estoy convencido de que Pili está peor que Puri. ¿Quién lo iba a decir?: ¡la meretriz mejor que la policía!

¿Sigue en su silencio? ¿No pertenecerá usted a una de esas órdenes que no permiten hablar? No, no es una broma burda, hermana, es que como se queda ahí tan quieta, uno se pregunta. Ya que no me da el consuelo de un consejo, y ni siquiera se digna a pronunciar una palabra, supongo que me tendré que conformar con que me escuche. Aunque no pierdo la esperanza de que esa sonrisa que asoma en sus labios será un preludio de alguna palabra.

Pues bien: tampoco me creo que Puri se lo pase tan bien como a veces da a entender, que ya sabe que en otras ocasiones se queja de lo lindo. Aun así —y sé que usted, siendo religiosa, no puede estar de acuerdo— tampoco la vida le dio demasiadas alternativas. Sólo que duele ver un corazón tan grande como el que tiene, entregado a hombres patéticos, o peor. Usted, que tanto amor ha tenido siempre a las letras, tendrá que reconocer que también la poesía tiene sus milagros. ¿Y dígame si no es un milagro que al empezar este capítulo sin saber a dónde iba, de golpe y porrazo me doy cuenta que si no es el treinta y tres, ¡debería serlo! Justo cuando Pili parecía más perdida, y Puri más obstinada en seguir siendo lo que es, ¡salta el treinta y tres! Ya sabe que no soy religioso, y tampoco supersticioso. Hace años, desde niño, que no me confieso. Pero ahora le voy a hacer una confesión, hermana: al darme cuenta de ello, y al soñar con el treinta y tres, y con usted también, hermana, tan contenta que estaba contándome que Nuestro Señor murió a esa edad, que era como asentir que todo debiera terminar aquí, aunque tuviera que reestructurar todo para que este sea el capítulo treinta y tres, pues salí corriendo esta mañana al quiosco de la ONCE, para pedir un número que terminara en treinta y tres. Con eso me conformaba, porque pensar que encontraría el treinta y tres sin más sería ya demencial. Y no lo va a creer, hermana, que ni yo mismo me lo creo. Y es que rumbo al quiosco, justo al pasar frente a *Bar Lucio*, ahí está un invidente gritando: «¡el treinta y tres, yo vendo el treinta y tres!». Nunca jamás en todo el tiempo que llevo yendo a *Lucio* había visto yo a ese o a cualquier otro invidente ahí. Casi le arrebato el cupón de las manos, y en efecto: «¡0033!».

Claro que no me tocó. Hay que creer en el milagro para que se produzca, y yo no creo en nada. ¿Ha oído hablar usted del cura Romualdo, ese que anda por ahí apareciendo y desapareciendo por los barrios pobres de Madrid? Otro padre Llanos, dicen, ese que se fue a Vallecas y se hizo comunista. Pues el otro día en la prensa al cura Romualdo uno de esos periodistas imprudentes le pregunta si él cree que un ateo se puede salvar, y ¿sabe lo que le contestó? Pues aquello de que no hay mayor creyente que un ateo. Será, pero yo le digo que en los milagros no creo. Usted me dirá que es que rechazo la gracia divina, la llamada de Dios. Yo sólo le digo que cuando miré en el periódico para ver si había acertado, ya me reía de mí mismo por confundir la casualidad con la divinidad antes de siquiera pasar a la página con los resultados de la ONCE. Pero usted sí cree, usted sí que puede decirnos cómo efectuar aquí un milagro que resulte poéticamente convincente. Dígamelo, pues. Que Puri tenga un arrepentimiento repentino, que reniegue de su vida disoluta, que pase de activista a religiosa —que lo primero ya prefigura lo segundo— es perfectamente plausible. Pero, ¿y Pili? ¿Qué hacemos con la pobre Pili? ¿Cómo la vamos a meter a monja? Nadie se creería una revelación igual de repentina a lo Claudel. Que una cosa es lo que puede pasar en la vida, y muy otra lo que puede pasar aquí.

Estoy hecho un lío, ya lo ve. Le estoy admitiendo ni más ni menos que lo que pretende pasar por vida, no pasa de ser truco, trueque, trivialidad. Un tongo, vamos, que se dice hoy día. Y usted, tan tranquila. ¿No le preocupa lo que pueda pasar si paso página y capítulo? ¿No le angustia encontrarse con la pobre Pili desangrándose en plena calle en la noche madrileña? Porque no pretenderá que vuelva Manolo, se le ponga de rodillas y le pida matrimonio.

Deja vu, hermana, *deja vu*. Novela rosa. ¡Como que usted se hubiera ido con su Benigno! ¡Eso querrían los enemigos de la Iglesia! Y tampoco me va a decir que al pobre Manolo le voló la cabeza algún etarra allá en el País Vasco (aunque, usted perdone, mucho me atrajo la idea en un momento). Tragedia lacrimógena, *deja vu*, hermana. ¿No le parece que ya hay bastantes viudas y huérfanos de la Guardia Civil en España? No se trata de forzar un final feliz telenovelesco, ni muchísimo menos, de acuerdo. Hollywood no, pero yo tampoco soy Woody, que ese sí sabe mezclar la miel con el mal en sus películas. Claro que siempre podemos casar a Pili con el adúltero Eladio, digo, con el adúltero Diosdado. (¡A ver si con el cambio de nombre por fin esta monja me dice algo!). Y claro que podemos dejar a Puri donde está, dejando también en el aire si su corazón terminará por endurecerse. *Happy ending* para Pili (para usted no, hermana, pero tiene que admitir que sí para muchos en estos tiempos que corren), final feliz, equilibrado por *el pathos* de la pobre Puri. Alternativas no faltan para treinta y tres capítulos más. ¿Lo dejamos aquí? En todo caso, siempre podemos prometer una segunda parte (que yo no escribiré, que nunca segundas partes fueron buenas, pero eso no se le dice al lector, mucho menos al editor).

Por favor, hermana, como le dijo el asno al caballo: ¡mueva ficha! Se lo ruego, por favor, ¡haga algo, diga algo!

Señor, dicen que el diablo más sabe por viejo que por diablo. Pero ni tocando los ochenta y cinco supo tu sierva entender tu voluntad. ¡Cuánto tiempo me ha tomado comprender y dejar de juzgar a la novicia! ¡Cuánto tiempo, Señor, como con los niños en la escuela a lo largo de los años, para por fin comprender que no tuve hijos propios porque querías entregarme a tantísimos niños y niñas!

Verdaderamente, oblicuo hablas, Señor, curvado es tu camino, constantes las cuestas. Pero siempre la senda se allana cuando amaga el desmayo. Siempre el árbol brindando su sombra cuando el Sol se enfurece.

Pelaba patatas como todos los días en la cocina. La cocinera, de espaldas, removía la sopa, mientras la novicia observaba para aprender. Como me suele ocurrir últimamente desde que el médico me quitó el café, mi cabeza cayó sobre mi pecho. Dormité durante algunos minutos. Al levantar la vista, vi una nube de humo atravesar la ventana. No era de la olla. No tuve dudas: aprovechando mi sueño, la novicia había salido de puntillas para fumar afuera. Y, claro, Aurora la cocinera, ¡como siempre le provee el cochino tabaco!

Señor, te rogué, dame paciencia. Ayúdame a comprender. Ármame de paciencia. Pero, ¿cuántas veces, Señor, tendré que suplicar lo mismo, cuántas veces? Si tu ira contra los mercaderes en el templo fue santa, ¿no lo será también la mía? Hermanita, por amor a Dios, controle su lenguaje; por amor a Dios, hija mía, cuide sus posturas al sentarse, no deje que se le suba tanto la falda (nos lo merecemos, ¡por haber quitado el hábito a las jóvenes!); pero, hijita, ¿será posible que escuches *rock* a todas horas? (ni pasando al tú, Señor, logré nada); mi niña, ¿te parece bonito ver a una monja fumando? (y no pude contener la risa, es verdad, cuando me contestó con sonrisa pícara que eran sólo unas *calaítas*, que todavía era novicia).

Se hizo querer, también es verdad. Que es buena, nunca lo dudé. No tiene ni una pizca de maldad. Pero aquello de que el hábito no hace al monje, pero lo distingue, sigue teniendo su punto de razón, Señor. O, ¿es que vamos a ir por ahí las religiosas mascando chicle, fumando, y *bailando rock an' roll*? Una cosa es que te expliquen que los sacerdotes jóvenes que trabajan en centros con la juventud estilen melenas y se cuelguen esos brazaletes de todos colores (¡y el día menos pensado aparecerá uno con pendiente!). Vale, Señor, ya sabes que siempre he sido tachada de rebelde, aun tocando los ochenta y cinco. Si hasta me hizo gracia la primera vez que se apareció en la capilla de la residencia para decir la misa un sacerdote con melena, bigote y chivita, cosa que a otras más jóvenes les escandalizó (bueno, las que están en sus sesenta). Y alguna hasta faltó a la caridad, que hubo que llamarle la atención cuando se refirió a él como el curita *hippie* (aunque con el tiempo, nos ganó a todas con sus homilías de un mensaje tan humano). Con todo, tendrás que admitir, Señor, que, como siempre, las mujeres —digan lo que digan las feministas esas— no podemos contradecir el pudor que la misma naturaleza impuso, so pena de que la raza humana sea un desbarajuste. Si hasta la hermana Encarnación —feminista y encima marxista— se sonrojaba cuando iba por la calle y algún imprudente le tiraba un piropo (que tampoco se puede culpar al piropero, yendo ella como va vestida, que hace falta ser adivino para sospechar que es monja, aunque ahora se cuelga el crucifijo por fuera para que no haya duda).

Ya lo sé, Señor, no me lo tienes que recordar: estoy desvariando otra vez. Juzgando, más bien, lo sé, y perdóname una vez más. También lo sé: me acabas de señalar que si tú me perdonas una y otra vez con tu paciencia santa, ¿por qué no voy yo a perdonar las reincidencias de la novicia? O quizá lo que me acabas de decir es que no tengo que perdonar nada, sino sólo comprender. Vale, Señor, ayúdame a comprender.

—Aurora, ¿no le habrá dado usted tabaco otra vez a la novicia?

—¡Pero si fumar no es pecado, hermana!

—No la culpe a Aurora, abuela, que ya sabe que la carne es débil, ¡y unas *calaítas* a tiempo evitan un cigarrillo entero mientras se fortalece la voluntad! Y para colmo, metiendo la cabeza dentro de la cocina por la ventana, ¡tira la última *calá* del cigarrillo!

¿Cómo no reírme, Señor? Si ahora, hasta me gusta que me llame abuela. Será porque entiendo que tú, que no me diste hijos propios, sino cientos de alumnos y alumnas a lo largo de los años, ¡ahora me das nietas! Y yo, en vez de agradecértelo, me sigo quejando. Perdóname, Señor.

Otra cosa, Señor, quiero darte las gracias por ese sueño que creo haber entendido por fin. El del bar, ese bar llamado *Lucerito*, que ya de por sí —¡¿qué hay en un nombre?!— me recuerda tu estrella de Belén. ¿No me estarás llamando por fin, Señor? ¿Qué hacía yo en ese bar con esas mujeres y esa pareja de ancianos que también estarás a punto de llamar, Señor? Pelando patatas y lavando lechugas, llegué a la respuesta: era mi infancia de nuevo, Señor. Ahí volvía a estar mi padre, mi madre, los amigos bebiendo café y discutiendo, las amigas tejiendo y hablando, y nosotros, los críos y las crías, con nuestros balones y muñecas de trapo y de paja. Segura estoy que los sábados y los domingos aún se reúnen ahí familias, como hacíamos nosotros hace tanto tiempo por Cuatro Caminos. Todavía no había sucedido el rencor, el odio, la furia y el ruido. Éramos felices, cada uno con su esperanza. Y ahora, la gente en ese bar *Lucerito*, ¿no serán también felices sin saberlo, Señor? ¿No era eso lo que me querías decir cuando de repente en el sueño me veo en ese mismo bar, pero que está ahora situado en medio de un campo florido de Jaén en primavera? Jugando con esas mujeres al corro de la patata (*comeremos ensalada*: debe ser que de tanto pelar patatas y lavar lechugas, ya hasta me persiguen en los sueños), y ¡qué risa, Señor, y qué alegría!, cuando el ancianito y su esposa se nos unieron, todos cantando y bailando alegres sobre los campos floridos rojos de amapolas, bajo la sombra de olivos y palmas, y yo volvía a ser madre y maestra, todos tan felices con tan poco, Señor, los ancianos como dos tortolitos, él con una montera y ella con una sartén en la cabeza, qué risa, Señor, qué alegría, todos riéndonos alegres, y las mujeres ya no parecían tan duras, dulcificaban sus miradas, sus sonrisas, todo su ser se transformaba en belleza y bondad. Y, ¡qué alegría, Señor, al ver de repente al padre Raimundo!, y de repente también apareció esa mujer a su lado, y ya no sentí celos ni recelo, Señor, sino que me pareció lo más normal que empezaran a bailar como los demás. Bueno, no exactamente como los demás, porque ellos bailaban peteneras y el padre Raimundo, guiñándome un ojo me dijo con ese acento que nunca ha perdido, me dijo: «yo bailo como hablo», y empezó a bailar un charlestón, ¡qué risas, Señor! Entonces, al ver a ese hombre pesado y preguntón, tomando nota con su bolígrafo y cuaderno, no pude evitar pensar cómo me recordaba al mismo Maligno, Señor, perdóname, sé que será un pobre diablo más bien, que tendrá buenas intenciones, pero ¿por qué tiene que estropearlo todo con sus preguntas imprudentes y su insistencia en meterse en la vida de los demás? Y fue al verle ahí, mirando hacia nosotros y escribiendo como si estuviera presenciando un acontecimiento histórico, que se me salió, sin siquiera pensarlo ni presentirlo, me vino así de golpe ese tremendo temor que el tiempo no ha podido borrar y te rogué, por lo que Dios más quiera, Señor, ¡líbralos de lo que no nos libraste a nosotros!

Anoche, Señor, cuando me despedía de ti, se me ocurrió que me llevarías contigo antes del amanecer. Toda la noche sueña que te sueña mi vida entera, como dicen que ocurre cuando te vas a morir. Nada más abrir los ojos y ver el resplandor tan dorado del alba pensé que era la brillantez de tu halo, y cuando entre las persianas vi el azul del cielo, era tu manto, Virgen santa, que me venía a recoger por fin.

¡Qué desilusión al sonar la campana de oración que me despertó del todo! ¿Cuándo te veré por fin, Señor? Será que me quieres todavía aquí, lavando lechugas y pelando patatas. Hágase tu voluntad, Señor. Perdóname si me cuesta resignarme. Y sigue armándome de paciencia. Tú sabrás lo que haces, Señor. Esta vez tu mensaje es bastante claro. En el fondo me alegré, Señor, bien lo sabes. Aunque no pude evitar suspirar —más de sorpresa que por otra cosa, lo sabes, Señor— no lo pude evitar cuando hace unos minutos me dijo la novicia que rezara mucho por una amiga de ella que está pensando seguir sus pasos ¡e ingresar en nuestra orden también!

¡Tú sabrás lo que hacer, Señor! Hágase tu voluntad.

Amén.